Karl Ranke

August Meineke: Ein Lebensbild

Karl Ranke

August Meineke: Ein Lebensbild

ISBN/EAN: 9783743616974

Hergestellt in Europa, USA, Kanada, Australien, Japan

Cover: Foto ©Raphael Reischuk / pixelio.de

Manufactured and distributed by brebook publishing software (www.brebook.com)

Karl Ranke

August Meineke: Ein Lebensbild

AUGUST MEINEKE

EIN LEBENSBILD

VON

FERDINAND RANKE

LEIPZIG

DRUCK UND VERLAG VON B. G. TEUBNER

1871

VORWORT.

Als August Meineke einst seiner Braut sein Bildniss
sendete, schrieb er ihr: "Wie die Züge der Menschen, so sind
auch die Abbildungen ihrer Züge schwach und vergänglich,
des Geistes Bild aber ist ewig und das vermagst Du festzuhalten in treuer Brust. Mit diesen Worten eines grossen
Weisen des Alterthums übersende ich Dir, geliebte Betty,
mein Bild".

Möchte ich doch glauben dürfen, seinen vielen Ver-
ehrern und Freunden in dem vorliegenden Buche ein wahres
und getreues Abbild seiner Persönlichkeit und seines Geistes
darzubieten! Gewollt habe ich es und an den Mitteln dazu
hat es nicht gefehlt: sie sind mir von der theuren Familie
des Hingeschiedenen und vielen liebenden Freunden desselben
reichlich und unweigerlich gegeben worden. Auch wird Jeder-
mann erkennen, dass mir Liebe und Verehrung die Feder
geführt haben. So darf ich hoffen, dass die Theilnahme der
Leser das Fehlende ergänzen und ungeachtet der Mängel des
Versuchs aus den gegebenen Mittheilungen den geistigen
Kern und Inhalt entnehmen werden.

Dem Gymnasium und der Philologie Deutschlands sei
August Meineke's Lebensbild fortan ein kräftiger Antrieb,
die errungenen Vorzüge zu bewahren und den kommenden
Geschlechtern zu erhalten!

Berlin am 3. Juli 1871.

Ferd. Ranke.

INHALT.

		Seite
1.	Jugendzeit. Soest. Ostrode. 1790—1805	3—6
2.	Schulpforte. 1805—1810	7—22
3.	Universität Leipzig, Ostern 1810 bis Michaelis 1811	22—30
4.	Conradinum in Jenkau. 1811—1814	30—38
5.	Gymnasium zu Danzig. 1814—1826	39—62
6.	Joachimsthalisches Gymnasium zu Berlin. 1826—1857	63—137
7.	Letzte Lebensjahre. 1857—1870	137—170

Das Jahr 1870, gross und verheissungsvoll für unser deut-. sches Vaterland, hat uns auf dem Felde der Ehre Opfer gekostet, welche das Herz des Patrioten mächtig ergreifen und erschüttern. Alle ächten Glieder unseres Volks sind darauf gerichtet, den Namen unserer bewunderten Helden ein ewiges Andenken zu sichern, und was sie begonnen haben in demselben Sinne und Geiste der Vollendung entgegen zu führen. Thaten Gottes sind unter uns geschehen und stehen als gewaltige Mahnungen vor uns, die Zeit zu erkennen und dem Grossen Grosses hinzuzufügen. Diesen Dank sind wir den Manen derer schuldig, die für uns gelitten und geblutet haben.

Unsere Kriegslorbeeren ruhen aber auf rastloser unermüdlicher Friedensarbeit. Deutsche Bildung, in langen Jahrhunderten emporgewachsen, in allen Stämmen der Nation mit freudigstem Wetteifer gepflegt und bis in die untersten Schichten derselben hinabgetragen, ist als die Hauptquelle, aus welcher unsere Siege hervorgegangen sind, überall und mit vollem Rechte anerkannt. So dürfen wir auch der Männer nicht vergessen, die im Friedensgewande kräftig für Deutschlands Wohl mitgearbeitet haben. Auch solche Opfer hat das Jahr 1870 gefordert; Männer sind durch den Tod aus unserem Kreise geschieden, die in stiller, aber energischer Wirksamkeit durch ein ganzes der Wissenschaft gewidmetes Leben den Samen ausgestreut haben, der in so wunderbarer Kraft vor unseren Augen aufgegangen ist. Die Schatten unserer theuren Todten, die in fremder Erde ruhen, werden nicht gekränkt, wenn wir auch die Häupter der Schule, der Kunst und der

Wissenschaft in Erinnerung bringen und ihre Banner hoch empor heben, damit kein Verdienst verloren gehe und verschwiegen bleibe. Es gilt jetzt, den Vertretern kriegerischer Ehren die Förderer deutscher Bildung anzureihen und durch Darstellung lebendiger Persönlichkeiten den idealen Richtungen unseres Volkes anregende und begeisternde Stützen vor Augen zu stellen.

Diesen Männern rechnen wir mit Ueberzeugung August Meineke zu, in unserem Jahrhundert einen im Inlande und Auslande hochgeachteten Schulmann und Philologen, der sein ganzes Dasein dafür eingesetzt hat, ächte Gymnasialbildung und Alterthumskunde als Hauptgrundlagen wahrhaft deutschen Wesens im Sinne der Reformation im Verein mit gleichgesinnten Gelehrten zur Geltung und Blüthe zu bringen.

In der Zeit der Fremdherrschaft begann er seine Wirksamkeit unmittelbar in der Nähe des geknechteten Danzig in engem Freundschaftsbunde mit edlen Männern und durch sie begeistert, und versuchte durch die klassischen Dichter und Prosaiker der Griechen und Römer ein neues befreiendes Lebenselement der Jugend einzuhauchen und sich selbst — denn er war noch im jugendlichsten Alter — damit zu erfüllen und zu durchdringen, um dadurch in antifranzösischem Sinne dem Vaterlande eine neue Grundlage und Stütze zu geben. Hier begrüsste er die erste Morgenröthe unserer Freiheit und fand sofort in Danzig die erwünschte Gelegenheit, seine Ideale in einer völlig neu zu gründenden und zu organisirenden Anstalt zu verwirklichen, nicht ohne in der Nähe und Ferne sein thatkräftiges und lebenerzeugendes Auftreten freundlichst aufgenommen und unterstützt zu sehen. Kein Wunder, dass er noch in der beginnenden Blüthe des Mannesalters in die preussische Hauptstadt berufen wurde; um an die Spitze einer Anstalt, welche man überall mit Ehren nannte, gestellt zu werden. Seitdem hat er über 44 Jahre in Berlin gelebt, mit den ausgezeichnetsten Gelehrten in inniger Verbindung gestanden, 31 Jahre hindurch das Joachimsthal geleitet und wenn irgend einer, in dieser ganzen Zeit des Tages

Last und Hitze getragen. Unzähligen ist er Führer und Leiter
gewesen, nicht ohne Liebe und Verehrung für seine Person
und, woran allein ihm alles lag, für seine Bildungsideale eine
edle Jüngerschaar zu gewinnen, welche das Begonnene fortzuführen freudig sich entschloss. Dann hat er 13 Jahre hindurch eine Zeit der Musse genossen, aber auch diese für seine
grossen Interessen nutzbar gemacht und ungeachtet mannichfacher Kränklichkeit sein Leben über das 80. Jahr hinaus
gebracht. Endlich hat er den innigsten Wunsch seiner Jugend, die Einigung des deutschen Vaterlandes und die Wieder-
erweckung seiner Herrlichkeit unter dem Scepter des mit
ganzer Seele geliebten Königshauses, erlebt.

Versuchen wir es daher fast unmittelbar nach seinem
Tode, sein Lebensbild klar und anschaulich, wie es vor uns
liegt, zu zeichnen und in kurzen Zügen nachzuweisen, durch
welche Mittel es ihm mit Gottes Hülfe gelungen ist, dem
Vaterlande Ehre und Förderung, den Amtsgenossen und der
aufstrebenden Jugend ein Muster, den Seinen einen unbe-
fleckten Namen zu hinterlassen.

August Meineke stammt aus einer deutschen Familie,
deren Glieder, soweit wir sie rückwärts verfolgen können,
grösstentheils evangelisch-lutherische Geistliche oder Lehrer
waren. Der nachweisbare Ahnherr des Hauses ist Jacob
Meineke, der in Luther's Zeit oder kurz nach derselben als
Pastor zu Papenbruch bei Wittstock in der Priegnitz lebte.
Zu Ende des vorigen und im Anfang des gegenwärtigen Jahrhunderts waren seine Nachkommen vorzugsweise am Harz
und in dessen Nähe ansässig und ziemlich ausgebreitet; wir
bemerken unter denselben einen innigen, lebendigen und liebevollen Verkehr, welcher dem aufwachsenden Geschlechte zum
Segen gereichte. August Meineke's Grossvater, Johann Christoph
Meineke, war im Jahre 1790 als Diakonus in Oberwieder-
städt im Mansfeldischen gestorben und hatte mehrere Kinder

1*

hinterlassen. Sein erstgeborener Sohn war Albert Christian Meineke, August's Vater, von dessen jüngeren Geschwistern besonders drei zu erwähnen sind, eine Tochter, Johanna Dorothea, Gattin des bekannten Grammatikers, Superintendenten Bröder zu Beuchte, und zwei Söhne: Carl Friedrich Ernst, Kaufmann in Wolfenbüttel, und Johann August, Apotheker in Goslar. Einer Seitenlinie gehörte Johann Heinrich Friedrich Meineke an, der nachdem er eine Zeit lang am Gymnasium zu Quedlinburg gearbeitet hatte, ebendaselbst in ein Pfarramt übergegangen war. Der Letztere hat in den Jahren von 1783 bis 1825, wo er starb, eine grosse Menge theologischer und philologischer Bücher herausgegeben von geringer, nur vorübergehender Bedeutung, namentlich die dortigen Buchhandlungen Ernst und Basse vielfach beschäftigt, und eine reiche Bibliothek gesammelt. Andere Seitenverwandte haben dem Vaterlande als Offiziere gedient.

Albert Christian Meineke wurde am 8. Juni 1771 von seinem Vater der Schulpforte übergeben und weilte daselbst unter dem Rectorate Gottfr. Christ. Grabener's bis zum 3. April 1777. Dort wurde er der Bestimmung und der Eigenthümlichkeit jener Anstalt gemäss in die Studien des Alterthums eingeführt und mit dem grössten Interesse für die griechischen und römischen Schriftsteller erfüllt. Gleichzeitig besuchten die Anstalt Friedrich Wilhelm Döring, später Gymnasialdirector in Gotha, und C. Aug. Böttiger, zuletzt Hofrath in Dresden: alle drei wurden schon in der Schule durch ein inniges, das ganze Leben hindurch dauerndes, Freundschaftsbündniss mit einander verknüpft, wie sie so oft und schön in Pforte gegründet zu werden pflegen. Auch Christoph Wilhelm Mitscherlich in Göttingen gehörte als jüngerer Mitschüler diesem Freundeskreise an. Obwohl Meineke durch den damals dort herrschenden rohen Pennalismus viel gelitten hatte, blieb er doch im Bewusstsein der erlangten wissenschaftlichen Bildung und der genossenen Wohlthaten der Schulpforte von Herzen ergeben und zog sie allen anderen Schulanstalten bei weitem vor. Wohl vorbereitet begab er sich Ostern 1777 nach Leipzig, um auf dem guten Grunde, den er in Schulpforte gelegt hatte, unter Morus und Ernesti fortzubauen und sich durch theologische und philologische Studien zum Lehramte geschickt zu machen. Nach beendeter Universitätszeit machte er nach damaliger Sitte mit einem jungen Adeligen, dessen Erziehung ihm anvertraut wurde, eine mehrjährige Reise in und ausser Deutschland. Nach seiner Rückkehr unterrichtete er in verschiedenen Schulen und als Privatlehrer, einmal, in der Nähe von Göttingen, wo er an Heyne einen Gönner fand, und gab seit 1787 verschiedene meist praktische, für die Schule bestimmte Werke heraus, die sich grösstentheils auf die französische, lateinische und griechische Sprache bezogen und eine Zeit lang sich mannichfacher Benutzung und einer guten Aufnahme erfreuten. Die glücklichste Wendung brachte in seine Lage seine im Jahre 1789 erfolgte Anstellung als Rector des Gymnasiums zu Soest in Westphalen, die ihm, wenn auch unter kärglichen Verhältnissen, eine seinen Wünschen entsprechende Thätigkeit gewährte. Kurz vor dieser Zeit vermählte er sich mit Friederike Caroline Freytag, einer Enkelin des berühmten Rectors F. G. Freytag in Pforte (von 1731—1761), der Schwester Friedrich Benedict Freytag's, preussischen Justizamtmanns in Schlieben. Er erwarb sich in Soest den Ruf eines thätigen, tüchtigen Schulmannes und wurde 1800 in gleicher Eigenschaft an das Gymnasium zu Osterode am Harz versetzt, wo er durch die Gediegenheit seiner Kenntnisse, die Lebendigkeit und Freundlichkeit seines Wesens und seinen glühenden Eifer für das Wohl jedes einzelnen der ihm anvertrauten Schüler zu unbestrittenem Ansehn gelangte. Rasch führte er die Jugend zu glücklichen Erfolgen, erfüllte sie mit Lust und Liebe zum Lernen und erwarb sich in hohem Grade ihre Liebe und Verehrung. Dadurch kam er mit den besten Familien des Ortes, wie mit der des Apothekers Hinck, in die freundlichste Verbindung. Seine Einnahmen blieben auch hier nur gering; um sie zu mehren und für seine Familie besser sorgen zu können, fuhr er fort, allerlei praktische

Bücher herauszugeben und Privatunterricht und andere Arbeiten zum Gelderwerb zu benutzen. Die meisten seiner Schriften sind längst vergessen; am interessantesten für uns sind seine Ausgaben der Gedichte Meleagers 1789 und der beiden Leonidas 1791, welche er nach Bruncks Bearbeitung veröffentlichte und mit Vorreden, Registern, kritischen und erklärenden Anmerkungen begleitete, die meist fremde Ansichten und Arbeiten wiederholen, aber auch deutliche Spuren eigener Gelehrsamkeit nachweisen.

Der Tod seiner Gattin, sie starb an Schwindsucht, erschütterte hier sein Lebensglück. Gern nahm er daher 1806 einen Ruf als Rector an das Gymnasium in Eisenach an. Der Abschied von Osterode brachte ihm Leiden und Freuden, letztere besonders durch die Theilnahme der Einwohner und die Liebe seiner Schüler, die ihm mit Musik und Fackelzug ihre Ehrerbietung bezeugten. Am 14. August kam er in Eisenach an, wurde herzlich aufgenommen und besonders durch eine Amtswohnung erfreut, die ihm die schönsten Räumlichkeiten darbot. So begann er hier muthig und heiter sein Werk, erwarb sich schnell Beifall und Theilnahme, genoss aber nur kurze Zeit die Freuden, die ihm hier erblühten. Im Juli 1807 erhielt er von den Freunden in Osterode eine Einladung, seine Ferien dort zuzubringen. „Am 26. August," antwortete er dem Apotheker Hinck, „bin ich wahrscheinlich schon bei Ihnen. — Freuden der Erde und des Himmels allen den Ihrigen, Lieben, Theuren, und Freundschaft, aufrichtige, herzliche Freundschaft Ihnen; gegeben in unserem Sommerpalais im Baumgarten, am 13. Juli." Aber dieser Brief war der letzte, den er dorthin schrieb; kaum daselbst angelangt fand er schon am 9. August durch einen Schlaganfall einen plötzlichen Tod und wurde neben seiner vorangegangenen Gemahlin begraben; seine Tochter, Caroline, war bei seinem Begräbniss gegenwärtig. Alle Sorgen seiner letzten Jahre hatten sich auf sie und seinen einzigen Sohn August bezogen.

1790 — 1805 — 1810.

Schulpforte.

August Meineke war ihm am 8. December 1790 zu Soest geboren worden und wurde hier mit der bereits genannten Schwester Caroline, mit welcher er während ihres ganzen Lebens durch die Bande der zärtlichsten Geschwisterliebe verknüpft geblieben ist, sorgfältig und gewissenhaft bis zu seinem 10. Lebensjahre erzogen. Beide Eltern widmeten ihm hier die treueste liebendste Pflege und machten ihm dadurch den Geburtsort für alle Zeiten lieb und werth; die Erinnerungen an diese Jahre seiner ersten Kindheit blieben ihm immer lebendig, und gern frischte er sie in seinen Gesprächen mit seinem Landsmann, dem geheimen Rathe Brüggemann auf, seit dieser in den Jahren 1839 bis 1865 das katholische Unterrichtswesen in Berlin verwaltete. In Soest hatte ihn der Vater in eine Elementarschule geschickt, in Osterode setzte er den Unterricht selbst fort und erzog ihn nach dem frühen Tode seiner Gattin mit einer Hingebung, welche ihm die Mutterliebe ersetzen konnte. Wie der Vater, so gelangte hier auch der Sohn durch seine hervorragenden Geistesgaben, seine frühe Reife und die Liebenswürdigkeit seines Charakters zu grosser Anerkennung. Der Vater erfreute sich ganz der schönen Stellung eines Gymnasialrectors in einer kleineren Stadt, der gemeinsame Berather der Familien bei den Erwägungen über die Zukunft ihrer heranreifenden Söhne zu sein und die frohen Erwartungen künftiger ausgezeichneter Leistungen derselben zugleich anzuregen und zu begründen; sein talentvoller und vielversprechender Sohn aber ward Aller Liebling, mit dem auch die übrigen Schüler der Anstalt sich gern verbanden. Einer der vorzüglichsten Jugendfreunde wurde ihm Fritz Köster, der brave Sohn eines Superintendenten; und wie er, so Hinck, Jenisch, Schwabe u. A.

Um den Sohn zu voller Entwickelung zu bringen und seine Geistesgaben durch gründliche Einführung in das Alterthum besser auszubilden, als dies in Osterode möglich war,

dachte er an Schulpforte und benutzte, da Osterode keine
Aussicht auf eine Alumnenstelle in Pforte gewährte, mit glück-
lichem Erfolg sein verwandtschaftliches Verhältniss zu der
Familie des ehemaligen Rectors Freytag, um von Dresden
her die Erfüllung seines Herzenswunsches zu erlangen, was
dann in Osterode und Umgegend sogleich viele ähnliche
Wünsche, namentlich unter August's Herzensfreunden, Hinck,
Köster und Anderen hervorrief. Schon im Herbst 1805 brachte
Rector Meineke den einzigen Sohn persönlich nach Pforte,
wo er im Lehrercollegium in der Person des Professors der
Mathematik Joh. Gottlieb Schmidt noch seinen eigenen Lehrer
wiederfand.

Den ersten Eintritt in Pforte vermittelte eine Prüfung,
welche sich meist auf die Abfassung eines lateinischen Exer-
citiums beschränkte; es ist die erste und letzte, welche Meineke
bestanden hat: mit ihrem Erfolge waren Vater und Sohn
nicht zufrieden; er stand der Vollendung des vierzehnten
Lebensjahres nahe und fand in Tertia Aufnahme. Der Vater
tröstete den Sohn, dass dies die Gründlichkeit seiner Kenntnisse befördern werde: der Sohn fand darin einen Sporn zu
ausserordentlichem Fleiss. Ehe der Vater Pforte verliess,
gab er sich alle Mühe, den Rector Ilgen zu bewegen, den
Sohn unter seine Empfohlenen aufzunehmen, was später auch
gelang, und führte ihn auch der Gattin Ilgen's, der Familie
des praktischen Arztes Dr. Pfaff, dem Mathematikus Schmidt
und andern Lehrern zu, um ihm in der sonst isolirenden,
Pförtnischen Welt Familienumgang zu verschaffen. Kaum
aber von dem Sohne getrennt, trat er in eine fleissige Correspondenz mit demselben, welche August, den Rathschlägen
des Vaters folgend, sorgfältig aufbewahrt hat. Die Briefe bilden
eine Sammlung, die uns für die Kenntniss der beiden Persönlichkeiten von unschätzbarem Werthe ist. Auch Meineke
bestätigt den grossen Einfluss, den die erste Erziehung und
die Eindrücke der frühesten Jugend auf bedeutende Menschen
zu machen pflegen. Alles, was Meineke geleistet und gewirkt
hat, liegt auf der Bahn, auf welche der Vater und durch

dessen Vermittelung die Schulpforte — hier sicher eine rechte *alma mater* — ihn geführt haben. Eben darum müssen wir, um völlig zu verstehen, wie er sich entwickelt hat, hier eine eingehende Darstellung nicht zur Seite lassen.

Auf einem Stammbuchsblatt, welches der Vater am 21. September 1805 für den Sohn schrieb, hat er in kurzem bezeichnet, was er für ihn und von ihm wünschte. „Betrachte deinen Körper als ein Heiligthum, sei fromm und gut und freundlich und werde gelehrt und klug. Mit diesen Worten sendet Dich Dein Dich herzlich liebender Vater zum ersten Mal in das Getümmel dieser Welt." Dies ist das Thema, welches die väterlichen Ermahnungen in allen Briefen variiren und nach den verschiedensten Seiten hin entfalten; dies bezeichnet zugleich den Grundcharakter des Sohnes bis an sein Ende, die Einheit dieser ungewöhnlichen, tugendreichen, edlen Persönlichkeit.

Die Pflege des Körpers nennt der Vater als erste Hauptpflicht eines Studirenden, wohl in Rücksicht auf Befürchtungen, die im ersten Jugendalter erregt worden waren und leider in späterer Zeit sich nur zu sehr bestätigt haben, aber auch schon in Pforte selbst des Vaters Herz beunruhigten. Oft hatte der Vater den Sohn entweder auf kleinen Fussreisen mitgenommen, um ihn an das Ertragen kleinerer und grösserer Beschwerden zu gewöhnen und abzuhärten, oder er hatte ihn, um ihm in Fällen, wo Entschlüsse zu fassen sind, Selbstvertrauen einzuflössen, auch allein seinen Weg in die Ferne nehmen lassen. Als August im Jahre 1803, dreizehn Jahre alt, dem Onkel in Wolfenbüttel eine Reisebeschreibung gesendet hatte, erwiederte ihm dieser, dass er den Brief „seinen übrigen Pretiosis" beigefügt habe, und suchte die Absichten des Vaters zu unterstützen. So mahnen des Vaters Briefe, „er solle sich im Freien Bewegung machen," „sie ist dem Körper nothwendig, und dieser muss zuerst stark sein, ehe der Geist etwas leisten kann." Er räth ihm, die Tanzstunde zu benutzen „in Hinsicht auf Stellung, Haltung des Körpers, und geschmeidige, sanfte und natürliche Biegung der Glieder."

„Nur reize die Göttin der Gesundheit nicht gegen Dich zum
Zorn, sondern versöhne sie täglich durch das Opfer der un-
sträflichsten Keuschheit und Mässigkeit."

Unerschöpflich ist der Vater in seinen Aufforderungen zur
Sittlichkeit, Ordnungsliebe, Sauberkeit, Sparsamkeit, Freundlichkeit, Artigkeit. Das alte *macte virtute esto* kehrt immer
wieder, „das Schlechte haftet leichter, als das Bessere," „ich
werde mich recht freuen, wenn ich in Dir einen recht guten,
friedlichen, redlichen, kenntnissreichen und bescheidenen Sohn
finde. Du wirst Dich ja nicht zu dem Tone und den Sitten
der gewöhnlichen oder doch mittelmässigen Tertianer ernie-
drigen; dazu muss mein Sohn zu edel denken und zu gute
Erziehung genossen haben." „Sei nur Freund der Ordnung,
wie Du hier warst", „ich will nicht, dass Du irgend Jeman-
dem etwas schuldig seist. Hüte Dich davor in Deinem ganzen Leben. *Experto crede Alberto.*" — „Behalte ja Deine
Freundlichkeit," „lass Dich nicht verdriessen Untergeord-
neter zu sein. Man kann nachher desto gütiger, sanfter und
weiser befehlen." „So lange Dein Vater lebt wird er friedlich leben." „Du moquirst Dich über einige Deiner Lehrer.
Aber, lieber Sohn, das geht Dir nichts an, was der Cantor
isset oder der Rector krähet. Um so etwas haben wir, Böttiger, Döring und ich uns niemals bekümmert." Dagegen
ermahnt er ihn zur Freundschaft mit guten, tüchtigen Schülern. „Wie würde ich mich für Dich freuen, wenn wir uns
wiedersehen könnten: und Du könntest dann in den treuen
Armen Deines guten Fritz (Köster) und er in den Deinigen
leben. Wie würde Euer Fleiss nicht erwachen! er ist es schon,
aber sich emporheben! Ihr müsstet dann wieder den Eifer
unter allen Schülern rege machen, den Böttiger, Döring,
Dein Vater selbst einst da rege machten." „Du wechselst
zu oft mit Deinen Freunden. Festhalten an dem, was man
einmal erwählt hat, das zeugt von Grundsätzen."

Vor allen Dingen hat er aber die Forderung der Gelehrsamkeit immer von neuem dem Sohne vorgetragen. „Nur
die beiden Hauptregeln: schone Deinen Körper und denke

einst ein grosser Mann zu werden — die ich immer wieder-
hole, kann ich Dir nicht genug empfehlen. Das Letzte ist ohne
das Erste nicht möglich." „Dass Du mit andern Schülern
studirst, ist recht gut, aber künftig geh nur Deinen eigenen
grossen Weg. Du hast die Talente und die Grundlage, durch
Dich selbst etwas zu werden." „Dass Dir die Zeit in Pforte
so schnell vergeht, ist der Beweis von Deinem Fleisse. Suche,
dass auch in Dir einmal ein grosser Mann aus der Schule
hervorgehe; es wird nur auf Dich ankommen, einmal ein gelehrter, braver, nützlicher und gefälliger Mann zu werden!"
„Mich freut es, Dich nun in einem schönen Tempel der Musen zu wissen." „Meine Dichtkunst besteht nur aus Remi-
niscenzen aus der guten Pforte, deren klassische Milch so
nahrhaft ist. Möge sie Dir doch auch immer Milch, nahr-
hafte Milch des physischen Lebens reichen!"

Daran schliesst er Ermahnungen im Einzelnen, welche
zum Theil recht für Pforte berechnet sind und aus dortiger
Erfahrung stammen. „Du siehst, dass Ueberlegung und Aufmerksamkeit und Nachdenken die Hauptregel sein muss."
„Verliere nur Deine gute Sprache nicht." „Vergiss Dein gutes
Deutsch nicht; ein guter Dialect, ein reiner Ton und Rich-
tigkeit unserer Muttersprache empfiehlt durchaus." „Lerne ja
recht Mathematik, vergiss das Französische nicht, vernach-
lässige das Deutsche nicht." „Dass Du viel auswendig lernst
ist mir lieb, es ist eines der ersten Mittel viel zu lernen."
„Den Homer musst Du auswendig lernen, nach und nach."
„Lerne Homer ganz auswendig; Du kannst nicht glauben, was
man dadurch für alle Kenntnisse für die ganze Lebenszeit
gewinnt." „Lass das Zeichnen nicht liegen, noch den Homer." „Du musst Dich der Orthographie befleissigen." „Es
ist recht, dass Du alle Deine Arbeiten aufhebst, namentlich
sammle alle Deine Verse, die Du in Pforte machst, deutsche,
lateinische, griechische, französische." „Brav! dass Du lateinische Aufsätze machst, aber thu das auch im Deutschen, denn
das bleibt doch immer die Hauptsache." „Sich so etwas, wie
eigene Gedichte machen oder auch nur sich corrigiren zu

lassen ist mir ehedem nicht eingefallen und wird auch Dir nicht einfallen." *„Loquendo, scribendo, ediscendo evadimus docti."*

Das Hauptmittel aller erfolgreichen Erziehung ist Liebe; das Geheimniss eines glücklichen Familienlebens, welches in der Person des Vaters und der Mutter seine tiefen Wurzeln haben muss, ist ein solches gegenseitiges Verhalten der einzelnen Glieder zu einander, welches aus Liebe hervorgeht. Meineke's Vater trug diese Liebe in sich, verband sie aber, wie wir sahen, mit den ernstesten Forderungen an seinen Sohn, die ihm zu Theil gewordenen Gaben wahrhaft zu benutzen. Seine Worte hatten solchen Erfolg, dass Arbeit und Anstrengung aus Liebe, rastlose Thätigkeit für alles Schöne und Edle, Reinheit des ganzen äusseren und inneren Wesens, im beginnenden Jünglingsalter entstanden, noch im höchsten Greisenalter ihn auszeichneten.

Der Vater that alles was er konnte, um den Sohn in der Erfüllung seiner Forderungen zu unterstützen. Er versah ihn mit den nothwendigen Geldmitteln und gab eifrig mancherlei Bücher heraus, um jene erst zu erwerben. Bücher sendete er ihm, und immer die besten Ausgaben und in möglichst schönem Einband, wie ein Exemplar des Homer von Wolf. Stets ermuthigte er ihn durch die freundlichsten Worte und verlangte als Gegengabe und Bezeugung der Dankbarkeit nur Thaten des Fleisses und der guten Sitte. „Lieber August, ich hoffe von Dir alles, Du bist die Freude meines Lebens, für Dich will ich arbeiten, für Dich leben." „Gute und interessante Briefe sehe ich für eine Belohnung an, welche Du Deinem Vater für seine Zärtlichkeit und Aufopferung gewiss nicht versagst." „Fahre so fort, mein lieber August, Du weisst, ich lebe gewissermassen nur für Dich und thue alles was ich thue in Hinsicht auf Dich." „Fahre so fort, Du wirst mir Rosen auf den Weg streuen." „Am besten danken wirst Du mir, wenn Du die betretene Bahn so fort wandelst und durch Dein Beispiel noch mehr Fleiss, Sittlichkeit, Tugend u. s. w. in die Pforte einführst." „Man beobachtet Dich in

Dresden, Balsam für mein Herz." „Ich lerne am Ende noch
Verse machen, um Dich zu übertreffen." Diese ihm zu Theil
gewordene Liebe hat der Sohn in sein ganzes Familien- und
Schulleben eingeführt.

Der Vater ahnte wohl nicht, als er dies alles schrieb,
dass er schon am Ziel seiner Laufbahn stehe, bewirkte aber
dadurch, dass der Sohn für sein ganzes Leben den mächtig-
sten Antrieb, auch als er selbständig wurde und ohne den
Schutz seines Vaters seinen Weg fortsetzen musste, in seiner
Seele fühlte und bewahrte; die väterlichen Briefe sind ihm
bis an das Ende seiner Tage ein werthvoller Besitz geblieben.
Auch eine sehr erfreuliche Correspondenz hat er fortwährend
mit seiner Schwester Caroline geführt, besonders seit dem
Tode seines Vaters, wo sie dann die einzige Person war, der
er über alle seine Zustände die vertrautesten Mittheilungen
machte.

Das Leben Meineke's in Pforte dauerte 4½ Jahr, von
Michaelis 1805 bis Ostern 1810. Rasch stieg er von Klasse
zu Klasse auf, bis er 1809 zu Ostern in Ilgens Klasse gelangte, die längst Gegenstand seiner Sehnsucht gewesen war.
In sämmtlichen Klassen erschien er immer als einer der fort-
geschrittensten. — Die grossen Ereignisse dieser Zeit vollzogen sich, ohne schlimme Folgen für die Anstalt.

Meineke hat das Glück gehabt, dass die Liebe, die er zu
Hause genoss, sich in der Schule fortsetzte, und ihm von Seiten
der Lehrer eine durchaus väterliche, von Seiten der Mitschüler eine brüderliche Gesinnung entgegenkam. Ilgen's grossartige Persönlichkeit trat ihm sehr nahe, weil er zu seinen Empfohlenen gehörte und dadurch in mannichfaltige Verbindung mit ihm kam. Meineke's Fleiss und Fortschritte
riefen ein freundliches Verhältniss von selbst hervor. Doch
gab es eine Zeit, wo Ilgen und Meineke sich von einander
abwandten, indem Meineke an seinem Meister allerlei Mängel zu erkennen glaubte, Meineke aber sich durch einige
Uebertretungen der Gesetze Strafe zuzog. In grossen
Alumnaten, wie das Pförtnische ist, ist es kaum zu vermei-

den, dass die Schüler sich zuweilen unglücklich fühlen und mit Missmuth über ihre Lage erfüllt werden. Solche Momente sind auch für Meineke gekommen, in denen er fürchtete, dass zum Nachtheil der Schüler allerlei nicht nothwendige Beschränkungen eingeführt werden würden, und die Schule dadurch ihren alten Glanz und Ruf verlieren möchte. Namentlich geschah dies im Jahre 1808, wo Ilgen längere Zeit in Dresden verweilte und zuletzt mit Vollmacht zu einer Umgestaltung der Verhältnisse zurückkehrte, welche in Dresden ohne Zuziehung der übrigen Lehrer beschlossen worden war. Bald aber glich sich alles wieder aus und machte der reinen Achtung Raum, die früher bestanden hatte und bis in seine letzten Tage in Pforte wuchs und zunahm. Dankbar erzählte Meineke oft wie Ilgen ihn beim Abschiede mit Thränen umarmte, ihm die letzten Ersparnisse einhändigte und zuletzt zu seiner Frau sagte: „liebe Frau, schmiere dem guten Meineke noch ein Butterbrod." Die kurzen Regeln, welche Ilgen Meineke's Vater gab: „Nicht jede Nase lang nach Hause reisen"; „die Tanten und Muhmen von Lissabon und Constantinopel nicht nach Pforte kommen zu lassen", hat der Sohn nie übertreten. Wenn Ilgen dagegen dem Vater schreibt: „Hinck findet sich, Ihre Anderen machen ihm Stelzen;" so hatte dies auch auf August Meineke nach Hincks Zeugniss volle Anwendung.

Der Lehrer, welcher die tiefste Einwirkung auf Meineke's Geist und Herz ausübte, war Professor Lange, dessen geschmackvoller Unterricht und sittlich imponirende Erscheinung ihn ausserordentlich ansprach. Auch der Conrector Schmidt und der Professor der Mathematik dieses Namens wendeten ihm ihre volle Zuneigung zu; jener gewann ihn durch seinen lateinischen Sprachunterricht, seine eigenthümlichen Extemporalien, welche die modernsten philosophischen Ausdrücke zur Uebersetzung in die klassische Latinität aufgaben, und durch seinen Witz und Humor; dieser durch seine gewissenhafte, treue Pünktlichkeit in allen seinen Amtsverrichtungen. Unter den jüngeren Lehrern war es der Collaborator Messerschmidt vorzüglich, an den er sich, nach dem

Wunsche seines Vaters, seiner gelehrten Kenntnisse wegen, enger anschloss, mit dem er auch später so lange dieser lebte in Verbindung blieb. Schon 1807 aber ging er als Professor an das Gymnasium zu Altenburg. — Kein Lehrer aber ist ihm gleichgültig, keiner fremd geblieben.

Unter den Schülern in Pforte herrschte vor Alters und herrscht noch jetzt die Achtung vor wissenschaftlicher Tüchtigkeit. Welcher Lehrer diese besitzt und in dem Zusammenleben mit den Schülern in der Klasse und ausser derselben zu bewähren weiss, ist der Anerkennung, und wenn er nicht ganz entschiedene sittliche Mängel und lächerliche Besonderheiten hervortreten lässt, welche immer störend einwirken, der innigen Hochachtung und des freudigsten Gehorsams gewiss. Alle die genannten Männer waren solche unzweifelhaft geehrte Persönlichkeiten. Aber auch unter den Schülern selbst galt dasselbe Princip. Zwar gab es sehr beliebte Schüler, welche durch Lust und Scherz, durch schlaue Uebertretung der Gesetze, durch Gutmüthigkeit und Freundlichkeit im Umgang sich Beifall zu erwerben wussten: wahre Achtung aber und Ehrerbietung genossen doch nur gute Schüler durch treffliche Leistungen auf wissenschaftlichem Gebiete. So konnte es nicht fehlen, dass Meineke während seines ganzen Schullebens unter seinen Mitschülern eine erfreuliche Stellung einnahm.

Hierbei ist das charakteristische Zeichen von Pforte von jeher gewesen, dass das klassische Studium seine Richtung auf Poesie nahm, und nicht blos Dichterlectüre selbständig und privatim mit grossem Eifer getrieben wurde, sondern auch eigene Versuche in lateinischen, griechischen und deutschen Gedichten als eine Blüthe der Schülerarbeiten anerkannt waren. Talente dieser Art, Versefexe wurden sie scherzend genannt, waren der grössten Ehre unter ihren Commilitonen sicher. Ilgens Tüchtigkeit, namentlich in lateinischer Poesie, längst schon in seinen früheren Werken in vorzüglicher Weise documentirt, leuchtete Allen als Muster vor. Nach seiner Anleitung *(materia poetica)* wurde bei jeder

öffentlichen Prüfung eine umfangreiche poetische Arbeit, eine
epische Rhapsodie geschrieben. Meineke war von Haus aus
darauf vorbereitet und hatte unter Leitung seines Vaters die
ersten Uebungen darin gemacht. Der Vater selbst hatte schon
1791 in seinem Leonidas Gedike in Berlin und 1787 Reinhard in
Dresden mit lateinischen Gedichten begrüsst. Diesem Beispiele
folgend richtete Meineke schon zu Neujahr 1806, also nach einem
vierteljährlichen Besuch der Schulpforte ein lateinisches Gedicht an seinen Vater in Distichen, welches eine höchst merkwürdige Fertigkeit verräth und vom Vater durchgesehen, kri-
tisirt und verbessert wurde. Metrisch ist es fast tadellos, auch
keinesweges eine Wiederholung antiker Vorbilder, sondern in
eigenthümlicher Weise für den Zweck berechnet, voll kind-
licher Liebe und guter Wünsche. Dass es nicht sein erster
Versuch war, beweist das Werk selbst, auch sagt er ausdrücklich von sich, dass er bereits im 13. Lebensjahre sein erstes
lateinisches Gedicht geschrieben habe.

Kein Jahr ist ohne deutsche, lateinische, griechische
·Gedichte von seiner Hand vorübergegangen; nur in Beziehung
auf das Französische ist der Sohn den Wünschen des Vaters,
wie es scheint, nicht nachgekommen, während er das Gebot
seine Gedichte aufzubewahren treulich erfüllt hat. Schon
als Untersecundaner lieferte er eine sapphische Ode, eine
Uebersetzung des reizenden Bergliedes, welches der Professor
der Mathematik Schmidt für das Maifest gedichtet hatte und
die Schüler von Pforte noch immer an diesem Tage zu singen
pflegen. Als neuer Obersecundaner 1808 schrieb Meineke ein
langes griechisches Gedicht in elegischer Form; endlich als
Primaner krönte er 1809 seine poetischen Uebungen in Pforte
durch einen in pindarischen Maassen gedichteten Hymnus zum
Jubiläum der Universität Leipzig, welcher von Seiten der
Schüler zu Schulpforte feierlich dort überreicht wurde und
dem Verfasser bei einer Reise nach Leipzig später eine freundliche Aufnahme bereitete.

Wie es scheint ist die Sammlung der Gedichte, welche
Meineke's Familie bewahrt, fast vollständig vorhanden; andere

interessante Gedichte von ihm finden sich bei seiner Valediction, welche er im Juni 1810 der bestehenden Sitte gemäss der Schule zurückliess. Von besonderem Interesse sind zwei rührende Gedichte, ein deutsches aus dem Jahre 1807, das sich auf des Vaters Tod bezieht, in welchem er seinem Onkel in Goslar seinen Schmerz über den Verlust des Vaters und die Sorgen über seine Zukunft schildert; ein zweites, griechisches, aus dem Jahre 1808, wo ihm der Vater im Traume als Bote Gottes erscheint, ihn tröstet, alle Thränen zu trocknen gebietet und ihm im Vertrauen auf Gottes Beistand auf dem betretenen Wege ruhig fortzufahren räth.

Durch solche Leistungen erwarb sich Meineke das unbedingteste Ansehen unter seinen Commilitonen und gewann Freunde, die ihm das ganze Leben hindurch zugethan und gewogen blieben. Jugendfreundschaften gehören überhaupt zu den Reizen von Pforte und sind zu allen Zeiten das schönste Ergebniss des dortigen Zusammenlebens gewesen. Solche Freundschaft entstand hier mit August Näke, Professor in Bonn, „*cujus viri nunquam ego, ne post tantam quidem temporis intercapedinem, nisi cum summo desiderio recordari soleo,*" Ludwig Bachmann, Professor und Gymnasial-Director in Rostock „*vetus meus amicus*" (*praef. ad Fragm. com. Graec. p. V und VI*), Ludwig Döderlein in Erlangen, Gregor Wilh. Nitzsch in Leipzig, Fritz Köster, Consistorialrath in Stade, Wilhelm Hinck, Justizrath in Heilsberg in Ostpreussen, Friedrich Adolph Schilling, Professor in Leipzig, mit denen allen er fortwährend in freundlichem Verkehr geblieben ist.

Zu den Einrichtungen, aus welchen häufig solche Freundschaften erwuchsen, gehört die Ordnung an den einzelnen Arbeitstischen in den Schülerstuben, an welchen ein Obergeselle und ein Mittelgeselle mit einem oder zwei Untergesellen zusammen arbeiteten. Der Obergeselle hatte die Verpflichtung, täglich mindestens eine halbe Stunde klassischen Unterricht zu ertheilen. In diesem Amte zeigte Meineke nicht nur ganz besonderes Talent, Eifer und glücklichen Erfolg, sondern auch herzgewinnende Freundlichkeit. So unter-

richtete er einen Schüler, Jaspis, aus dem benachbarten Freiburg, so trefflich, dass die dankbaren Eltern ihn nach Freiburg
einluden und vielfach für ihn Sorge trugen. Glücklicherweise haben wir hier noch einen lebenden Zeugen unter uns,
Geheimen Medicinalrath Professor Ehrenberg, der Michaelis
1809 nach Pforte kam und Meineke's Pflege zugetheilt wurde.
Allgemein wünschte man ihm Glück, dass er einen solchen
Obergesellen haben werde, der sich durch ausgezeichnete philologische Kenntnisse, Lehrtalent und persönliche Liebenswürdigkeit vor allen Uebrigen hervorthue; auch erkennt es
Ehrenberg noch heute als ein Glück an, in seine Hand gekommen zu sein und rühmt die Ruhe, Besonnenheit, Geduld
und Leutseligkeit seines jugendlichen Lehrers. An Meineke's
Tisch sassen bis Ostern 1810 ausser ihm selbst und Ehrenberg als Mittelgeselle Hinck, als Untergeselle Haun. Meineke
ist nach 60 Jahren der Erste, der aus ihrer Zahl gestorben
ist; ihre Gemeinschaft ist für Alle erfreulich und förderlich
gewesen.

Im Anfang hat auch Meineke über einzelne Misshandlungen zu klagen gehabt, welche von Schülern oberer Klassen
an ihm ausgeübt wurden. Nachdem er selbst in Obersecunda
eingetreten war, schrieb er triumphirend an seine Schwester
Caroline, dass er nun ein grosser Herr geworden sei und auf
seinen Wink über hundert Schüler bereit stünden, ihm ihre
Dienste pünktlich und gehorsam zu widmen; diese seine Macht
aber hat er niemals gemissbraucht.

Die persönlichen Verhältnisse Meineke's waren durch den
Tod des Vaters wesentlich geändert. Früher vollkommen durch
die Liebe desselben gesichert, sah er sich plötzlich der nothwendigen Mittel beraubt und musste sich nach fremder Hülfe
umsehen. Auch der Onkel in Goslar starb bald darauf, von
dem er noch Unterstützung gehofft und erbeten hatte. Zuweilen blickte er besorgt in seine Zukunft. Bald aber nahm
er wahr, wie sich nicht nur der zweite Onkel in Wolfenbüttel
höchst bereitwillig zeigte, sich des ausgezeichneten Neffen
anzunehmen, sondern auch Bekannte und Unbekannte aus

Privatmitteln oder durch Stipendien sich beeiferten, ihn über die Noth des Lebens hinweg zu heben. Er gab selbst Privatunterricht und zweifelte nicht, dass es ihm gelingen werde, durch seine erworbenen Kenntnisse und eigne Kraftanstrengung sich zu helfen. Um so eifriger wendete er sich den geliebten Studien zu.

Dann aber zeigte sich ein zweites Uebel. Ganz gesund war er nach Pforte gekommen: noch in den ersten Jahren seines Aufenthalts aber wurde er unwohl und öfter genöthigt, die Krankenstube zu besuchen. Der Vater ermunterte ihn, sich nicht zu verweichlichen und kleinere Uebel zu ertragen, aber sich im Freien zu bewegen und zu stärken. Um rascher vorwärts zu kommen, gewöhnte er sich, früher als die übrigen Alumnen aufzustehen. Abends waren sämmtliche Schüler an die bestehenden Ordnungen gebunden: am Morgen stand es ihnen frei, den Schlafsaal vorher zu verlassen, wenn sie die Morgenstunden zur Arbeit benutzen wollten. Vorgeschrieben war aber im Sommer um fünf, im Winter um sechs Uhr aufzustehen. Der Vater begrüsste es mit Freuden: „Die Nachtigallen werden dich doch einigemal wecken, du magst noch so früh aufstehen. Sie werden dich auch zum Gesange einladen und die Musen müssen dir dann nachhelfen." Aber wahrscheinlich war dies ein Uebermass, welches dem zarten Körper schadete und das Ende seiner Laufbahn in Pforte trübte.

Desto entschiedener waren seine geistigen Fortschritte, die ihm im Jahr 1809 den Muth gaben, sich zum Studium der Philologie zu bestimmen. Eben erst in jener Zeit war in dieser Beziehung ein Wendepunkt für die Universitätsstudien eingetreten, indem sonst Alle, die sich classischen Studien zuwenden wollten, zunächst als Theologen eingeschrieben zu werden pflegten, und sich dann dem Schulfach oder dem Universitätslehramt widmeten. Für seine Vorbereitung dazu haben wir ausser den poetischen Versuchen, welche sich als ausgezeichnet darstellen, zwei Abhandlungen in lateinischer Sprache erhalten, welche von der Hand des Lehrers

2 *

verbessert, dadurch zugleich als ächt beglaubigt werden. In
Pforte war es damals üblich, den Primanern für die lateinischen Arbeiten Fragen aus der gelehrten Alterthumskunde
und Geschichte aufzugeben, die eine Lösung erforderten,
welche wohl von den Schülern unternommen werden konnte.
Weil im Semester nur eine solche Arbeit, höchstens zwei
gegeben wurden, konnte Fleiss darauf gewendet werden
und die Schüler pflegten, sobald sie das Thema empfangen
hatten, im gemeinsamen Gespräch und durch Benutzung der
an bestimmten Tagen geöffneten Lehrerbibliothek eifrigst das
richtige Resultat aufzusuchen und kamen oft zu ganz verschiedenen Ansichten. Lebendiger Forschungstrieb wurde dadurch
bei eifrigen Schülern wie bei Meineke geweckt. Eine der
vorliegenden Arbeiten behandelt die Frage, ob Cicero mit
Recht den Tod Cato's mit dem des Sokrates verglichen habe.
Meineke entscheidet sich für Cicero und begründet sein Urtheil durch eine eingehende Darstellung der Umstände, unter
welchen Beide den Tod erlitten, kurz und ohne Herbeiziehung
fremden Inhalts. Die Methode der Behandlung ist gut, die
Ausführung knapp, wohlgeordnet und ziemlich correct. Auf
dem Titelblatte wird auf Stellen hingewiesen aus Lactantius,
Muretus und Stäudlin, welche auf die Frage Bezug haben.

Noch interessanter ist eine zweite Arbeit über M. Atti-
lius Regulus, worin der Beweis geführt werden soll, dass die
Nachrichten über seinen qualvollen Tod erdichtet sind. Hier
tritt uns ein Eingehen auf die Quellen und ein Urtheil über
deren Zuverlässigkeit entgegen, wie es die historische Kritik
erfordert. Von Citaten der antiken Historiker und Dichter,
welche für die Frage in Betracht kommen, ist hier eine grosse
Fülle mitgetheilt. Man wird lebhaft an die spätere Belesenheit des Verfassers erinnert. Nachdenken und Ueberlegung der einzelnen Momente führt zu sehr verständigen
Folgerungen. An Correctheit des lateinischen Ausdrucks fehlt
es nicht. Eigentlich grammatischer Unterricht, namentlich
z. B. systematische Behandlung der Casus- und Moduslehre
fehlte damals: nur gelegentlich wurde im Griechischen und

Lateinischen auf solche Kenntnisse Bezug genommen. Man
lernte das Unentbehrliche nur im Gebrauch, namentlich
bei Anfertigung der poetischen und prosaischen Versuche,
und als Lehrer der Untergesellen. So wurde auch Meineke
nicht anders zu solchen Studien hingeführt: er besass aber
schon damals eine zum Theil aus der Heimath mitgebrachte
Sicherheit in Formenlehre, Metrik und Syntax beider Sprachen und wendete sie ohne grobe Verstösse mit Leichtigkeit
an, ohne jedoch auf wissenschaftlichem Wege dagegen
gesichert zu sein. Auf Beobachtungen über Erscheinungen
in der Formenlehre ging er schon damals aus. Eigentlich
Ciceronischen Stil besitzt er nicht, aber unleugbar classisches
Gepräge in bunter Mischung, wie sie ausgebreitete Lectüre
zu erzeugen pflegt.

Das Letzte, was er für Pforte arbeitete, war seine Valediction. Nach Professor Koch's Bericht ist sie am 8. Juni
1810 von Meineke abgeschlossen worden und enthält: *Obser-
vationes criticae in Graecos aliquot scriptores* in 7 Capiteln. In
der Vorrede sagt er, er habe erst über *Apollonius Rhodius*, dann
über das Leben des *Theramenes* schreiben wollen, aber beides
propter temporis angustias aufgegeben. Die kritischen Bemerkungen behandeln Stellen aus Sophokles, Aeschylus,
Argonautica, Plato Comicus, Alex. Aetolus, Aristaenetus, Callimachus, Euripides mit Aufwendung nicht geringer Gelehrsamkeit, Benutzung der griechischen Grammatiker und Lexicographen, wie die des *Etymologicum magnum*, und vieler Com-
mentatoren. Es klingt ganz wie in seinen spätesten kritischen Besprechungen, wenn er einmal sagt: *epigramma foeda
menda inquinatum esse, quam ut emendem, iam diu est, quod
legendum coniecerim, etc.* Interessant ist auch bei Gelegenheit von δηλοῖ in Sophocl. Antig. 471 eine Sammlung von
activen Verben mit passiver Bedeutung. In Catull 64, 14
will er *Emersere freti* gelesen haben, was auch Moritz Haupt
jetzt aufgenommen hat. Es ist dies gewiss eine ausserordentliche Erscheinung in der Geschichte der Gymnasien, und
wohl darin schon eine Einwirkung Gottfr. Hermann's auf

unsere Schulen erkennbar. Hatte doch auch Carl Reisig in Rossleben kurz zuvor in Antigone 275 eine Verbesserung vorgeschlagen, die von Benutzung der griechischen Scholien zeugt und unbedenklich von Schäfer in Leipzig empfohlen wurde.

So gingen Meineke's Lehrjahre in Pforte zu Ende. In den letzten Monaten war er durch Erkrankung Blutauswurf und andere bedenkliche Erscheinungen gezwungen gewesen, die Osterprüfung nicht mehr zu bestehen, sondern zu seiner Grossmutter nach Auerstädt zu gehen, um durch deren Pflege die verlorene Gesundheit wieder zu erlangen. Dies hatte den glücklichsten Erfolg; und als er seine letzten Arbeiten übergab, war er völlig wieder hergestellt und voll Muth und Freudigkeit für die Zukunft. Das allgemeine Urtheil war, dass es ihm gut sein werde, in freierer Weise, als in Pforte, seine Tage zuzubringen. Noch hatte er das zwanzigste Lebensjahr nicht beendet; mit grossen Erwartungen, wenn es ihm vergönnt sei, sich und sein Talent ganz auszubilden und zu entfalten, sahen Lehrer und Freunde ihn scheiden.

Ostern 1810 bis Michaelis 1811.

Universität Leipzig.

Der Uebergang zur Universität war für Meineke ein sehr erfreuliches Ereigniss. Das schöne Bewusstsein, ein lange ersehntes Ziel glücklich erreicht zu haben, verband sich bei ihm mit der frohen Hoffnung, er werde, wenn er das ihm seiner Erkrankung wegen jetzt düster erscheinende und die freie Bewegung der Einzelnen einer zu grossen Beschränkung unterwerfende Schulleben gänzlich aufgegeben habe, zu voller Wiederherstellung seiner angegriffenen Gesundheit gelangen. Dass Rector Ilgen selbst dazu gerathen, die übrigen Lehrer ihre Uebereinstimmung damit bezeugt, auch seine

Freunde sich dafür erklärt hatten, gab ihm für seinen Entschluss die entschiedenste Sicherheit. Ohne Abiturientenprüfung waren Alle von seiner Reife unzweifelhaft überzeugt.

Sein Weg führte ihn nach Leipzig. Dahin wies ihn der alte Zusammenhang zwischen der Landesschule und der Landesuniversität. Derselbe Churfürst Moritz hatte einst durch reiche Schenkungen sich den Namen eines zweiten Gründers der Universität Leipzig verdient und Schulpforte in's Leben gerufen. Die meisten Portenser hatten zu allen Zeiten in Leipzig ihre Studien gemacht, und aus Dankbarkeit dafür hatte die Anstalt durch Ueberreichung der griechischen Ode Meineke's im Jahre 1809 an der Feier des Jubiläums Theil genommen. Seit Jahrzehnten war sie eine der blühendsten Anstalten dieser Art, von unbestrittenstem Rufe, und hatte Deutschland ausserordentlichen Segen gestiftet.

Dahin wies Meineke noch viel mehr das erfreuliche Verhältniss zwischen seinem bisherigen Wohlthäter Ilgen und Gottfried Hermann, dem Meister der classischen Philologie in Sachsen. Ersterer hatte stets mit Stolz die hohen Verdienste seines ehemaligen Schülers hervorgehoben und, dass er durch seine philologischen Leistungen von ihm bei weitem übertroffen sei, anerkannt. Hermann dagegen hatte die gründliche Gelehrsamkeit und schulmännische Tüchtigkeit Ilgen's an sich selbst erfahren und die sächsische Regierung veranlasst, Ilgen das Rectorat von Pforte anzuvertrauen, in der festen Ueberzeugung, dass eben so, wie er ihm die erste Einführung in seinen später so reich entwickeltem Beruf als Philolog und Lehrer der Philologie verdankte, auch andere Jünglinge aus seiner Schulleitung den grössten Vortheil ziehen würden. Zwar hatte schon, ehe Ilgen das Rectorat übernahm, Hermann viele seiner besten Schüler, wie er selbst sagte, aus Pforte empfangen, seit 1802 aber entstand nach Ilgen's Anstellung ein noch innigerer Zusammenhang zwischen Leipzig und Pforte. Zeugniss von seinem günstigen Urtheil über Ilgen hat Hermann in den Vorreden zu den homerischen Hymnen und zu den Acta der griechischen Gesellschaft, zuletzt in

einem 1843 der Schulpforte gewidmeten lateinischen Gedichte
in warmen Worten abgelegt.

Dahin wiesen ihn auch seine persönlichen Verhältnisse.
Denn in Leipzig durfte er auch für seine materiellen Bedürfnisse, deren Befriedigung ihm selbst jetzt oblag, gute Hoffnungen hegen und durch Stipendien und Unterstützungen in
eine günstige Lage zu kommen erwarten; auch hatte er
bereits mannichfache Versprechungen gerade für jene Stadt
empfangen.

Vor Allem aber wies ihn die philologische Richtung dahin, die ihm seine Begabung vorgezeichnet, sein bisheriges
Leben gegeben, die Schulpforte entwickelt und ausgebildet
hatte. Um dieser Richtung willen ging er in Wahrheit weniger nach Leipzig, als zu Gottfried Hermann, in dessen Sinn
und Geist er, wie einige Jahre früher Franz Passow, schon
lebendig eingedrungen war, als er sich dem Meister selbst
näherte. Am 24. Mai 1810 kam er in Leipzig an.

Der gemeinsame Hauptvorzug aller Alumnate besteht in
der Gewöhnung der Schüler an eine regelmässige Tagesordnung, welche, wenn sie mehrere Jahre geübt und festgehalten
worden ist, zuletzt zur anderen Natur wird. Für Meineke
war es daher eine erste That, sich eine Regel für sein
Studentenleben zu schaffen, bei deren Feststellung er eben-
sosehr der Sorge für seine Gesundheit, als dem glücklichen
Fortgange seiner wissenschaftlichen Bestrebungen Rechnung
trug. Er beschreibt seinen „Lebenslauf" im ersten Semester
so: „Mein Stübchen nebst einer hübschen Kammer geht in
einen ruhigen Hof hinaus und ich lebe hier gleichsam ab-
geschieden von dem übrigen Geräusche des luxuriösen Leipzig.
Früh Morgens um ein halb fünf Uhr weckt mich die Morgen-
sonne, die halb und halb mein Bett bescheint. Dann stehe
ich auf, ziehe mich an und arbeite bis 7 Uhr, wo ich dann
bis zwölf Uhr Mittag Collegien habe. Von 12 bis $12^1/_2$ Uhr
esse ich, gehe dann eine halbe Stunde in die Allee oder in
den Park oder in einen Garten, und von da in der Regel
wieder in meine Stube, wo ich bis $1/_2 7$ Uhr arbeite. Als-

dann kommt ein guter Freund; meist gehe ich nach Gohlis, einem ³/₄ Stunden von hier entfernten Dorfe, wo täglich Musik und sehr viel Gesellschaft aus Leipzig ist. Der Weg dahin führt durch einen herrlichen Wald, den die Pleisse durchfliesst. Hier bleibe ich gewöhnlich bis gegen 8 Uhr, so dass ich nach ¹/₂9 Uhr wieder in meinem Hause bin. Alsdann arbeite ich noch bis nach 10 Uhr und lege mich dann ruhig und zufrieden in mein Bett." Der ganze Lebenslauf ist ein deutliches Abbild der Einrichtungen in Pforte.

In der That nahm bei dieser regelmässigen Lebensweise seine Gesundheit sichtlich zu, seine Brustschmerzen verschwanden, Heiterkeit und Munterkeit kehrten ein. Er trank auf den Rath der Aerzte isländisches Moos, badete oft, lebte sehr mässig und beförderte mit dem besten Erfolg sein physisches Wohl.

Nicht minder gediehen seine Studien. Die Schule hatte ihn nicht blos zu einer regelmässigen, wohlgeordneten Thätigkeit, sondern auch — und dies ist ein zweiter grosser Vorzug des Alumnates in Schulpforte — zur Selbstthätigkeit geführt, welche nach eigner Wahl und eigenem Triebe sich ihre Aufgaben wählt und die Vollendung derselben als die wahre Pflichterfüllung eines Schülers betrachtet. So war auch in Leipzig sein Privatstudium der wichtigste Theil seiner Arbeiten, für welches er aber alles, was die Universität darbot, als Förderungsmittel benutzte. Unter den Collegien, welche er hörte, standen natürlich die von Hermann obenan, die ihm ungemeines Interesse einflössten und nach allen Seiten hin nützten. Wer auch nur zuweilen das Glück gehabt hat, diesen Vorlesungen beizuwohnen, ist von Hermann's Frische, Lebendigkeit, Beherrschung des Gegenstandes, Lehrmethode, classischem, lateinischem und deutschem Vortrag bezaubert. Niemals trat ein Moment des Stillstandes oder der Langenweile ein, vielmehr hingen alle Zuhörer an den Lippen dieses Mannes, dessen Rede wie ein heller, lichter Strom sich ergoss, bis er schwieg und davon eilte. Die Erklärungen der Schriftsteller, die Vorlesungen über griechische Grammatik und über Metrik, und alles was er sonst behandelte, hatte bei den Studirenden den glänzendsten Erfolg. Meineke hörte Hermann, als er auf der Höhe seines Ruhmes stand und Leipzig der Hauptsitz philologischer Studien war, neben dem sich so eben in Berlin eine andere ebenbürtige philologische Schule bildete, die sich bald durch eigenthümliche Verdienste mächtig emporhob, und Hermann's Wirksamkeit theils fortsetzte, theils ergänzte.

Hermann's Haupteinfluss aber wurde durch seinen persönlichen Umgang gewonnen, dessen er die vorzüglichsten Studirenden würdigte. Meineke nahm er unmittelbar nach seiner Ankunft in den engeren Kreis seiner Schüler auf. Zu diesem Zwecke hatte er schon 1799 eine philologische Gesellschaft gestiftet, die 1805 den Namen einer griechischen Gesellschaft annahm, unter dem sie dann überall bekannt geworden ist, und in Deutschland für die Studien des Alterthums, namentlich Sprachforschung und Kritik, eine ausserordentliche Bedeutung gewonnen hat. Die Uebungen derselben bestanden theils in einem „Disputatorium" in welchem der mündliche Gebrauch der lateinischen Sprache in Verbindung mit schriftlichen Darstellungen getrieben wurde, doch so, dass zuweilen in besonderen Stunden auch griechische Rede an die Stelle der lateinischen trat; theils in Behandlung für die Erklärung schwieriger, vorzugsweise verderbter Stellen römischer und griechischer Dichter und Prosaiker. Jedes Mitglied wählte sich nach freier Bestimmung irgend einen Schriftsteller, mit dem es sich privatim beschäftigte und über den es Abhandlungen schrieb und vertheidigte. Die Studirenden erhielten dadurch einen Blick in die rechte Methode philologischer Technik und in Hermann's eigene Werkstatt. Seine Offenheit und Geradheit, seine uneigennützige Hingabe an die Mitglieder, seine stete Bereitwilligkeit sie anzuhören, zu unterrichten, zu leiten, sein umfassendes Interesse für die ganze griechische und römische Literatur, von der ihm nichts fremd oder gleichgültig war, machte auf Meineke den bedeutendsten Eindruck. Zur Theilnahme an diesen Uebungen war er, wie wir sahen, in Pforte recht eigentlich vorbereitet. Gegenseitige Achtung und Freundschaft ist bei Beiden unausbleibliche Folge gewesen und bis zum Tode bewahrt worden.

Für Meineke war es vom grössten Werthe, dass diese Gemeinschaft ihn mit jungen Gelehrten bekannt machte, welche ein gleiches Streben und Hermann's Vorgang zu den ernstesten Anstrengungen begeisterte. Ihre Disputationen vor des Lehrers Augen waren feurig und lebendig und durften niemals in Gezänk oder gehässige Streitigkeiten ausarten. Man sprach seine Meinung offen aus, vertheidigte sie mit allen Kräften, freute sich aber auch an jeder von einem anderen Mitglied gefundenen Wahrheit. Frisches Leben entstand unter allen und setzte sich im weiteren Umgange unter den Freunden munter fort. Meineke's Richtung auf die Griechen, namentlich die Dichter derselben, wurde jetzt ausgebildet und für das ganze Leben festgegründet. Er gewann hier Umgang mit Seidler, Schäfer, Spohn, Reisig und Anderen, und fand alte Freunde aus Pforte, wie Döderlein, wieder. Sein inniger Freund Schilling kam Michaelis 1810 nach Leipzig und trat mit ihm in die engste Verbindung.

In der Stadt des Buchhandels hatte er auch die erste Anregung, etwas drucken zu lassen, that dies aber nicht unter seinem Namen, weil er nur mit etwas Grossem und Bedeutendem aufzutreten wünschte. Seine erste Schrift war eine Ausgabe der Biographien des Timoleon, der Gracchen und des Brutus von Plutarch; er nannte sich Fabricius. In derselben Zeit gab sein Freund Karl Reisig den Oekonomikus des Xenophon heraus (1812) nicht ohne mannigfachen Scherz und Uebermuth, aber auch nicht ohne grosses Talent und tüchtige philologische Kenntnisse zu verrathen. Er nannte sich Ludolphus Kusterus. Meineke soll ihn dabei unterstützt haben.

Hauptgrund zu solchen Arbeiten waren die finanziellen Schwierigkeiten, mit denen Meineke, der vater- und mutterlos war, zu kämpfen hatte. Ilgen's Ersparnisse waren bald aufgezehrt, doch fuhr dieser sein väterlicher Freund fort, auf

das Möglichste für ihn zu sorgen und ihm ausserordentliche
Hülfsleistungen darzubieten. Der geringe Nachlass seines
Vaters reichte nicht weit, wurde aber durch die Unterstützungen des Onkels in Wolfenbüttel ergänzt, der nicht aufhörte,
für seinen ausgezeichneten Neffen Mittel in Bewegung zu
setzen. In den misslichen Verhältnissen, in die er zuweilen
kam, dachte er daran eine Hofmeisterstelle bei einem jungen
Grafen zu übernehmen, obgleich er dadurch seine Studien
hätte unterbrechen müssen, und mit ihm auf Reisen zu gehen.
Stipendien, die ihm bereits zugesagt waren, sollten ihm nur
zu Theil werden, wenn er nach Jena übersiedelte. Schwer
wurde es ihm, durch Briefe an Behörden, welche überdies
meist vergeblich blieben, sich Hülfe zu erbitten. Auch zu
Privatunterricht nahm er seine Zuflucht. Bei allen diesen
Sorgen war seine Schwester Caroline sein einziger Trost,
welche in der freundschaftlichsten Weise unausgesetzt für ihn
sorgte und strebte. Alles dies aber konnte doch sein Vorwärtsstreben nicht hemmen, durch welches er sich mitten in
seinen finanziellen Nöthen muthig und kräftig erhielt und
auch, wie wir sahen, vermittelst des Buchhandels einige Er-
leichterungen für seine Verhältnisse herbeiführte. Auch blieb
seine Gesundheit ganz erwünscht und liess ihn die früheren
körperlichen Leiden vergessen.

Besonders erfreulich für ihn waren einige Reisen, die er
in den Ferien, meist natürlich zu Fuss, zu machen im Stande
war; er benutzte sie, wie unter seines Vaters Leitung, nicht
blos zur Erstarkung seiner Kräfte und zur Hebung seines
Gesundheitszustandes, sondern auch zur Bekanntschaft mit
ausgezeichneten und gelehrten Männern, wie er denn auch
in Leipzig erfreulichen Umgang mit Professorenfamilien und
anderen guten Häusern gefunden hatte. In den Michaelis-
ferien 1810 unternahm er so eine Reise nach Eisenach, wo
sein Vormund, der Kaufmann Wittich, lebte und wurde dort,
wie überall unterweges, sehr freundlich aufgenommen und
willkommen geheissen. Von ungleich höherem Werthe war für
ihn eine Reise, die er in den Osterferien 1811, Ende Mai

und Anfangs Juni, nach Berlin machte, um die neu aufge-
blühte Universität kennen zu lernen und die Gelehrten zu
besuchen. Auf dem Wege dahin weilte er einige Wochen
im Hause seines Onkels Freytag in Schlieben bei Wittenberg,
wo er sehr glückliche Tage verlebte und sich ganz wie zu
Hause fühlte. Berlin selbst und Potsdam machten einen
grossen Eindruck auf ihn, namentlich da er noch nie so ausgezeichnete Städte wie diese, so herrliche Kunstwerke wie
hier gesehen hatte. Den meisten Genuss aber verdankte er
der Bekanntschaft mit den ausgezeichneten Männern, die
er hier kennen lernte. Der Gedanke sich später hierher zu
wenden wurde ihm sehr nahe gelegt, eine Anstellung an
einer Schule in Aussicht gestellt, und grosse Hoffnungen in
ihm rege gemacht. So ermuthigt und gekräftigt kehrte er
nach Leipzig zurück und begab sich mit demselben Eifer wie
früher zu den mit voller Lust und Liebe getriebenen Studien
zurück.

In den letzten Wochen des Sommersemesters 1811 traten
für ihn recht empfindliche Verlegenheiten ein, indem manche
Mittel ausblieben, auf die er, weil sie ihm versprochen waren,
hatte rechnen dürfen: da zeigte sich plötzlich eine ganz un-
erwartete Lösung aller Schwierigkeiten seiner Lage, um
dieselben für immer aufzuheben. Das Vertrauen, welches
Meineke bei Hermann und vielen anderen Professoren und
Gelehrten in Leipzig sich erworben hatte, wurde für seinen
Lebensgang entscheidend. Anfang Oktober 1811 kam nach
1½ Studienjahre durch jene Freunde ein Antrag an ihn, als
Professor der römischen und griechischen Literatur an das
Conradinum zu Jenkau zu gehen, den er sofort auf Hermann's
Rath, der für das Gelingen der Sache gleichsam die Verant-
wortung hatte, freudig und muthig annahm.

„Du nimmst gewiss", schreibt er unter dem 16. October
an seine Schwester, „herzlichen Theil an meiner schnellen Be-
förderung. Es ist dieses die erste Stufe, die mir den Weg
zu meinem Ziele bahnt. Dass ich schon so früh in einen
Wirkungskreis komme, ist mir ein herrlicher Gedanke. Ich

werde mit Leib und Seele meinem Amte vorstehen, und ich
fühle Kraft in mir der Welt zu nützen." Nicht lange so
trat er seine Reise zu dem neuen Bestimmungsorte an.
Sie ging zuerst nach Schlieben, in dessen Nähe er aber
kaum einem Beinbruche entging; er kam mit einer Ge-
schwulst davon, die ihn mehrere Male auf dem Wege halt
zu machen zwang. In Schlieben selbst erfuhr er noch einmal
im Hause des Onkels eine ihm wohlthuende väterliche und
mütterliche Liebe. Am 25. November 1811 kam er zwar noch
leidend, zuletzt aber doch glücklich in Jenkau an und wurde
auf das Herzlichste und Freundlichste aufgenommen. So
ging die kurze Zeit der Lehrjahre Meineke's zu Ende und
seine Lehrerwirksamkeit begann. Seit seiner Aufnahme als
Tertianer in Pforte waren gerade 6 Jahre vergangen, er
hatte das 21. Jahr seines Lebens noch nicht beendet. Mehr
als diese Jahre erwarten lassen, besass er mannigfache Vorarbeiten zu gelehrten Werken, welche allmählich durch seinen
Fleiss entstanden waren.

1811—1814.

Conradinum in Jenkau.

Das Conradinum zu Jenkau, in seiner ersten Periode
unter Reinhold Bernh. Jachmann seit 1801, in seiner zweiten
Periode 1810—14 unter der Mitdirection Franz Passow's, ist
eine ausserordentlich merkwürdige Anstalt, die nicht vergessen werden darf, und das Archiv deutscher Nationalbildung,
welches beide Männer vereint im Jahre 1812 herausgaben, bleibt
ohne Frage in der Geschichte deutscher Schulen eine bedeutende
Erscheinung, noch heute merkwürdig und beachtenswerth,
niemals mehr als in unsern Tagen, wo die Ideen, die dort
Alle erfüllten, in einer so unerwarteten, grossartigen Weise
in's Leben getreten sind. In Pforte weilte Meineke zu einer
Zeit, in welcher Frankreich einen raschen und leichten Sieg

erfocht, ohne dass er zu einem recht lebendigen Gefühl für
die Leiden des deutschen Vaterlandes kam. Auch während
seines kurzen Aufenthaltes in Leipzig war er weniger
häufig als man erwarten durfte, an das Unglück des Vaterlandes erinnert worden. Ganz anders fand er es in Jenkau, wo die beiden Directoren in den grossartigsten An-
schauungen lebten und für die künftige Befreiung des Vaterlandes sorgten und stritten. Schon in Weimar war Passow's
ganze Seele mit der Begründung einer glücklicheren Zukunft
für Deutschland beschäftigt. „Möge nur", schreibt er an
seinen Lehrer Breem im Nov. 1808, „die nächste Generation besser, energischer sein, als die jetzige in Thatenlosig-
keit und Feigheit versunkene: glücklicher wird sie dann gewiss sein und auch ich hoffe noch Bürger des erneuten
Deutschlands zu werden, und wer das nicht mit mir hofft
und nicht selbst thätig zu werden bereit ist, der kann keine
grössere Sünde begehen, als zu leben"; und im December an
Friedrich Jakobs: „Darum ist mir auch mein Beruf so werth,
so erhaben, weil mir die Bildung einer neuen und so Gott
will einer besseren und dann auch noch gewiss glücklicheren
Generation mit anvertraut ist;" und im Nov. 1809 an
Breem: „Möchte ich nur die ganze Aussenwelt so lange
vergessen können, vielleicht erscheint das Buch schon in
einer besseren Zeit. Wir arbeiten unermüdlich daran uns
und unsere Schüler derselben würdig zu machen, und wir
haben schon mehr als eine schöne deutsche Blume aus ihrem
Keime gelockt." In Jenkau hatte derselbe Gelegenheit gefunden, der innersten Gesinnung seines Lebens erfolgreicher
Genüge zu thun. Dort an Deutschlands Ostgrenze trat das
Conradinum in echt deutschem Geiste auf, um in der Jugend
ein Bollwerk gegen die Knechtung des Vaterlandes aufzu-
richten. Es ist rein deutsches Interesse, was hier in einer
sich völlig frei bewegenden Anstalt in kräftigster Weise vertreten wird und im „Archiv" seine ganze Grösse entfaltete;
Fichte's Geist, mit dessen Bilde das Buch geziert ist, sollte
der Anstalt eingehaucht werden. Meineke ward hier in

eine andere Lage versetzt, als sie bisher gewesen war, und schloss sich mit ganzer Seele den Tendenzen seiner Directoren an.

Jachmann war Schüler und Freund Kant's in Königsberg und empfing im Jahre 1800 den Auftrag, die „von Conradi'sche Stiftung" ins Leben zu führen und als Director zu leiten. Die unbeschränkteste und ausgedehnteste Vollmacht wurde ihm dazu von Seiten der Regierung gegeben. Er wählte zur Anlegung des Institutes den Platz bei Jenkau, wo es, $1^1/_4$ Meile von Danzig entfernt, eine sehr hohe Lage, reine, gesunde Luft und meilenweite Aussicht über die Stadt und nach dem Meere hin hatte. Ein umgebender Wald schützte die Gebäude und gewährte grosse Annehmlichkeit für die Bewohner. Die Schule, welche dort angelegt wurde und höchst bedeutende Mittel besass, sollte „allen ihren Zöglingen, ohne Rücksicht auf die besonderen Bedürfnisse einzelner Stände, eine gleichmässige humanistische Bildung geben". Sie nahm den Kampf mit all den Erziehungsmethoden auf, welche dem gemeinen Nützlichkeitsprinzip dienen, und vertrat dem gegenüber die Idee des Humanismus, dessen Zweck es ist, bei der Jugend dahin zu wirken, dass sie vor den Zerstreuungen und Gefahren der Welt gesichert, an der Wissenschaft, Kunst und Natur ihre noch bildsame Geistes- und Körperkraft nähre und vervollkommene und sich zu einem selbständigen und selbstthätigen Vernunftleben ausbilde. Das Studium der deutschen Sprache nimmt im Lehrplan die erste Stelle ein und wird in der umfassendsten Weise getrieben, um den Sinn der ächten deutschen Nationalität im Herzen der Jugend auf fester und unzerstörbarer Grundlage aufzubauen; sie nimmt die Lectüre altdeutscher Gedichte, namentlich des Heldenbuches und der Nibelungen mit der festen Ueberzeugung auf, dass jede deutsche Schule diesem Beispiel folgen müsse, wenn sie ihrem nationalen Zwecke irgendwie entsprechen wolle. Dafür wirkte auch Franz Passow, der gleichzeitig in demselben Sinne den klassischen Studien eine ganz neue Wendung giebt, indem er mit

Entschiedenheit die Nothwendigkeit betont, die deutsche
Jugend durch das Studium der griechischen Sprache und
Grammatik zur Bildung zu führen, deswegen den pädagogischen Vorrang der griechischen Sprache vor der lateinischen einführt und den griechischen Unterricht schon in der
untersten Classe vor dem lateinischen Unterricht beginnt.
Meineke war durch seine bisherige Vorbildung ganz der
rechte Mann, die Durchführung des neuen Unterrichtsplanes
zu unterstützen. Lange hatte man vergebens nach Lehrern
gesucht, welche die Ideen des Instituts zu den ihrigen machen könnten, bis man in Meineke den Lehrer fand, der mit
jugendlicher Begeisterung mitarbeiten konnte. Passow und
Meineke waren in ziemlich gleichem Alter (Passow feierte
in Jenkau seinen 24sten Geburtstag) und schlossen sich daher innig aneinander an; doch behielt Passow den griechischen Unterricht für sich allein und übergab Meineke den
Unterricht in der lateinischen Sprache.

Der zu erreichende Zweck erforderte ausgezeichnete
Lehrer, Meister ihres Faches und sittliche Ideale ihrer
Schüler. Die Unterweisung wurde ausser den Lehrstunden auch im Umgange mit den Schülern im ganzen Leben und in ihren Studien gegründet und sollte sich vorzugsweise auf die für die Studien einzuschlagenden Wege
erstrecken, welche nach der Individualität der Schüler bestimmt werden sollten. In und ausser dem Unterrichte hatten die Lehrer die Ausbildung des inneren Menschen, die
sittlichen Zwecke des Geistes und ein idealisches Vernunftleben zu fördern. Die Lehrerconferenz ist der Mittelpunkt
aller Bestrebungen der Anstalt und fordert Harmonie und
Uebereinstimmung in allem Wesentlichen, während sie an-
dererseits dem individuellen Wirken überall Vorschub leistet.
So lernte Meineke, mit dem noch zwei Portenser zusammen-
wirkten, Bernh. Bucher und W. Weichardt, hier ein Neues
kennen, das er in Pforte nicht so gefunden hatte, wo dem
Lehrercollegium die unbedingte Uebereinstimmung mit dem
Rector, wie der einzelnen Lehrer untereinander, und so die

volle Einheit fehlte. Wie sehr er selbst auf diese Einheit einging, ist durch die innige Freundschaft documentirt, in welcher er mit sämmtlichen Collegen, die er dort fand, bis ans Ende des Lebens geblieben ist. In der That ist ein Band der Liebe, welches in allen Stürmen des Lebens ausgehalten hat, um alle die Männer geschlungen worden, welche auch nur wenige Jahre dort mit einander gewirkt hatten.

Es war für die Absichten der Lehrer von Jenkau von der grössten Wichtigkeit, dass sie von aussen keinen störenden Einfluss erfuhren; die Gegensätze, die in Danzig und Königsberg laut wurden, liessen sie vorübergehen oder bekämpften sie mit Entschiedenheit, nur ihrer eigenen Ueberzeugung durften sie folgen und hatten an den Curatoren der Anstalt in Danzig, an deren Spitze Hufeland stand, Männer, welche mit Vertrauen erfüllt, sie völlig gewähren liessen. Noch gab es keine ins Einzelne gehende Organisation von Oben her, welche sie gefesselt und undurchbrechbare Schranken um sie gezogen hätte. Ihre Freiheit war unbeschränkt. In Pforte hatte Meineke schon als Schüler die Einwirkungen von Dresden her als unerfreulich für die Schüler zu erkennen geglaubt.

Noch am 20. Nov. 1811 schrieb Passow an Jakobs in Gotha, dass er geistiges Miteinander- und Ineinanderleben entbehre, weil Jachmann sich wenig für Alterthum und Kunst interessire; dass er darum in beiden Beziehungen nur todte Freunde, seine Bücher habe, dass er aber noch in diesem Jahre zwei junge Philologen aus Hermann's Schule erwarte, die seine Mitarbeiter werden sollten. Fast unmittelbar darauf kam Meineke wirklich an und genügte den Bedürfnissen. Zum Michaelisexamen 1812 lud Passow durch ein Programm ein: „Ueber Zweck, Anlage und Ergänzung Griechischer Wörterbücher". In der dritten Beilage, S. 117, erzählt Passow, dass er in dem ganzen Abschnitt vieles der freundschaftlichen Mittheilung Meineke's verdanke, namentlich die Nachweisungen aus Eustathius und Eusebius; und in den Schulnachrichten S. 133 f. zählt er Meineke den Männern zu, „in

denen sich gründliche und geistvolle Kunde ihrer Wissenschaft mit dem lebendigsten Eifer für ihren Beruf aufs
schönste vereinigt". Am 16. December 1813 schrieb er dem
oben genannten Gelehrten: „Mein wackerer und thätiger College Meineke ist auf 30 Meilen in der Runde der Einzige,
für den dieses Gebiet wahres Interesse hat, aber auch für
ihn nur einzelne Abgrenzungen desselben". „Es werden
jetzt *obs. crit. in Athenaeum* von ihm gedruckt, die ein äusserst ehrenvolles Zeugniss für seine Belesenheit und seinen
kritischen Blick ablegen werden. Eine sehr fleissige Bearbeitung der Fragmente des Menander und Philemon liegt
druckfertig und soll als Probe einer Sammlung und Bearbeitung aller Fragmente der verlorenen griechischen Komiker
dienen." Eine ganz ähnliche Sammlung und Bearbeitung
hatte Passow für die griechischen Elegiker unternommen.
Die eigenen Briefe Meineke's zeigen wahre Befriedigung mit
seiner Lage und Begeisterung für seinen Wirkungskreis, der
ihm Jugendbildung zur Pflicht mache und die Beschäftigung
mit den philologischen Studien nicht hemme. Sein Freund
Adolph Schilling antwortete ihm auf einen solchen Brief
unter dem 28. Mai 1812 aus Leipzig: „Die Begeisterung, mit
der Du von Deiner Lage und Deinem Wirkungskreise sprichst,
hat einen sehr erfreulichen Eindruck auf mich gemacht und
mich in meiner Vorliebe und lebhaftem Interesse für die Philologie bestärkt. Ueberhaupt kann ich nicht bergen, dass ich,
besonders seit einiger Zeit, mir manchmal das Anziehende
Eures Studiums vor die Seele halte und Euch in mehr als
einer Hinsicht recht glücklich achte. Welch ein schöner Beruf muss es doch sein, den zarten aufblühenden Geist der
Jünglinge mit dem Herrlichsten, was uns die alte Welt darbietet, zu nähren und zu bilden."

Es fehlte ihm nicht an Musse, seine begonnenen Werke
der Vollendung entgegen zu führen und Passow's Freundschaft zur Erweiterung und Vertiefung seiner Kenntnisse zu
benutzen. Dass er die Zeit dazu gewann, dazu wirkte es
mit, dass die Schülerzahl nur gering war.

Es gab nur 52 Schlafkabinette, also höchstens 52 Schüler, zu denen nur einige Pensionäre der beiden Directoren des Instituts hinzukamen, und diese geringe Anzahl wurde in 5 Classen unterrichtet. Zu Michaelis 1812 war Quinta bis auf acht, Quarta auf eilf, Tertia auf zwölf, Secunda auf neun Schüler gestiegen, und in Prima waren zwei Schüler vorzufinden. Meineke lebte sich also ganz in das Institut ein, arbeitete mit Lust und Hingebung und hatte in Unterricht und Erziehung gute Erfolge. Oefter hatte er im Sinne Schriften herauszugeben, um seine Studien in Deutschland bekannt zu machen, doch ist wenig erschienen, weil in den Kriegsverhältnissen der Buchhandel für solche Studien stockte, wie sie Meineke trieb. Im Archiv ist nur eine Recension von ihm gedruckt über Gotthold's *Animadversiones in Plutarchi Vitarum aliquot locos*, und als eigene Schrift erschienen die oben erwähnten *obs. crit.* unter dem Titel *Curae Criticae de Comicorum fragmentis ab Athenaeo servatis*, in welchen er zuerst von der grossen Unternehmung seines Lebenswerkes *Historia critica Comoediae Graecae* eine nicht unbedeutende Vorarbeit den Philologen Deutschlands übergab.

Indess vollzogen sich um ihn her die grossen Geschicke Deutschlands, wobei der Stadt Danzig ein trauriges Loos zu Theil wurde, welches sich auch auf die benachbarten Orte ausdehnte und dem Institute in Jenkau sehr nachtheilig wurde. Von Meineke's Gesinnung für Deutschlands Grösse und Freiheit überzeugen uns seine Briefe aus jener bedeutenden Zeit. „Vor Allem“, schreibt er an die Schwester am 14. December 1813, „einen guten Morgen an dem glänzenden Tage unserer Wiedergeburt. Grosser Gott! Wie hat sich doch Alles so schnell geändert! wie plötzlich sind wir Alle von dem Joche der Sklaverei befreit worden. Dieser Gedanke nimmt meine ganze Seele ein und oft vermag ich es nicht einmal ihn in seiner ganzen Grösse zu umfassen. Wir sehen einer herrlichen Zukunft entgegen, einer Zukunft, wo wir ganz in dem Besitz der höchsten Güter des Menschen, Freiheit und Selbstständigkeit sein werden. Alles wird neu aufblühen. Unser

Charakter, unsere Literatur, kurz Alles, was den Menschen
veredelt, wird einen neuen Schwung erhalten, mit einem
Worte, wir werden wieder eine Nation sein, von der bisher gar nicht die Rede sein konnte." „Stolz sollte der Vater
sein, der Söhne hat, die er der grossen Sache der Welt
weihen kann." „Ja hätten nicht Amtsverhältnisse und Pflichten mich gehindert, wahrlich Du würdest auch mich unter
den Vorfechtern der Freiheit sehen. Künftig muss Alles in
den Waffen sich üben, um bei dem geringsten Versuche uns
unsere Freiheit zu rauben, nachdrücklich dem Tyrannen zu
zeigen, welchen Frevel er unternimmt; nur so können wir
uns gegen eigenmächtige Gewalt schirmen."

Die Belagerung von Danzig führte für Jenkau schlimme
Verhältnisse herbei. Derselbe Krieg, der das grosse Resultat
der Befreiung des Vaterlandes gehabt hatte, brachte dem
Institute in der damaligen Art und Weise einen raschen
Untergang, Jenkau selbst und sein Conradinum musste das
russische Hauptquartier aufnehmen. So lange als möglich
blieben Lehrer und Schüler zusammen; aber in den Kämpfen um Danzig waren sämmtliche Güter der Stiftungen
so verwüstet worden, dass zuletzt nichts übrig blieb, als dasselbe im Februar 1814 zu suspendiren und dann aufzulösen.
Die Fonds waren sämmtlich erschöpft, Gehalt konnte nicht
mehr gezahlt werden, ja nicht einmal die gerechtesten Forderungen aus der Vergangenheit wurden befriedigt. Die
Hoffnung, dass Preussen bei der Wiedervereinigung Danzigs
mit dem Staate sich der Anstalt annehmen würde, scheiterte
wegen der Erschöpfung aller Kassen an der Unmöglichkeit.

Meincke selbst sehnte sich aus der Gegend hinweg
und wünschte seinem eigentlichen Vaterlande zurückgegeben
zu werden, hatte auch mehrere Aussichten und Anträge zu
anderweitiger Anstellung. Seine letzten Tage in Jenkau
wurden durch das Unglück, welches bald darauf Passow traf,
seine geliebte Gattin durch den Tod zu verlieren, auf das
Tiefste erschüttert. Er war Zeuge des Glückes dieser Ehe
und mit beiden Ehegatten innig verbunden gewesen. „Passow

war", so schreibt er am 9. Mai 1814, „der glücklichste Mann, gleich ausgezeichnet durch Geist und Herz, jetzt ist er ein Schatten. Er beschloss, und ich billige diesen Entschluss durchaus, der Armee nachzueilen und sich Ruhe zu er- kämpfen."

Der Abschied von Jenkau wurde Meineke schwer; nur 2¹/₂ Jahr hat er der so bedeutend angelegten Anstalt ange- hört; die hohen Zwecke, welche sie zu erreichen bestimmt schien, verliefen gerade in der grössten Zeit des Vaterlandes im Sande. Vom „Archiv für deutsche Nationalbildung" er- schien kein Heft mehr: die zu lösende Aufgabe ging an den Staat über, zu dem Jenkau schon früher gehörte. Wohl schien es ein glücklicher Umstand, dass einer der Mitarbeiter des Ar- chivs, Dr. Johannes Schulze, von Altenstein in das Unter- richtsministerium berufen, dazu mitwirken konnte, die hier zur Ausführung gebrachten Ideen zu verwirklichen, aber mit der absoluten Freiheit irgend einer Anstalt war es zu Ende. Jenkau wurde Lehrerseminar, Jachmann in die Regierung berufen, Passow später Universitätsprofessor. Meineke wurde zu Theil, was ihm als ein grosses Glück erscheinen musste und erschien, an das städtische Gymnasium zu Danzig über- zugehen und dort zum Professor der griechischen und latei- nischen Literatur ernannt zu werden. Er hatte noch nicht sein 23. Lebensjahr beendet.

Meineke hat seines Aufenthaltes in Jenkau stets mit Liebe gedacht. Er bewies das durch die That, als er im Jahre 1825 eine Anzahl der werthvollen Ausgaben der klas- sischen Autoren, welche die feindlichen Officiere vielfach be- nutzt und geraubt hatten, wieder an die Bibliothek des Institutes zurück erstattete. (Neumann, die von Conradi'sche Stiftung, p. 27).

1814 — 1817 — 1826.

Gymnasium zu Danzig.

Aus einer Anstalt neuester Stiftung, welche nach ganz eigenthümlichen Ansichten verwaltet ward, ging Meineke nach einem Gymnasium über, welches schon in der Reformationszeit entstanden war und eine interessante, merkwürdige Geschichte hatte. Am 14. Juni 1814 trat er in das Lehrercollegium des Gymnasiums ein. Dieses Jahr hatte Danzig dem preussischen Staate zurückgegeben. Am 3. Februar erst war die amtliche Anzeige davon der Stadt zugegangen, am 19. Februar der alte Magistrat abgetreten; der neue hatte von da ab seine Amtsverrichtungen begonnen, und an seiner Spitze stand der Oberbürgermeister, später Geheime Regierungsrath Joachim Heinrich von Weickhmann, ein Mann, welcher von vortrefflicher Gesinnung erfüllt, mit dem vollen Verständniss seiner Lage ausgerüstet und fest entschlossen war, alle seine Kräfte der Stadt und dem Schulwesen zu widmen.

Das Gymnasium hatte den Namen eines akademischen geführt und bestand in seinem unteren Theil aus einer lateinischen Schule, in seinen oberen Classen aus einer Anstalt, welche in der Weise der Universitäten geleitet zu werden pflegte. Als aber der neue Magistrat eintrat, war es in voller Auflösung; der Krieg und die Belagerung von Danzig hatten ihm so tiefe Wunden geschlagen, dass nur eine allmähliche, langsame Heilung der Schäden erwartet werden konnte, wobei die schlimmen finanziellen Verhältnisse der Stadt, die so lange in den Händen der Franzosen gewesen war, die grössten Schwierigkeiten entgegensetzten. Für diese Zwecke der neuen Gründung des Gymnasiums ergab es sich als einen nicht zu unterschätzenden Vortheil, dass gleichzeitig die Anstalt in Jenkau aufgehoben werden musste. Da die Blüthe der Unterrichtsanstalten vorzugsweise von den Persönlichkeiten der Leiter und Lehrer abhängt, so war es für das Danziger Gymnasium von ausserordentlicher Bedeutung, dass die bewährten Kräfte der Männer, welche dort ein so günstiges

Andenken an ihre Wirksamkeit zurückgelassen hatten, gewonnen werden konnten. In die städtische Verwaltung trat Director Jachmann ein und leistete derselben durch seine vorzügliche Einsicht und ausgezeichnete Erfahrung um so mehr die wesentlichsten Dienste, als er dort mit dem trefflichen Stadtrath Trendelenburg, der vorher Professor am Gymnasium gewesen war und in der Stadt mit Recht das grösste Ansehn genoss, in Verbindung treten und für das Wohl der Unterrichtsanstalten sorgen konnte; in's Gymnasium selbst wurde Professor Meineke berufen, und dadurch die innere Entwicklung der neu zu organisirenden Anstalt in hohem Grade gefördert; doch konnte derselbe nicht gleich anfangs das ganze Gewicht seiner Persönlichkeit in die Wagschale legen. Ein Theil der älteren Lehrer war noch vorhanden, welche für neue Ansichten nicht wohl zu gewinnen waren; andere Schwierigkeiten lagen in äusseren Verhältnissen, die unüberwindlich erschienen; es musste erst sorgfältig berathen werden, wie man dem Gymnasium das rechte Local und die gute Grundlage für die Zukunft gewähren könne. In dieser Zwischenzeit war aber Meineke nicht unthätig, sondern versuchte Alles, was in seinen Kräften stand, um einen bessern Zustand möglich zu machen. Dafür war man ihm ausserordentlich dankbar und gewann immer mehr Vertrauen zu seiner Persönlichkeit, ohne sich durch seine Jugend abschrecken zu lassen. Endlich brachen sich die richtigen Ansichten Bahn; man beschloss, das Gymnasium mit der Marienschule zu verbinden, welche, eine der ältesten Anstalten der Stadt, sich auch in der letzten Zeit noch in ihrer Integrität erhalten hatte.

Durch diese Vereinigung wurde zunächst ein neues Schulgebäude gewonnen, dessen Restauration ohne viele Kosten bewerkstelligt werden konnte. Am 16. Mai 1816 entschied sich das Consistorium für die Vereinigung, das Schulhaus wurde umgebaut und die neuen Lehrer für die künftig vereinigte Anstalt aufgesucht und gewählt. Die Stadtverordneten bewilligten in Folge der Bemühungen Jachmann's die

erforderlichen Mittel. Der bisherige Rector Ewerbeck legte
am 25. Juli sein Amt nieder, Meineke wurde als sein Nachfolger ins Auge gefasst und übernahm die Verwaltung des
Directorats zunächst interimistisch. Noch hatte er das sieben-
undzwanzigste Lebensjahr nicht vollendet, als er sein Werk
begann, dessen Erfolge sein Andenken in Danzig in Ehren
halten, wie denn bereits Dr. Hirsch in der Geschichte der
Schule seit dem Jahre 1814, welche 1858 bei Gelegenheit der
dritten Säcularfeier erschien, durch eine lebensvolle Darstellung ihm ein Ehrendenkmal gesetzt hat, welches von Dr. Förstemann später wiederholt und ergänzt worden ist. „Was
war das in Danzig vor vierzig Jahren für ein Leben!" schrieb
Meineke am 18. Nov. 1857, „wie ging's da mit Feuerschritten
vorwärts, wie hat da der Beifall der Verständigen das Bewusstsein des Gelingens über alle Hindernisse siegreich
emporgehoben!"

Sofort sehen wir Meineke muthvoll und in einsichtigster
Weise vorschreiten, das gute Urtheil der Stadt über ihn sich
bestätigen. Mit vollkommenem Verständniss seiner Lage wei-
gerte er sich anfangs, das Amt wirklich zu übernehmen, bis die
Stellung des Directorats den neuen Ansprüchen gemäss geordnet
wäre, um die Hände frei bewegen zu können. Im September
1817 hatte er ein ausführliches Regulativ entworfen, welches
am 9. October im Wesentlichen genehmigt wurde, und leitete am 10. November die Einweihung der neuen Anstalt.
Am 22. December wurden Meineke's Vorschläge, das Directorat betreffend, angenommen, und bald darauf erhielt er seine
Bestallung.

Im ganzen Lande wurde am 31. October das dreihundert-
jährige Jubiläum der Reformation festlich begangen und in
Berlin durch die Einführung der Union in hoffnungsreicher
Weise gefeiert. Eine sehr glückliche Wahl war die des 10.
November, um die einst aus der Reformation hervorgegangene
Anstalt an Luther's Geburtstage in's Leben zu führen. Pro-
fessor Blech hatte am 22. October durch eine besondere, in
lateinischer Sprache herausgegebene Schrift eingeladen: A. F.

Blech, *Reformationis tertia saccularia ac simul gymnasii Gedanensis instaurandi et cum Schola Mariana conjungendi
solemnia Nov. d. X. celebranda indicit.* Die ganze Stadt
nahm daran eifrig Antheil, Magistrat, Stadtverordnete, viele
gelehrte und gebildete Männer, die Jugend, die der neuen
Anstalt angehören sollte. Die Hauptrede hielt Meineke in
lateinischer Sprache, indem er die Verdienste Melanch-
thons um die altklassische Literatur hervorhob und dadurch
den Geist der neuen Anstalt und ihre Richtung auf
die griechischen und römischen Studien bezeichnete. Lateinische und deutsche Vorträge der Gymnasiasten, die unter
seiner Leitung ausgearbeitet waren, folgten seiner Rede; den
evangelischen Geist, den er damit für seine Schule wach-
gerufen, hat er in seinem ganzen Leben für seine Person
festgehalten und in den Schülern zu erzeugen mit Ernst er-
strebt. Man durfte erwarten, dass die Erfolge von Schulpforte, Leipzig und Jenkau die Grundlagen sein würden, auf
welchen er das neue Gebäude zu begründen gedachte; seine
ganze Natur und Persönlichkeit war dadurch bestimmt worden und kam in seiner Anstalt zur Geltung und zur Erscheinung. Seine Wirksamkeit hat hiernach einen ganz individuellen Charakter, den man wohl zuweilen als einseitig
geschildert hat; und in der That, wie nicht geleugnet werden
soll, kann man ihn mit Recht so nennen, wenn man die spätere Zeit des preussischen Schulwesens vergleicht und ihr das
einzig richtige System zuschreibt. Erwägt man aber, dass das
preussische Schulwesen selbst noch keine eigenthümliche Ge-
staltung gewonnen hatte, so wird man schon deswegen Meineke's Verfahren anders beurtheilen müssen. Es kam vielmehr damals darauf an, an verschiedenen Stellen des Vaterlandes verschiedene Einrichtungen zu treffen und durch allmählich sich ergänzende Versuche das, was das Beste sein werde,
aufzufinden. Bedenkt man ferner, dass hier ein Neues geschaffen werden musste und von dem Alten eigentlich nichts
mehr vorhanden war, so wird man es ganz entschieden zu recht-
fertigen haben, wenn Meineke zuerst auf die Hauptsache ein-

ging, welche von jeher und bis auf den heutigen Tag als die echte Basis aller wahren Gymnasialbildung anerkannt worden ist. Mit Recht suchte daher Meineke zuerst das Erreichbare herbeizuführen und die klassische Literatur jeder weiteren zukünftigen Entwickelung zu Grunde zu legen. Wenn Franz Passow in Jenkau die griechische Sprache vorzugsweise ausgebildet, mit ihr den Jugendunterricht in den alten Sprachen beginnen zu müssen geglaubt und das Lateinische dem Griechischen nachgeordnet hatte, so ist ihm Meineke darin, ungeachtet seiner Freundschaft für ihn, nicht nachgefolgt, sondern hat den alten erprobten Weg ohne zu weit gehende Neuerung festgehalten. Vergessen ferner darf man nicht, dass er nicht volle neun Jahr das Gymnasium leitete und bei länger fortgesetztem Wirken in demselben seine Einrichtungen hätte ändern und vervollkommnen können. Endlich fehlten Meineke in der ersten Zeit noch mehrere Lehrkräfte, deren er zu allseitiger Einführung eines gedeihlichen Gymnasialwesens bedurfte. Seinen Nachfolgern ist es nicht schwer geworden, das Fehlende zu ergänzen, ohne seine Bahn zu verlassen. Meineke's Einseitigkeit, wenn sie so genannt werden darf, ist für die ihm anvertraute Anstalt eine Nothwendigkeit, ein Glück gewesen, und hat bis auf den heutigen Tag in derselben gut und segensreich nachgewirkt. Die völlige Uniformirung der Gymnasien kann nur als ein sehr fraglicher Vorzug bezeichnet werden; etwas viel Besseres schien es immer Meineke zu sein, dass der Individualität der Lehrer auch ihr bescheidener Raum gegönnt werden möge. Gewiss ist Feuer und Begeisterung für das Alterthum und für seine grossen Schriftsteller, welche die Lehrer beherrscht und zu Thaten führt, ein unendlicher Gewinn für die Jünglinge, die sich dadurch ergreifen und fortreissen lassen.

Bei dem Gymnasium in Danzig kam es auf zwei Dinge vorzugsweise an, auf die Entfernung jeder Nachwirkung des französischen Wesens, welches in Danzig noch zu bemerken war und welches Meineke mit Recht hasste, durch national-deutsches Interesse, weswegen er an Melanchthon anknüpfte; zweitens aber darauf, die vorzugsweise kaufmännische und handeltreibende Bevölkerung Danzigs in materiellen Bestrebungen nicht verkommen zu lassen, sondern sie auf den humanistischen Standpunkt emporzuheben, der das für das Leben Nützliche dem idealen Streben des Geistes unterzuordnen im Stande wäre. Zu beiden Erfolgen bedurfte es vor allen Dingen einer in die Augen fallenden, rasch fortschreitenden Blüthe der Anstalt, da die Stadt seit Jahrhunderten gewohnt gewesen war, an ihrem Gymnasium mit Liebe zu hangen und dessen Formen festzuhalten. Innere Vorzüge allein, welche die akademische Zeit in Schatten stellte und in Vergessenheit brachte, konnten die Bürger für die neue Geistesrichtung gewinnen. Der jugendliche Director konnte sich des ihm im reichsten Masse geschenkten Vertrauens nach seiner ganzen Eigenthümlichkeit am leichtesten würdig zeigen und dasselbe als wohlbegründet dadurch bewähren, dass er die Eigenthümlichkeit seines Geistes seinen Schülern aufzuprägen übernahm.

Der Unterschied der neuen Anstalt von der alten trat zunächst in der disciplinarischen Haltung der Schüler deutlich hervor. Bald verschwanden auch die letzten Spuren der Unordnung und Eitelkeit, der ungebührlichen Freiheit und Frechheit, der Nachlässigkeit, Trägheit und Arbeitscheu, des Mangels an ehrenwerther Gesinnung, welche sich mit dem deutschen Jugendleben in der Schule nicht verträgt. Die Schüler, welche bisher zuweilen mit dem Degen in die Schule kamen und auf eine Anforderung an ihre Thätigkeit in der Schule, etwa zu übersetzen oder ausführlich zu antworten, sich hatten dankend zurückziehen dürfen, erhielten die strenge Aufgabe Gehorsam zu üben, Bescheidenheit zu zeigen, eingewurzelte Roheit abzulegen. Erscheinungen dieser Art konnten freilich nur durch harte Strafen und Schulverweisungen allmählich ausgerottet werden; mit Kraft und Energie wusste Meineke für seine Bestimmungen entschiedene Folgsamkeit zu erzwingen. Auch die Primaner lernten sich fügen, weil sie die nächste Gelegenheit hatten, die Gelehrsamkeit ihres Directors, seinen sittlichen Charakter, seinen Eifer für ihr Wohl

kennen zu lernen, und weil sein Vorbild ihnen den rechten,
für ihr Leben einzuschlagenden Weg klar vor Augen legte.
Meineke war zur Milde geneigt, aber auch im Stande, diese
Eigenthümlichkeit, wenn's die gute Sache galt, zurücktreten
zu lassen und Strenge zu handhaen, immer ohne viele Worte,
kurz und energisch, oft so, dass er seinen Tadel in einen
Ausdruck fasste, der den Schülern später immer im Gedächtniss blieb, sobald einmal irgend ein Fehler eine entschiedene
Zurückweisung forderte. Dabei kam es ihm nicht blos darauf an, Ruhe und Ordnung in den Classen und anständige
Haltung herbeizuführen oder den einzelnen Fehler für den
Moment zurückzudrängen, sondern auf den Geist einzuwirken
und durch Anregung wissenschaftlicher Thätigkeit allen Geschmack an kindischen Thorheiten zu tilgen. Das mehr ne-
gative Verhüten ging überall in positive innere Einwirkung über. Als Hauptmittel dazu ist von Meineke immer
der Unterricht mit seinem Interesse und seiner Begeisterung
für den Gegenstand, der den Schülern nahe gebracht wird, angesehen worden. Wenigen Lehrern aber ist es in einem so
hohen Masse, wie Meineke, gegeben gewesen, während eines
ganzen Schullebens die Schüler für sich und seinen Gegenstand mit Liebe zu erfüllen und dadurch die Thätigkeit der
Schüler rege und ununterbrochen zu machen. Es ist ihm nach
der gemeinsamen Aussage seiner Zöglinge im hohen Grade
gelungen, wie er selbst es wünschte, „das jugendliche Gemüth mit
dem Marke des Alterthums zu kräftigen und mit den erha-
benen Erscheinungen desselben in begeisterte Berührung zu
bringen". Für die Schönheiten der Dichter und Prosaiker
hatte er selbst, so wortkarg er darüber auch ist, eine tiefe
Empfindung und ein feines Gefühl. Was er aber selbst bei
sich empfand, trug er auf die Schüler über: es ist der Einfluss einer edlen Persönlichkeit auf das leicht anzuregende
Bewusstsein einer für das Edle gewonnenen Jugend; der Gegenstand selbst, sobald er in seiner Bedeutung erkannt war,
gab beiden, den Lehrern und Schülern, Gelegenheit und Veranlassung, das Gute in ihnen anzuregen. Ein jugendlicher

Mann an der Spitze der Anstalt, im Publikum und bei seinen Collegen in hoher Achtung, voll Frische und Leben, im
Besitz der philologischen Wissenschaft, macht fast mit zwin-
gender Nothwendigkeit einen gewaltigen und fortreissenden
Eindruck: dafür ist Meineke's Schullaufbahn in ihrem Anfange ein hervorragender Beweis. Der philologische Unterricht besitzt eine solche Vielseitigkeit und Mannigfaltigkeit,
dass er für jede Individualität irgend etwas darbietet, was sie
reizt und spornt. Alle Mittel, die dazu führen konnten, setzte
Meineke in Bewegung.

Dem Geiste von Pforte, Leipzig und Jenkau gemäss,
wurde vorzugsweise auf die Dichter des Alterthums als auf
die am meisten lebendig anregenden und zur Arbeit und
Anstrengung begeisternden Ueberreste der Griechen und Römer gerechnet, daneben die Prosa nicht vernachlässigt,
beide aber nicht auf einen kleinen Kreis beschränkt, sondern
aus den ältesten und spätesten Zeiten gleichmässig ausgewählt. Die Macht wurde benutzt, welche das Neue und der
Wechsel auf das jugendliche Gemüth zu üben pflegt. Schon
in Quarta erschienen Phädrus, Ovidius und Homer's Odyssee
nebeneinander, letztere jedoch nur im Anfang von Meineke's Verwaltung; in Tertia Ovidius, Livius, Justinus, Odyssee
und Xenophon's Anabasis; in Secunda Vergilius' Aeneis, Cicero's Briefe, Sallust's Catilina, Jugurtha, Homer's Ilias, Hesiod,
Theokrit's Idyllen, Plutarch's Biographieen; in Prima endlich
Horatius' Oden, Epoden, Satiren und Episteln, auch Catull,
Tibull und Juvenal, Cicero de natura deorum und andere philosophische Schriften, Homer's Ilias, Tragödien des Aeschylus, Sophocles und Euripides, Thucydides und Platon. Ueberall sehen wir ihn persönlich einwirken, den Ovidius in Quinta,
Theokrit in Secunda, die Tragiker in Prima lesen, und sonst eintreten, wo nicht sofort die rechten Lehrer zur Hand zu sein
schienen; wo er aber eingriff, entstand wie von selbst Freude
an der Lectüre und ernste Betheiligung an der dafür erforderlichen Arbeit. Die Schüler und der Lehrer waren in Hingebung und Eifer innig verbunden.

Die Lectüre schleppte sich nicht langsam fort, auch wurde sie nicht durch grammatische und lexicalische Bemerkungen und Besprechungen ohne Noth unterbrochen, noch zur Grundlage für Gelehrsamkeit gemacht, sondern rasch und lebendig zu dem Zweck weiter geführt, dass der Inhalt und die Form des Schriftstellers richtig gefasst und den Schülern angeeignet werde. Wo keine Schwierigkeiten einzutreten schienen, eilte Meineke vorwärts; wo sie hervortraten, scheute sich Meineke nicht, die Kritik walten zu lassen und seine Schüler für Anwendung derselben vorzubereiten und anzuleiten. Die Primaner suchten dies nachzuahmen und überraschten den Lehrer zuweilen mit eignen Versuchen, eine verderbte Stelle durch kritische Vermuthungen zu heilen. Sein Beifall war ihnen wie überall, so hierbei, eine gewaltige Anregung zu kräftigem Fortstudiren. Kritik in die Schule zu bringen, wird oft und mit Recht getadelt; wo es so mit der Persönlichkeit des Lehrers verwachsen ist, wie bei Meineke und in so anregender Weise mit Geschmack und Urtheil und nur bei wahrhaft unerklärlichen Stellen geübt wird, dürfte jeder Tadel ungerecht erscheinen. Aufgehalten und gehindert hat es die Schüler nie, nur angefeuert; auch Zeitverschwendung ist dabei nicht vorgekommen; zwei Tragödien hat Meineke in dreistündigem Unterricht in einem Semester nicht selten gelesen und zu Ende geführt. Auf den Schulunterricht allein aber beschränkte sich Meineke nicht; unser Werk kann überhaupt nur gedeihen, wenn Schule und Haus zusammenwirken, dieselbe Bahn verfolgen und sich gegenseitig unterstützen. Durch Privatlectüre den Kreis der zu lesenden Schriftsteller zu erweitern und dadurch einmal den Vortheil einer umfassenden Kenntniss der Literatur hervorzurufen, zweitens aber die Selbstthätigkeit der Schüler mächtig zu erregen, ist eins der Hauptgeheimnisse der Wirksamkeit unseres Meineke von Anfang an gewesen. Das Alterthum sollte so weit wie möglich in den Gesichtskreis der Schüler treten; dazu wurde in den drei oberen Classen ein fester Plan entworfen und die Aufsicht darüber den Ordinarien überlassen,

welche genaue Anweisung dazu geben, Uebermass verhüten
und eine zweckmässige Auswahl für die einzelnen Individuen
der Schüler herbeiführen sollten; die Bemerkungen der Schüler über das Gelesene sollten in wohlgeordnete Adversarien
eingetragen werden. Ganz in der Stille hatte Meineke damit
begonnen, und was bisher nur in Alumnaten üblich gewesen
war, auf das Stadtgymnasium überzuführen gesucht. In der
siebenten Nachricht von dem Gymnasium zu Danzig, October
1824 erwähnte er Seite 6, durch eine Verordnung des Ministeriums veranlasst, eine möglichst vollständige Uebersicht
der gesammten Lehrverfassung zu geben, dass diese Privatlectüre sich seit einer Reihe von Jahren auf das wohlthätig-
ste bewährt habe und behielt sich vor, zu einer anderen Zeit
auf diesen, von den meisten Gymnasien noch nicht genug
beachteten Gegenstand ausführlicher zurückzukommen. In
Folge dessen wurde er unter dem 7. März 1825 vom Ministerium aufgefordert, den Gang und das Wesen der Einrichtung darzustellen, und darauf schon am 11. April 1825 die
ganze Einrichtung den übrigen Gymnasien zur Nachahmung
empfohlen. Missdeutungen, die sich an diesen Vorgang an-
geknüpft hatten, suchte Meineke im Jahresbericht von 1825,
Seite 32, durch einfache Darstellung des Hergangs zu begegnen. Späterhin hat das Ministerium durch Verfügung
vom 24. October 1837, den Grundgedanken der Anordnung,
vor Allem die Selbstthätigkeit der Schüler in Anspruch zu
nehmen, festgehalten, aber davor gewarnt, die Privatlectüre
zu erzwingen; siehe Dr. Wiese, Verordnungen und Gesetze I,
Seite 174.

Mit diesen Bestrebungen für die Erregung der Selbstthätigkeit der Schüler hing es auch zusammen, dass Meineke
auf eigene Productionen der Schüler, prosaische und poetische,
ein grosses Gewicht legte und sie möglichst früh begann.
Schon in Quinta führte er prosodische Uebungen ein und
bereitete dadurch poetische Versuche vor; in Quarta wurden
fünf Stunden auf Grammatik, Prosodie und Stilübungen gewendet, dann metrische Versuche in methodischer Folge in

Tertia begonnen, in Secunda forgesetzt und in Prima von
ihm selbst zum Theil geleitet.

Ausserdem fügte aber Meineke in Prima den ordentlichen Lectionen noch vier ausserordentliche Stunden zu,
in denen er die Kenntniss der griechischen und lateinischen
Literatur durch eigene Vorträge förderte, die Lectüre einiger
in der Schule nicht gelesener Schriftsteller einführte, endlich lateinische Sprech- und Disputirübungen anstellte, welche
allmählich eine höhere philologische Ausbildung erzeugen
sollten. Nicht selten wurden diese Uebungen in die freie
Natur verlegt, wozu die schöne Umgegend von Danzig ganz
besonders einlud. Diese Wanderungen und heiteren Beschäf-
tigungen wurden von Seiten Meineke's in jugendlicher und
vertraulicher Weise durchgeführt und waren für die Theilnehmer unvergessliche Lichtpunkte ihres Schülerlebens.

Die grammatischen Studien wurden meist praktisch getrieben, die Syntax namentlich nicht eigentlich systematisch
gelehrt. Ihm selbst war alles bis in's Einzelnste fest und
sicher bekannt; zu diesem Erfolge wünschte er es auch
bei den Schülern zu bringen, weniger jedoch durch weit-
gehende schwierige und feine Erörterungen, die er lieber vermied, als durch Hinweisung auf eigene Beobachtung und
Auffassung des Gelesenen mit Verstand und Gedächtniss.
Ebensowenig ging er bei der Lectüre auf ästhetische und
ethische Bemerkungen ein und machte nur zuweilen mit
einem kurzen Wort auf die Schönheit der Form und die
Wahrheit des Gedankens aufmerksam.

Dass nicht alle Schüler gleiche Neigung zeigten ihrem
Director zu folgen, muss als selbstverständlich angesehen
werden, ganz unberührt aber von der genialen Behandlung jedes Unterrichtsstoffes sind wohl nur Wenige geblieben. Die Schwächeren und Talentloseren mögen hinter den
Anforderungen weit zurückgeblieben sein, würden aber auch
durch Einschlagen eines anderen Weges nicht viel weiter
haben kommen können. Um eine grössere Gleichheit und
Gleichmässigkeit unter den Schülern herbeizuführen, versuchte

Meineke durch offene Erklärung seiner Auffassung alle von der
Schule zu entfernen, welche dem Gymnasialunterricht nicht
gewachsen waren, weil für solche, die den Universitätsstudien
sich nicht hingeben wollten, durch andere Schulen der Stadt
mit Eifer und Ernst hinlänglich gesorgt war. Bei der Ent-
stehung der Anstalt im Jahre 1817, wo zwei Schulen zu
Einer verbunden worden waren, konnte es nicht fehlen, dass
Viele sich zusammenfanden, welche durch Verschiedenheit
der Vorbildung und wegen Mangels an guten Anlagen die
besseren Schüler aufhielten und das Fortschreiten des Ganzen hemmten. Auf die Frequenz als solche legte Meineke
keinen Werth; er wollte eine gleichartige Schülermasse vor
sich haben, die sich wirklich mit gutem Erfolge zusammen
unterrichten liess. Nachdem er diesen Gedanken in der Stille
eine Zeit lang verfolgt hatte, sprach er es im Jahre 1819 im
Jahresbericht Seite 12 aus, dass er bei allen seinen Einrichtungen stets das Bild einer wissenschaftlichen Anstalt vor Augen gehabt habe, dass also, wenn Jemand nicht entschlossen
sei, alle Classen des Gymnasiums zu durchwandern, er seinem
Zwecke angemessener verfahre, wenn er eine andere Anstalt
besuche, welche die unmittelbare Vorbereitung auf Beruf und
Broderwerb bezwecke. Diese Erklärung hatte die voraus-
gesehene Folge, dass mehrere Schüler das Gymnasium verliessen und die Frequenz sich verminderte, Meineke's Zweck
also erreicht wurde. Natürlich nahm in den nächsten Jahren
die Schülerzahl wieder zu und war zuletzt auf 242 gestiegen,
während er im Jahre 1817 nur 143 übernommen hatte, welche
überdies unter sich ausserordentlich ungleich waren. Mit den
gegenwärtigen Berliner Verhältnissen verglichen blieb somit
die Zahl eine mässige und hinderte die individuelle Behandlung der Schüler in den einzelnen Classen in keiner Weise,
entsprach also den Tendenzen Meineke's gänzlich.

Die Universitäten, welche die Schüler des Danziger Gymnasiums besuchten, namentlich das benachbarte Königsberg,
haben sich des von Danzig kommenden Zuflusses immer erfreut, und es sind unter den 60 Abiturienten, die Meineke

während seines dortigen Directorats entlassen hat, Namen von Männern, die sich in ihrem Fache ausgezeichnet haben. Es waren nicht blos tüchtige Philologen und Schulmänner — deren Zahl ist vielmehr nicht sehr gross — sondern Theologen, Juristen, Mediciner, welche im jugendlichen Alter durch die Alterthumsstudien geweckt und angeregt, theoretisch oder praktisch ihre Kräfte dem Vaterlande dargebracht haben.

Eine eigenthümliche Ansicht sprach Meineke aus und befolgte sie in der Leitung des Gymnasiums, welche der gewöhnlichen Auffassung zuwiderläuft. Er hatte gleich anfangs den Schulbesuch auf 10 Jahre festgesetzt und zwar: 2 Jahre für Sexta und Quinta, 3 für Quarta und Tertia, 5 für Prima und Secunda in Anspruch genommen, für Prima 3 Jahre. So ist es gekommen, dass von seinen Abiturienten in der Regel Keiner vor dem zurückgelegten 20. Jahre abging, Mancher aber noch länger die Schule besuchte. Ausdrücklich hatte er im Jahresbericht von 1819 ausgesprochen, dass es ganz vortheilhaft und kein Schade sei, wenn sich die Schüler bis zum 22. oder 23. Lebensjahre in den Schulkreisen bewegten. Er verbot zu frühes Eilen zur Universität im Interesse gründlicher Schulbildung, von der er mit Recht den grössten Vortheil für die Einzelnen wie für das Vaterland erwartete. Diese Ansicht Meineke's ist dennoch sehr fraglich und von seinen Nachfolgern im Amte nicht festgehalten worden. Der Grund der Erscheinung lag in der strengen Versetzung der Schüler. Meineke war entschlossen nur solche Schüler in die oberen Classen emporkommen zu lassen, welche dort seine Forderungen vollständig erfüllen könnten. In seiner späteren Verwaltung hat er nie unterlassen den Versetzungen die grösste Aufmerksamkeit zuzuwenden, ohne die Schüler doch zu lange Zeit in den Schranken der Schule zurückzuhalten. Uebrigens vernehmen wir von vielen Seiten, dass die Schüler aus jener Zeit sich mit Liebe und Verehrung an ihn anschlossen und von Begeisterung für ihn erfüllt waren.

Aber er war es nicht allein, der am Gymnasium in

4*

Danzig segensreich wirkte; vielmehr bezeichnet es eines seiner grössten Verdienste, dass er der Wahl der Lehrer, auf welche er selbst grossen Einfluss behielt, die ernsteste Sorgfalt zuwendete und ein harmonisch wirksames Collegium um sich zu sammeln eifrig bestrebt war. In der That war es ein unberechenbares Glück für ihn, dass er Männer im Magistrat und in der Regierung zur Seite hatte, welche ihm vollkommenes Vertrauen schenkten, seine Rathschläge hörten, und ihm gestatteten, seine Collegen sich ziemlich frei und selbständig zu wählen; ausser dem Oberbürgermeister v. Weickhmann und dem Geheimenrathe Jachmann, war es namentlich der Stadtrath Trendelenburg, der ihn dabei unterstützte. Meineke hat ihm im Jahresbericht von 1825, als er am 11. März in der Ferne gestorben war, dankbar ein ehrendes Nachwort gewidmet. Trendelenburg hatte an der ganzen Organisation der Anstalt, als Stadtrath, als Priises der Schuldeputation und als Mitglied der Prüfungscommission Antheil gehabt und überall mit voller Entschiedenheit dahin gewirkt, dass die Thätigkeit des gewählten Directors ohne allen Zwang sich entwickeln konnte und eine ungehinderte und freudige blieb.

Wahl und Leitung der Lehrer erschien Meineke mit Recht als der vornehmste Theil der von ihm zu lösenden Aufgabe, indem er, je länger je mehr, sich von der Ueberzeugung durchdringen liess, dass alles Gedeihen der Schulen zunächst von der Persönlichkeit der unterrichtenden und erziehenden Lehrer abhänge. Was er suchte, hat er für Religion und Hebräisch längere Zeit hindurch nicht gefunden; ungleich mehr gelang es ihm, für das philologische und mathematische Fach vorzügliche Lehrer in das Collegium aufzunehmen und mit sich zu verbinden. So hat er am 2. Mai 1818 die Freude gehabt zwei namhafte Gelehrte, Georg Schöler und Joh. Heinrich Westpfahl, in ihr Amt einzuweisen; Westpfahl für Mathematik, (der aber blieb nur bis 1820), und Schöler für Alterthumskunde. Schöler war ihm von Friedr. Jacobs in Gotha empfohlen und ward sein aufrichtigster Freund und Amtsgenosse, der ihm seine Liebe und

Freundschaft durch eine ausgedehnte, rastlose Thätigkeit lohnte, die von der classischen Philologie ausging, allmählich aber auch sich auf die neuern Sprachen, französisch, englisch und italienisch ausdehnte und sich den Schülern sehr nützlich erwies. Im classischen Unterricht schloss er sich ganz an Meineke's Weise an und ergänzte ihn, wo dessen Zeit nicht ausreichte, vortrefflich. An Westpfahl's Stelle trat Dr. Strehlke, der sich in Königsberg durch philosophische, mathematische, philologische und pädagogische Studien zum Lehrer gebildet hatte, Michaelis 1823 hier eintrat und zuerst in den unteren, zuletzt in den obersten Classen eine erfolgreiche Wirksamkeit entwickelte.

Erst am 12. April 1820 führte er Dr. Güte aus Halle für Religion und Hebräisch ein, verlor ihn aber schon Michaelis 1824, als derselbe ein Pfarramt zu Thorn übernahm.

Am 1. Juli 1818 trat Dr. Christian Herbst in das Gymnasium ein, den Hofrath Seidler in Halle empfohlen hatte; zu Michaelis 1824 endlich Dr. Pflugk, ein früherer sehr geliebter und hochgeachteter Schüler Meineke's, welcher ganz die reine Begeisterung des Letzteren für die Alterthumsstudien in sich aufgenommen hatte, aber erst nach Meineke's Abgang zur vollen Entwickelung seiner Thätigkeit gelangte.

Im Sommersemester 1823 trat auch Dr. Lehrs aus Königsberg als Stellvertreter des Dr. Schöler, der eine Reise nach Italien unternommen hatte, ein, und vertrat auch als Freund und Gelehrter Schöler's Stelle. Für das ganze Leben ist daraus eine Freundschaft hervorgegangen, welche auch der Wissenschaft zu Gute gekommen ist und beiden Männern zur Ehre gereicht. — Im Anfange der Direction Meineke's, da es an einem Lehrer für Hebräisch und Religion fehlte, und der passende Mann nicht gefunden werden konnte, traten freiwillig Meineke's Freunde hinzu, Jachmann und Consistorialrath Gernhard, welche mit grosser Freudigkeit, jeder in seiner eigenthümlichen Weise, den Religionsunterricht ertheilten. Meineke hat es nicht dahin gebracht, dass die Combinationen mehrerer Classen in dem Religionsunterricht auf-

gehört hätten; sie blieben in Quarta und Tertia, und in Prima
und Secunda bis zuletzt, so dass erst Meineke's Nachfolger
die zweckmässige Trennung herbeiführten.

Aber nicht wissenschaftlich allein war die Wahl der
Lehrer eine günstige, sondern auch ein sittlicher Einfluss ging
vom Lehrercollegium aus, der in Meineke seinen Mittelpunkt
und seine Stütze hatte. Meineke war der wahre Freund seiner Collegen und lebte mit ihnen im vertrautesten Verhältniss; die Lehrer aber schlossen sich eng und gern an ihn
an. Darin stimmen alle Aeusserungen der Männer, die mit
ihm verbunden waren, völlig überein. So bezeugt Schöler,
dass er mit Meineke im täglichen Umgang traulich verbunden gewesen sei und unter seiner Leitung in der ersten Blüthe-
zeit der Anstalt ein glückliches Leben geführt habe. In
solchem Verkehr hat er nicht allein selbst persönlich mit
seinen Collegen gestanden, sondern auch den Geist innerer
Einheit und inniger Collegialität dort für die Zukunft begründet. Es ist unter den Lehrern des Gymnasiums in
Danzig stets ein lebendiges wissenschaftliches Streben bemerkt
worden, so dass auch die Meisten in Druckschriften auf
eine ehrenvolle Weise aufgetreten sind. Eben so ist bald ein
freundschaftliches Zusammenleben entstanden, welches fort-
gedauert hat; die schöne Gegend um Danzig und die Nähe
des Meeres bot mannichfache Gelegenheiten zu Zusammen-
künften im Freien dar, welche dem ganzen Leben einen heiteren Charakter gaben.

Meineke lebte in den ersten Jahren ohne Familie nur der
Schule und seinen Studien, wie er das selbst auf einem Blatte
ausspricht, welches uns aus jener Zeit erhalten ist:

> „O Wissenschaft,
> Du meines Lebens Zier und Saft,
> Du hast mich meinem Schmerz entrafft,
> Gabst mir Muth und Kraft,
> Darum will ich Dich preisen laut,
> O Wissenschaft, bist meine Braut."

Im Jahre 1823 aber vermählte er sich mit Elisabeth Lode-
mann, aus Ilten bei Hannover, und genoss seitdem den

Segen einer glücklichen Ehe in erfreulichster Weise. Dies hatte zugleich auf den Familienverkehr unter den Collegen einen bedeutenden Einfluss, an welchem sich auch andere ausgezeichnete Familien der Stadt betheiligten. In geselliger Beziehung bildeten der Oberbürgermeister v. Weickhmann und Oberpräsident von Schön die Mittelpunkte. Vorzugsweise war es der Letztere, welchen ein inniges Freundschaftsband mit Meineke und seiner Familie verknüpfte. Von grösstem Interesse waren Reisen mit dem Oberpräsidenten nach Marienburg, wo die Wiederherstellung des dortigen Schlosses gerade damals eifrig betrieben wurde. Dort wurde alles gemeinschaftlich besprochen, und es ging kein Tag hin, wo jener ausgezeichnete Mann nicht sehr interessante Mittheilungen zu machen gewusst hätte. Dass damals die Gymnasien Preussens ein Fenster herzustellen übernahmen (auf dem Gange, von wo man in den grossen Capitelsaal eintritt), geschah vorzugsweise auf Meineke's Antrieb. An die Person des Oberpräsidenten und die werthvolle Gemeinschaft mit ihm haben sich Meineke und Schöler bis an ihr Lebensende die schönste Erinnerung erhalten.

In den Ferien wurden Reisen an das Meer unternommen und zu einem erwünschten Landaufenthalte benutzt. Namentlich war es zu Meineke's Zeit, dass Zoppot, nahe bei Jenkau und Danzig, als ein Hauptort für stille Naturfreuden und als Badeort sich zu heben anfing. Die Reize, welche ein stilles abgeschiedenes Leben am einsamen Meeresufer darbietet, haben Franz Passow und Meineke dort in der erquicklichsten Weise genossen. Zu den Freunden der Familie, mit denen ein sehr inniger Umgang sich gebildet hatte, gehörten Jachmann, Gernhard, Flottwell, der gemeinschaftliche Arzt, Medicinalrath Kleefeldt, Dr. Kölle, Lesse u. A. — Meineke hatte das Glück, in jener ganzen Danziger Zeit, sich einer guten Gesundheit zu erfreuen und nicht mehr, wie früher, durch Krankheit in seiner Arbeit gehemmt zu werden.

Die Schularbeiten und die Directorialgeschäfte hielten Meineke so wenig von seinen philologischen Bestrebungen

ab, dass sie ihm vielmehr durch den Umgang mit der Jugend,
der er Führer zur Vertiefung in die griechischen und römischen Classiker zu sein die Pflicht hatte, und mit den Collegen, denen er ein Vorbild sein wollte, Trieb und Veranlassung wurden, die bereits begonnenen gelehrten Arbeiten weiter zu führen und zu vollenden. Rastlos war er bestrebt,
auch nach dieser Seite hin seiner ursprünglichen Neigung zu
genügen, und wurde dabei durch die Theilnahme seiner gelehrten Freunde, G. Hermann, Fr. Jacobs, Franz Passow, A. Seidler
und Anderer unterstützt, mit denen er durch freundschaftliche
Briefe in beständigem Verkehr blieb, um seine wissenschaftlichen Arbeiten ihnen mitzutheilen und von den ihrigen zu
hören. Allmählich fanden sich auch die Buchhändler, welche
die vollendeten Arbeiten herauszugeben willig waren. Das
erste vorbereitende Werk, von dem wir schon sprachen, die
kritische Behandlung der von Athenäus erhaltenen Fragmente
der Komiker war zwar schon im December 1813 vollendet,
erschien aber erst Ende des Jahres 1814, als er bereits Professor in Danzig geworden war: er widmete sie seinem Meister Gottfried Hermann. Darauf folgte eine Probe seiner
Untersuchungen über Menander, *Quaestiones Menandreae*, mit
welchen er im Mai 1818 die Einführung des Professors Schöler und Dr. Westpfahl ankündigte und zur Anhörung der
Antrittsreden derselben einlud. In den Jahren 1822 und 1823
erschienen mehrere neue Schriften:

1) Leben und Schriften des Dichters Euphorion aus
Chalkis, mit einer Sammlung der Fragmente derselben; er
weihte das Werk seinem Freunde Lobeck in Königsberg.

2) Ein Heft vermischter Abhandlungen: *Commentationum
miscellancarum fasciculus primus*, mit dem er 1820 zum Exa-
men einlud.

3) Sein Hauptwerk aus dieser Periode: Menander's und
Philemon's gesammelte Fragmente, welche er Fr. Jacobs in
Gotha: *viro virtutis ingenii doctrinae laude florentissimo* dar-
bot. In diesen Arbeiten erscheint er bereits als ebenbürtiger
Forscher auf diesem Gebiete, ebenso ausgezeichnet durch aus-

gebreitete Lectüre, wie durch Scharfsinn und Takt in der
Herstellung halberloschner Bruchstücke, und durch alle Tugenden eines ausgezeichneten Kritikers.

Meineke fand in dieser seiner doppelten Thätigkeit in
Danzig selbst die entschiedenste und freudigste Anerkennung.
„Director Meineke," heisst es in einem amtlichen Bericht vom
15. September 1818, „vereinigt in sich alle Eigenschaften
eines tüchtigen Vorstehers einer guten Schule, klassische Bildung, dazu Eifer, grosse Thätigkeit und Kraft und Förderung des Hauptzweckes, wobei er in Gemüthlichkeit und liebevoller Aufmerksamkeit auf jede Erscheinung in seinem Wirkungskreise, sowie auf jede entwickelte Anlage seiner Untergebenen achtet. Blech, Schöler, Förstemann, Westpfahl, jeder
in seinem Fache ausgezeichnet und nach Einem Ziele stre-
bend, unterstützen das Bestreben des Directors, die Anstalt
auf einen hohen Standpunkt zu erheben. — In den beiden
oberen Classen ist das Studium des klassischen Alterthums,
obgleich Geschichte, Mathematik und Naturwissenschaften
keineswegs vernachlässigt werden, mittels der vermehrten Einwirkung des Directors vorherrschend; die Prima leistet schon
jetzt mehr als irgend eine der westpreussischen Gelehrtenschulen. Mehrere lateinische Aufsätze haben in sprachlicher
Hinsicht eine Rundung der Schreibart, und eine Vollendung
in Hinsicht auf Inhalt, auf Reichthum der Gedanken und auf
glückliche Verbindungsgabe, wie man sie nicht in diesen
Jahren erwarten darf."

Als er seine Werke dem Magistrat für die städtische
Bibliothek übersendet hatte, antwortete ihm dieser: „In voller
Würdigung Ihrer vielfachen Verdienste um unser Gymnasium
und bei unserer völligen Ueberzeugung von Ihrem rastlosen
Wirken als Lehrer, welches Ihnen so wenig Musse gewährt,
schätzen wir es um so höher, dass es Ihnen dennoch gelingt
durch die Erfolge Ihrer schriftstellerischen Thätigkeit neuen
Ruhm über unsere Stadt zu bringen."

Es konnte nicht fehlen, dass Meineke nach Aussen hin
sehr bekannt wurde, so wenig er selbst von sich redete und

geredet wissen wollte. Anträge zu Anstellungen liessen nicht lange auf sich warten. Schon war er wegen Altona, wo des Rectors Struve Stelle zu besetzen war, mit Copenhagen in Unterhandlung, als der ehrenvolle Ruf des Ministers von Altenstein an das Joachimsthal'sche Gymnasium an ihn gelangte, der ihm eine neue grossartige Wirksamkeit in der Hauptstadt des preussischen Staates in Aussicht stellte. Es wurde Meineke nicht ganz leicht einen Entschluss zu fassen; die Schwierigkeit der Aufgabe erkannte er sofort in ihrer ganzen Grösse und war einige Tage in Zweifel über seine volle Befähigung für den dortigen Beruf. Meineke war sehr gern in Danzig gewesen, hatte dort in schulmännischer, gelehrter und geselliger Beziehung grosse Annehmlichkeiten genossen, stand in hoher Achtung bei allen ausgezeichneten Männern der Stadt, und war mit ihren Interessen innig verwachsen. Die glückliche, überall günstig beurtheilte Wirksamkeit, deren er sich erfreute, war eine grosse Macht, ihn zurückhalten. Dessungeachtet fühlte er sich dort zu weit von der Heimath, den Gliedern seiner Familie, dem inneren Deutschland, entfernt. Schon als er hinging war ihm überall gerathen worden, dort nicht lange zu bleiben, sondern sich den Stätten der Erinnerungen seines Jugendlebens baldigst wieder zu nähern. Es war zuweilen vom Scythenlande die Rede, in welchem er sich gegenwärtig aufhalte. Berlin bot dagegen unermessliche Vortheile für seine Studien und sein ganzes künftiges Leben, und es reizte auch sein Interesse, die grosse Lebensaufgabe, die ihm mit so vielem Vertrauen entgegengetragen wurde, zu lösen und an recht geeigneter Stelle seine Erziehungs- und Lehrererfahrungen zu prüfen. Eine Anstalt, wie Schulpforte war, zu leiten und mit Ilgen zu wetteifern, erschien ihm als ein zwar grosses, aber aus seinem ganzen bisherigen Leben hervorwachsendes Unternehmen.

In Danzig wurde sein Verlust sehr bedauert, aber die innere Nothwendigkeit, dem Rufe zu folgen, anerkannt. Am 31. Mai 1826 schrieb ihm der Magistrat, dass er ihn entlasse „mit den wohlgemeintesten Wünschen für sein Wohl, und mit dem aufrichtigsten Danke für sein segensreiches Wirken. Die Anstalt, der Sie bisher vorstanden, war durch mancherlei Vernachlässigung und Gebrechen von der Stufe, auf welcher sie ehemals stand, gesunken; eingeleitete, der Zeit angemessene Verbesserungen waren eingetreten, hatten aber noch nicht ihre Wirkung äussern können; eine noch durchgreifendere Umgestaltung begann unter Ew. Wohlgeboren Leitung, und wurde in's Leben geführt und in volle Wirksamkeit gesetzt, so dass unser Gymnasium wieder die Vergleichung mit anderen nicht scheuen, sondern sich mit den vorzüglichsten unter ihnen messen kann. Wird auf diesem Grunde fortgebaut, so wird unsere Stadt unter begünstigenden äusseren Umständen das Gymnasium stets als eine Pflanzstätte und Pflegerin der Gelehrsamkeit und höherer Bildung betrachten und lieben, und Ihr Andenken, das sich an den Anfang dieser neuen Periode seines Daseins knüpft, auch dann noch in Ehren bleiben, wenn auch diejenigen nicht mehr sind, welche als Zeitgenossen zu schätzen wissen, welchen Einfluss Ew. Wohlgeboren persönliche Eigenschaften des Geistes und Charakters auf das glückliche Ereigniss ausgeübt haben. Möge das Andenken an diese Periode Ihres Wirkens auch Ihnen stets eine angenehme Rückerinnerung gewähren und Sie des Glückes sich erfreuen, welches wir Ihnen von Herzen wünschen.“ Diese Worte des Oberbürgermeisters von Weickhmann und des Magistrats haben sich vollkommen erfüllt. Das Gymnasium ist auf der Bahn fortgeschritten, welche Meineke eingeschlagen hat. Schöler, im Danziger Jahresbericht von 1826, Seite 7, sagt von ihm: „Acht Jahre haben wir zusammen gelebt und gewirkt wie in einem wahrhaften Brudervereine, und, wie mannichfaltige Umstände auch uns und unsere Anstalt berührten, nie ist unser gegenseitiges Verhältniss durch irgend eine Misshelligkeit der Ansichten und Bestrebungen gestört worden. Wenn so die Liebe mit der Kraft verbunden ausgeht vom Oberhaupte auf die Untergebenen, dann wird gewiss immer der

Segen des Himmels der gemeinsamen Arbeit zu Theil werden. Auch die unsere hat der Himmel gesegnet. Unsere
Anstalt, die, als sie vor 8 Jahren aus der alten Form neu
erstand, beim Antritt des Herrn Directors Meineke nur ein
Drittel der jetzigen Schülerzahl aufweisen konnte, hat sich
reichlich gemehrt, ein reger Geist wissenschaftlicher Thätigkeit ist über sie verbreitet, Sittlichkeit und Religiosität hat
sich stets in ihr behauptet, und mit Freude können die Bürger der Stadt, deren Pflege das fernere Gedeihen dieser Pflanzstätte der Wissenschaft empfohlen ist, auf die Früchte hin-
schauen, die theils schon gereift sind, theils noch reifen.
Wenn wir dieses alles überlegen, unsern Dank gegen Gott
mit dem Danke gegen den Mann verbindend, der uns bis
jetzt Vorsteher und Freund war, so können wir nur einen
frohen Blick in die Zukunft werfen; aber mit dem festen
Vorsatze wollen wir es thun, treu zu bleiben dem Geiste, der
bis jetzt in unserm Vereine geherrscht, und dies um so
mehr, da nur auf solche Weise würdig das Andenken des
Mannes geehrt wird, der von uns geschieden ist, und nur so
ein ähnliches Band sich dauernd mit unserm neuen Vorgesetzten knüpfen lässt, der nun in Kurzem an unsere Spitze
tritt."

Nicht anders spricht Professor Lehrs von ihm in einem
Briefe vom 16. Februar d. J.: „Ich erinnere mich, wie ich
im Jahre 1823 als ein sehr junger Mensch unmittelbar von
der Universität zur interimistischen Stellvertretung für den
auf ein halbes Jahr nach Italien reisenden Professor Schöler
an das Danziger Gymnasium gerufen, von Meineke gleich
wie ein Freund empfangen wurde, ich möchte fast sagen, wie
ein gleichberechtigter Freund; wie ich im täglichen, oft
von ihm herbeigeführten ungezwungensten Umgang und Gespräch mit ihm unter Genuss und stiller Beobachtung seiner
Urtheile und seiner täglichen philologischen Arbeiten in ihm
einen neuen, philologischen Lehrer fand, dessen Wissen nicht
nur und Arbeiten meine grosse Bewunderung und Freude
erregten, sondern auch die wohl sehr eigenthümliche Art

seines Arbeitens in seiner Raschheit, Rüstigkeit, Pedanterie-
losigkeit, — mir verzeihen Sie das Wort. Diese Freiheit
von Pedanterie bei so viel Gediegenheit, war wie im Leben
in seiner wissenschaftlichen Thätigkeit bei Meineke eine
so positiv schöne Eigenschaft, dass sie einen Namen haben
muss. „„Ich will einmal wieder den Hesychius lesen. Ich
habe heute einmal in der Mitte angefangen.““ — Und das
klang vielmehr nach Vergnügen als nach Geschäft. — Nicht
weniger imponirte mir seine Direction und seine Stellung in
der Stadt. Meine genauere Kenntniss einer Gymnasialdirec-
tion leitete sich damals her von einem Manne, der ein mit
Recht als vorzüglich geltendes Gymnasium mit anerkannter,
energischer Wirksamkeit regierte: Gotthold, im Königsberger
Friedrichs-Collegium; in der That ein Director von ganz ungewöhnlichen Verdiensten eben so, wie von ungewöhnlicher
Eigenart und imponirender Festigkeit seiner Consequenz. Es
war mir eine eigenthümliche Erfahrung, als ich in Meineke
das vollkommene Gegenstück fand: ein Gymnasium von ausgezeichneten Leistungen, von fester Disciplin, unter sogar
manchen erschwerenden Umständen: und das ging hier Alles
wie von selbst, man sah keine Maschinerie; Meineke diri-
girte das, so viel man sah, allein mit seiner Charis. Denn
wirklich auch von seiner Ueberlegenheit konnte man kaum
sagen, dass man sie sah. Dass man sie gefühlt hätte, davon
war nun gar keine Rede; sie war nun eben allbekannt und
gern anerkannt. Denn aus denselben Factoren entstand und
bestand mit derselben Leichtigkeit seine allgemeine Bekanntschaft und Verkehr unter dem Publikum, das ja fast gar
nicht aus Gelehrten, sondern aus Beamten und Kaufleuten
bestand. Und Respect vor den Griechen mussten sie Alle
haben. Sie hatten ja ein so liebenswürdiges Exemplar davon
eben vor sich, und wie sein Herz voll davon war, und das
Amt, das sie ihm anvertraut hatten, und das er so glänzend
verwaltete, sich darum drehte, so gehörten Alterthum und
Graeca mit zum Conversationsstoff, den er brachte, — natürlich
mit den Grenzen der Grazien, — und für die man sich interessirte,

und um so mehr, da er ja seinerseits nicht für alle sonstigen Interessen des Lebens gleichfalls mittheilsam und theilnehmend war. Liebe genoss er überall. Auch der treffliche Schön achtete ihn nicht nur hoch, sondern liebte ihn. Es erfreute mich selbst höchlich, als ich in einem seiner letzten Lebensjahre, des hochbetagten Mannes bedeutendes Gesicht sich wie verklären sah, als er einmal Gelegenheit hatte, sich bei mir über Meineke zu erkundigen." —

1826 — 1857.

Joachimsthal'sches Gymnasium zu Berlin.

Wir gelangen zu der Lebensepoche Meineke's, zu welcher das Vorhergehende die Einleitung und Vorbereitung bildete, wo sich seinen Anlagen das beste Arbeitsfeld darbot, gross und umfangreich genug, um auch dem kräftigsten und tüchtigsten Manne Gelegenheit zu voller Entwickelung seines Charakters und Werthes zu gewähren, und zugleich so schwierig und mühevoll, dass nur die grösste Anstrengung zu günstigem Erfolge Aussicht machen konnte. Der Minister von Altenstein wies bei seiner Anfrage unter dem 5. December 1825, ob er die ihm angetragene Stellung übernehmen wolle, selbst darauf hin, dass er ihn zu einer Anstalt berufe, welche „in einem hochherzigen Sinne gegründet und durch königliche Freigebigkeit mit den erforderlichen Mitteln reich ausgestattet sei," und bezeichnete vortrefflich, was zu einer günstigen Wirksamkeit des Direktors derselben gefordert werden müsse, nämlich: „Gediegene, allgemeine, wissenschaftliche Bildung, gründliche Gelehrsamkeit, besonders im Fache des classischen Alterthums, eine durch hinreichende Erfahrung gereifte Einsicht in alle Zweige der öffentlichen Erziehung und des Gymnasialunterrichts, fromme, christliche Gesinnung, ein derselben entsprechender Wandel, sittliche Würde und männliche Haltung und Besonnenheit." Ob er es wagen dürfe, ein so schweres Amt zu übernehmen, war Meineke zweifelhaft; er that es in der Ueberzeugung, dass eine höhere Hand hier im Spiele sei, im Vertrauen auf Gottes Beistand, und mit dem Entschluss seinem neuen Amte alle seine Kräfte zu weihen. Im Bewusstsein der ungleich grösseren Aufgabe, welcher er zu genügen habe, verliess er Danzig und trat muthig und entschlossen in den neuen Wirkungskreis ein.

Meineke stand jetzt im reifen Mannesalter. Als er 1826 in Berlin ankam, war er 35 Jahre alt, und gab die frohe Aussicht, dass er längere Zeit hindurch in seinem Amte stehen und zur vollen Entfaltung seiner Thatkraft gelangen werde. Auch erfüllte sich diese Hoffnung; denn 31 Jahre lang, vom Juli 1826 bis Juni 1857, bis zu seinem 66. Lebensjahre, war es ihm vergönnt, an seiner Stelle im grössten Segen zu wirken; wir dürfen ihn unter die verdientesten Directoren der Gymnasien rechnen. Meierotto, Gedike, Bernhardi, Spilleke in Berlin, Gurlitt in Hamburg, Ilgen in Schulpforte werden ihn sämmtlich als ebenbürtig anerkennen; hinter keinem derselben stand er in irgend einer Weise zurück. Für immer ist sein Name in die Geschichte des Berliner Gymnasiallebens verwebt, und seiner ganzen Persönlichkeit ein ehrendes Andenken gesichert.

Charakteristisch ist für Meineke, dass er mitten in den anstrengenden und aufreibenden Geschäften des Schulamts seine begonnenen gelehrten Arbeiten nicht nur nicht aufgab oder unterbrach, sondern auch sie, wie sein Directionstalent, zur Blüthe und Reife zu bringen vermochte. Der Grund liegt in seiner rastlosen Thätigkeit; er arbeitete immer und ununterbrochen und brachte aus der früheren Zeit seines Lebens so reiche Resultate seines Fleisses mit, dass er stets ohne Aufenthalt vorwärts 'gehen konnte. Wie er daher mit den Schulmännern Berlins wetteifernd nach dem Höchsten trachtete, so stand er neben Böckh, Bekker, Buttmann, Lachmann und Anderen als Philolog in voller Ebenbürtigkeit da. Es zeugt in der That von wunderbarer Energie, dass er praktisch und wissenschaftlich zugleich so ausserordentlich

wirksam war, dass jede dieser beiden Thätigkeiten ganz allein
für sich ihm alle Ehre brachte, und, nach gewöhnlichem
Maasse gemessen, seine ganze Zeit in Anspruch nehmen zu
müssen schien.

Seinem Charakter gemäss trat er unmittelbar nach seiner Ankunft mit seinem höchst ehrenwerthen Vorgänger,
Consistorialrath Snethlage, in ein freundliches Verhältniss.
Snethlage hatte in Rücksicht auf sein hohes Lebensalter und
in richtiger Erwägung, dass das Joachimsthal'sche Gymnasium einer jugendlicheren und rüstigeren Kraft zur Weiterführung bedürfe, den Minister von Altenstein um ehrenvolle
Entlassung aus seinem Dienste und Versetzung in den Ruhestand gebeten, auch sich mit Meineke's Wahl vollkommen
einverstanden erklärt. (Ministerial-Rescript vom 5. December 1825.)

In dem Programm vom März 1826 hatte Snethlage bereits (Seite 35 ff.) dem Publicum von seinem Ausscheiden
und von Meineke's Eintritt genauen Bericht erstattet. Die
Entlassung fand unter den ehrenvollsten Bedingungen statt
und mit dem Wunsche, dass er sich am Abend seines dem
Dienste des Staats gewidmeten Lebens noch lange einer heiteren Ruhe erfreuen möge; er bezeugt selbst, dass er die
Anstalt, die er 24 Jahre geleitet hatte, wegen ihrer ehrwür-
digen Stiftung und ihres Segens für die Kirche und den
Staat sehr lieb gewonnen habe, gegen sämmtliche Collegen Gefühle der treuen Anhänglichkeit, freundschaftlichen
Gesinnung und Dankbarkeit für die Unterstützung hege,
welche sie ihm mit Rath und That gewährt haben, alle seine
Schüler aber mit väterlichem Wohlwollen umfasse. „Nur
mit diesen Gefühlen verlasse ich die Anstalt und bitte Gott,
dass er auch meinem Nachfolger im Amte, dem ich dieselbe
in einem blühenden Zustande zu übergeben das Glück habe,
in allen seinen Bestrebungen für das fernere Gedeihen derselben seine Hülfe und seinen Segen noch in einem reiche-
ren Masse schenken möge, als er mir zu Theil geworden ist.‟

Es traf sich günstig, dass Snethlage selbst 1824 eine
kurze Uebersicht der Geschichte des Joachimsthal'schen
Gymnasiums im Jahresberichte gegeben, und Professor
Brunn im März 1825 einige nähere Nachrichten von der
Gründung, früheren Einrichtung und den Schicksalen der
Anstalt bis zu ihrer Vernichtung und Wiederherstellung
öffentlich bekannt gemacht hatte, Meineke daher sich auf diese
Weise sofort über den Grund und Boden, auf welchem er
zu wirken haben werde, unterrichten konnte. An der Spitze
des Ganzen stand der Rector und die Professoren, die das
leitende Concil bildeten, bestehend aus eilf Männern; an
diese schlossen sich zwei Collegen und ordentliche Lehrer,
einige Hülfslehrer, ein Lehrer des Englischen und des Zeich-
nens, zwei Schreib- und drei Gesanglehrer an; das Alumnat
verwalteten sechs Inspectoren. Die Anordnungen des Ministeriums Altenstein hatten bereits ihren Eingang in die Schule
gefunden, und namentlich war die neue Anordnung über die
jährlich herauszugebenden Schulprogramme seit 1825 bereits
ins Leben getreten. Die Schule bestand aus sieben Classen:
Prima, Secunda, Ober- und Untertertia, Quarta, Quinta und
Sexta, so jedoch, dass die drei letzten Classen zwei coor-
dinirte Cötus umfassten, die ganze Schülermasse also in
zehn verschiedenen Lehrzimmern unterrichtet wurde. Die
Schülerzahl war allmählich durch die äusseren Verhältnisse
der Stadt so ausserordentlich gewachsen, dass sie Ostern 1825,
615 Schüler zählte, so dass man ernstlich an Verminde-
rung derselben denken musste; Ostern 1826 zählte man noch
554 Schüler. Auch Snethlage legte der Frequenz an sich
keinen Werth bei, erkannte vielmehr vollkommen die grossen
Schwierigkeiten, die daraus für den Unterricht und die Disciplin erwachsen müssen, meinte aber doch, dass sie wenig-
stens einigermassen für Güte und Zweckmässigkeit einer
Bildungsanstalt zeugen könne. Im Allgemeinen findet er die
Disciplin in ruhigem, ungestörtem Gange. „Von eigentlichen
Excessen war nie die Rede, kleine Vergehen wurden auf der
Stelle scharf gerügt, oder nach den Umständen bestraft, um

grössere zu verhüten." (1825, S. 72). Die Zahl der Alumnen belief sich statutenmässig auf 120; die der Hospiten war ungleich umfangreicher. Die Alumnen wohnten in Zellen und standen unter der Aufsicht der jüngeren Lehrer, die damals den Namen der Inspectoren führten. Snethlage gab sich alle Mühe den neuen Director mit der ganzen bestehenden Einrichtung bekannt zu machen. Während dies geschah, — am 2. Juli 1826 war Meineke angekommen, — liess er ein Programm erscheinen, in welchem er zu den Einführungsfeierlichkeiten, die auf den zehnten Juli angesetzt waren, einlud *(Quaestionum scenicarum specimen primum)*. In dieser Arbeit theilte er die Resultate seines gelehrten Fleisses und seiner scharfsinnigen Forschungen über die Athenischen Dichter der alten Comödie mit, welche er bereits in Danzig entworfen und vollendet hatte. Nicht blos in Berlin, sondern im ganzen Lande machte diese Schrift unter den Amtsgenossen in den Gymnasien das grösste Aufsehen. Die Einführung selbst wurde durch den Ober-Consistorialrath Nolte vollzogen. Darauf sprach Snethlage über die Wichtigkeit einer durchgreifenden religiösen Bildung, indem er in dieser den Hauptgesichtspunkt seiner Thätigkeit entwickelte und zugleich von der Anstalt Abschied nahm. Der deutschen Rede desselben folgte die lateinische Antrittsrede des neuen Directors *de praecipuis quibusdam scholasticae disciplinae praesidiis et adjumentis*, in der er die Grundsätze darstellte, welchen er bisher gefolgt und weiter zu folgen entschlossen war. Die grössten Hoffnungen für die Zukunft der Anstalt eröffneten sich nach diesem Acte um so mehr, als die beiden Directoren im Wesentlichen in ihren Ansichten übereinstimmten und nur das jüngere und höhere Alter derselben einen Unterschied machte; eine noch kräftigere und energischere Leitung durfte man für die nächste Zeit erwarten. Lange noch hat Snethlage gelebt, mit seiner ganzen Familie in freundlicher Verbindung mit dem neuen Director und in steter Theilnahme an dem Wohlergehen der Anstalt. Er starb am 19. November 1840.

Auch mit den übrigen Collegen trat Meineke sofort in ein freundliches Verhältniss. Nach Vollendung des feierlichen Actes der Einführung traten die Lehrer zu einem einfachen Begrüssungsmahle zusammen, welches in Heiterkeit und munterer Laune verlief; am Abend aber wurde den Alumnen eine festliche Mahlzeit mit zwei Gerichten, Braten und Kuchen, zu Theil; auch der Pedel, Castellan, Thürsteher und die vier Calfactoren wurden in ähnlicher Weise erfreut.

Meineke's Anfang wurde überall freudig begrüsst. Nicht blos Mitglieder des Ministeriums wünschten ihm zu der würdigen Art seines Amtsantritts Glück und hofften durch ihn das Joachimsthal „zu einer der ersten Unterrichts- und Erziehungsanstalten" erhoben zu sehen; sondern auch Friedrich Wilhelm III. sagte ihm unter dem 23. Juli für die Uebersendung der Schrift seinen Dank, versicherte ihn, wie auch später der Kronprinz, seines Beifalls und Wohlwollens, und sprach die Erwartung aus, dass die Grundsätze, nach welchen er die anvertraute Anstalt zu leiten beabsichtige, ächte Bildung der Jugend erzeugen würden. Von allen Seiten kam man ihm mit vollstem Vertrauen und Anerkennung entgegen. Als ein besonders günstiger Umstand muss es bezeichnet werden, dass der Ober-Consistorialrath Nolte, ein allgemein hochgeachteter, trefflicher Mann, dem das Berliner Schulwesen die grösste Dankbarkeit schuldig ist, seine ersten Schritte begleitete. Neben ihm wirkte Dr. Otto Schultz im Provincial-Schulcollegium, der auch seinerseits sich grosse Verdienste um Unterricht und Erziehung in und ausser Berlin erworben hat. Während aber Nolte im Consistorium und Provincial-Schulcollegium die Hauptstimme hatte, war im Ministerium Johannes Schulze thätig, mit dem ihn aus früherer Zeit schon eine auf gegenseitige Achtung gegründete Freundschaft verband. Gerade Schulze war es gewesen, welcher durch Franz Passow, mit dem er in Weimar zusammen am Gymnasium gearbeitet hatte, aufmerksam gemacht, Meineke's Wahl mit berathen und durchgeführt hatte. So wurde denn auch für Meineke schnell eine besondere Instruction entworfen, Gehalt,

Reisegeld und Stundenzahl bestimmt, Pflichten und Rechte in zweckmässiger Weise festgestellt.

Schon der erste Eintritt in sein Amt zeigte ihm — dem von Schulpforte her mit Alumnatseinrichtungen vertrauten und in Jenkau mit noch glücklicheren, äusseren Verhältnissen einer von Grund aus neu gestalteten Erziehungsanstalt bekannt gewordenen Schulmanne — die äussere Erscheinung des Hauses, in welchem er wirken sollte, in einer Verfassung, die ihm einiges Missbehagen einflösste. Der Rendant, Hauptmann Eltester führte ihn in den Speisesaal; Meineke war über die Mängel desselben erstaunt, und sein Führer gab ihm zu, dass bei den bisherigen Neugestaltungen der zu Gebote stehenden Räume dieser Saal übersehen worden sei. Sofort vereinigten sich diese beiden Männer, dahin zu wirken, dass Alles nachgeholt werde, was bisher in äusserer Beziehung versäumt sein möchte, und gewannen auch sogleich die vorgesetzte Behörde für die nothwendigen Verbesserungen. Da die Sommerferien noch Zeit genug gewährten, wurde, soweit es die Finanzen zuliessen, nach dem Berichte Eltester's die würdigere Gestalt des Saales herbeigeführt. Meineke hatte die Freude, dass der Mann, dem die Hausverwaltung zukam, fortan für seine weiteren Vorschläge mit freundlicher Bereitwilligkeit Sorge trug. Im März 1827 wies Meineke darauf hin, dass überhaupt dem Schulgebäude eine mehr freundliche und heitere Gestalt als die bisherige zu geben sei, vorzugsweise aber die Räume, in welchen sich die Alumnen befänden, den Zwecken der Erziehung entsprechender gestaltet werden müssten. Vor Allem berief sich Meineke auf die Einrichtungen der Schulpforte, und es ist seitdem Grundsatz geblieben, den auch Ministerium, Consistorium und Provinzial-Schulcollegium immer festhielten, die Vorzüge jener Anstalt hierher zu verpflanzen. Zuerst geschah dies in dieser äusseren Beziehung, die ja mit dem Innern in wesentlichem Zusammenhang steht, dann aber auch in allen Einrichtungen, welche auf Geist und Zucht der Schüler wirken sollen. Bisher hatten die Schüler in Zellen gewohnt, wie wir oben bemerkten, Meineke fand sie düster, schmutzig, mehr für trübselige Trappisten, wie er sagte, als für Jünglinge passend, welche durch höhere Studien gebildet und für das Schöne empfänglich gemacht werden sollten. Fenster und Fussböden waren vernachlässigt, die Wände zerstossen, die Schlafsäle mit Wanzen angefüllt, Treppen und Corridore in unerfreulichem Zustande. Auch die Gesundheit der Schüler sei gefährdet, und noch im Laufe des Jahres müsse eine Umgestaltung aller dieser Verhältnisse unternommen werden. Aufhebung der Zellen und Einführung von Arbeitssälen und Schlafsälen, in welchen eine grössere Zahl von Schülern vereinigt sein könne, wurde beantragt und beschlossen. Auch der damalige Bauinspector Schramm schloss sich an Meineke und Eltester an und widmete der ihm von den vorgesetzten Behörden sofort gestellten Aufgabe seine volle Theilnahme. Trotz der Schwierigkeiten, welche das alte Gebäude dem neuen Unternehmen in technischer Hinsicht entgegen zu stellen schien, wurde die Einrichtung zweckmässig durchgeführt. Zunächst begann man mit der dritten Etage. Die Wohnzimmer, welche dort entstehen sollten, wurden für 10—14 Personen angelegt und sollten nicht von Wänden durchschnitten sein, welche die Uebersicht erschweren würden, sondern möglichst hohle Räume umfassen. Zwei Schlafsäle zu 24, einer zu 22 Personen sollten entstehen, dazu Wohnungen für die Inspectoren. Neben dem Hauptzweck, dem Hause eine anständigere und der Gesundheit zuträglichere Einrichtung zu geben, war es auch die Ordnungsliebe der Schüler, die man erhöhen, eine gleichmässigere Beaufsichtigung, die man herbeiführen, und Fleiss und Zucht der Zöglinge, die man erzeugen oder kräftigen wollte. Der Erfolg entsprach der Absicht; Uebelstände, deren Entfernung bisher unmöglich geschienen, waren sofort verschwunden, Fleiss und Ordnung sah man überall lebendiger hervortreten. Daher wurde die vorgesetzte Behörde sehr geneigt, dieselbe Einrichtung auch in den unteren Etagen in den nächsten Jahren durchzuführen. Meineke fuhr fort, allen

Bedürfnissen dieser Art möglichst abzuhelfen, auf Abstellung der Mängel hinzuwirken und die erforderlichen Einrichtungen, soviel als thunlich, zu treffen.

Noch ist der gegenwärtige Zustand auf Meineke's verdienstliche Anträge und Anweisungen gestützt. Vielleicht wäre es wohlgethan gewesen, wenn er seine Fürsorge auf die eigenen Wohnungsverhältnisse gewendet hätte, da es ziemlich klar zu sein scheint, dass seine eigene Amtswohnung, im Parterre gelegen, seinem Gesundheitszustande nicht zusagte.

Schon im Mai 1826 trat Ober-Consistorialrath Nolte für den neuen Director sorglich ein, indem er dessen ausserordentliche Anstrengungen in dem Umfange der amtlichen Verpflichtungen anerkannte und ihm eine grosse und erfolgreiche Wirksamkeit zuschrieb, welche aus unverkennbarer Liebe für seinen Beruf hervorgehe und seine ganze Zeit in Anspruch nehme. Die Behörde wollte ihm den Werth, den sie auf seine Schularbeit legte, durch eine bedeutende Unterstützung (300 Thaler) beweisen, die er jedoch, sobald sie ihm angezeigt wurde, im Bewusstsein, nur seine Pflicht gethan zu haben, mit gerührtem Danke für das darin liegende Wohlwollen, ablehnte. Wenn man zugleich daran gedacht hatte, ihm eine Gehaltszulage zu geben, so sollte sich bald dazu eine passende Veranlassung finden.

Das Ansehen, welches sich Meineke in Danzig und Berlin erworben hatte, veranlasste einen Ruf, der ungesucht und unerwartet an ihn gelangte. Gurlitt in Hamburg war gestorben; der Hauptpastor Bökel schrieb am 7. August 1827 und bot ihm Gurlitt's Stelle an, welche durch die ausgezeichnete Verwaltung jenes Mannes in hohen Ehren stand. Meineke würde als sein Nachfolger ein Einkommen von jährlich 3500 Rthlr. mit freier Wohnung erhalten haben, wenn er, wie ihm angetragen wurde, ausser der Direction des Johanneum's auch am Gymnasium eine Professur angenommen hätte. Die Anerbietung war in mehrfacher Hinsicht von grosser Wichtigkeit; als Familienvater musste es ihm als eine Pflicht erscheinen, ein Amt zu übernehmen, welches zugleich für immer finanzielle Schwierigkeiten unmöglich erscheinen liess. Dazu kam die Rücksicht auf seine Studien, welche durch Vorlesungen am Gymnasium zu Hamburg unmittelbar gefördert sein würden, während die Direction des Johanneum's ohne Alumnat viel weniger Arbeit erforderte als die des Joachimsthals. Dessungeachtet war er nicht zweifelhaft, sondern liess sich durch seine Liebe zum Vaterlande und zu der ihm anvertrauten Anstalt bestimmen, sein gegenwärtiges Amt nicht zu verlassen. Berlin und dessen wissenschaftliche Anstalten mit allen damit verbundenen Vorzügen würde ihm in Hamburg, nach seiner Ansicht, nicht haben ersetzt werden können. In Anerkennung seiner Tüchtigkeit als Director und Lehrer und nicht minder „seines edlen Charakters" stellte man ihm eine Gehaltszulage von 500 Rthlrn. in Aussicht. Darauf einzugehen hielt ihn der Umstand nicht ab, dass diese Gehaltsvermehrung nach den finanziellen Verhältnissen der Anstalt nicht sofort eintreten konnte; auch ist sie ihm sehr bald zu Theil geworden und seitdem mit der Stelle verbunden geblieben. So wurde er seinem Amte, dem er alle seine Kräfte zu widmen „sich zum freudigsten Geschäfte gemacht hatte", erhalten.

Nicht lange darauf aber traten die Schwierigkeiten hervor, welche die Verwaltung einer von so zahlreichen Zöglingen angefüllten Pensionsanstalt machen musste. Die Disciplin eines grossen Alumnat's, in welchem junge Leute von 14—20 Jahren mit einander vereinigt leben, zu leiten, fordert ganz besondere Kräfte. Was Alles in so einem Kreise vorzugehen pflegt, welche sittliche Verwüstungen ein einziger verderbter Mensch in demselben anrichten kann, wie arglistig Schüler die Wachsamkeit ihrer Lehrer zu täuschen und die wohlgemeintesten und nothwendigsten Einrichtungen zu durchbrechen wissen, hatte Meineke schon als Knabe und Jüngling durch persönliche Erfahrungen gelernt. Bald sollte er in dem eigenen Kreise zu seinem tiefsten Schmerz Aehnliches erleben. Schon in den Jahren 1827 und 1828 kamen einige Fälle von Widersetzlichkeit gegen die Inspectoren und

gegen das Concil der Professoren vor, welche einen schlimmen Zustand des Geistes unter den Schülern deutlich erkennen liessen. Meineke säumte nicht, sich ihnen entschieden
entgegen zu stellen, mit strengen Massregeln die grell her-
vortretenden Missbräuche auszutilgen, die Schüler, welche sich
zu groben Fehlern fortreissen liessen, mit harten Strafen zu
belegen und, wenn diese nicht halfen, die Schuldigen aus
der Anstalt zu verweisen. Das Recht dazu durfte er sich
zuschreiben, und erkannte die Nothwendigkeit, gegen unver-
besserliche und verderbliche Schüler entschiedene Gewalt anzuwenden. Man war bis dahin an solche Strenge nicht gewöhnt.
Snethlage hatte auf freundlichem Wege, durch liebevolles
Zureden die Gemüther zu gewinnen gesucht, viele schlimme
Auftritte nicht bekannt werden lassen, oder nicht ernstlich
bestraft, und dadurch grosse Uebelstände mehr verdeckt als
gehoben; Meineke dagegen hatte einen zu tiefen Blick in
die Gefahren, denen die Schüler in Alumnaten ausgesetzt
sind, gethan, als dass er hätte glauben können, durch die
gewinnende Liebenswürdigkeit seines eigenen Wesens eine
nachhaltige Besserung zu erreichen. Auch Schulpforte's und
Ilgen's Beispiel mahnten von erfolgloser, nachgiebiger, scho-
nender Milde ab und trieben zu kräftigen, das Uebel in
der Wurzel ergreifenden Massregeln hin. So kamen zuweilen
Entlassungen in grossem Massstabe vor, wie sie auch zu
Schulpforte erfolgt sind, durch welche hier das theilnehmende
Publikum ganz in der Nähe der Anstalt zuweilen in hohem
Grade aufgeregt wurde; was aber im Publikum zu Besprechungen veranlasste, war auch sofort den Behörden bekannt
und erschien ihnen nicht unbedenklich. Dies geschah, als
einmal erst 2 Schüler durch Meineke selbst, und bald darauf
17 durch die vorgesetzte Behörde excludirt wurden.

Ein besonderer Vorfall im Jahre 1830 wurde Veranlassung, den Schäden des Joachimsthal'schen Alumnat's näher
nachzuforschen. Im März war ein guter Schüler wegen Ver-
dachtes der Angeberei gemisshandelt worden, und es wurde
ruchbar, dass es in der Anstalt Gewohnheit sei, solche An-

geberei, sei es, dass sie wirklich vorgefallen oder nur vermeintlich erfolgt war, in der rohesten Weise zu bestrafen. Der Thäter wurde ausgeschlossen. Um aber jenen Schüler, der mit Unrecht der Angeberei bezüchtigt wurde, vor weiteren Misshandlungen zu sichern, rieth man dem Vater, den Sohn aus der Anstalt zu nehmen, in der Ueberzeugung, dass man ihn zu schützen nicht im Stande sei. Dies wurde bekannt und zog dem Director und dem Lehrercollegium grossen Tadel zu. Es schien klar zu sein, dass eine Anstalt, welche gute Schüler nicht völlig zu schützen wisse, sich in einem verderblichen Zustande befinden müsse. Eine bei dem Ministerium eingegangene Beschwerde erregte auch dort, ehe sie noch genau untersucht war, grosse Bedenken gegen Meineke's Verwaltung des Alumnat's, der man Schlaffheit und Mangel an Haltung vorzuwerfen Grund zu haben glaubte. Es war das erste Mal, dass Meineke eine solche Erfahrung machte. Kein Wunder, dass er sehr schmerzlich davon berührt wurde und unruhige Tage verlebte, bis durch seine Vertheidigung eine günstige Wendung erfolgt und sein Verfahren als gerechtfertigt erschienen war. Der Oberconsistorialrath Nolte und Schulrath Schulz erhielten den Auftrag, den Meineke ausserordentlich gern sah, eine genaue Revision vorzunehmen und den Zustand des Alumnats gründlich zu prüfen. Daraus ging ein ausführlicher Bericht dieser sachkundigen Männer hervor, welcher dem Provinzial-Schulcollegium vorgelegt und mit dessen Zusätzen und Berichtigungen dem Ministerium übergeben wurde. Meineke aber verfehlte nicht, auch seine Ansicht in einem eigenen Promemoria über die ganze Lage der Dinge auszusprechen. Offen und rückhaltlos wie immer erörterte er den ganzen Zustand des Alumnats in allen seinen Mängeln und Fehlern, indem er nirgends etwas zu verheimlichen oder besser darzustellen suchte, als es wirklich war. Höchst peinlich musste ihm selbst nach fast vierjähriger Wirksamkeit dieses Bekenntniss sein, aber es war unvermeidlich und entsprach seinem strengen Wahrheitssinne. — Aus diesen beiderseitigen Darstellungen ging als Resultat hervor, dass wirklich

das Alumnat an gründlichen Uebeln leide und einer völligen
Umgestaltung unzweifelhaft bedürfe, dass aber nicht Meineke
durch Schlaffheit und Mangel an Haltung an den Fehlern
der Schüler Schuld, sondern die Missstände schon uralt
und allen Directionen gemeinsam seien, vor Allem aber, dass
die ganze Verfassung des Alumnats nicht genüge. Hervorgetreten war unter den Schülern Mangel an Pietät, Un-
zufriedenheit mit ihrem Zustande in der Anstalt, Widerspen-
stigkeit und Opposition gegen die Lehrer, Lügenhaftigkeit
und Unwahrheit, Uebertretung der Gesetze und viele andere
grobe Fehler, welche den verdorbenen sittlichen Zustand zu
Tage legten. Die ganze, seit mehreren Jahrzehnten beste-
hende, Verwaltung hatte nicht vermocht, die Wunden zu heilen, welche der Anstalt aus jenen Fehlern erwuchsen. Man
erkannte also die Nothwendigkeit, Verbesserungen einzuführ-
ren, welche im Stande wären, eine Wiedergeburt hervorzurufen. Die Anordnungen, welche man traf, erregten im
Lehrercollegium selbst grosse Bedenken und fanden entschie-
denen Widerspruch, sind aber nach vielen Unterhandlungen
und Erwägungen durchgeführt worden, und in vielen wesentlichen Dingen bestehen sie bis auf den heutigen Tag.

Meineke hatte schon einiges angebahnt, was jetzt bestätigt und zugleich erweitert wurde. Durch die Aufhebung der
Zellen und die Einrichtung von zwölf Schulsälen zur Wohnung für die Alumnen war es nothwendig geworden, für die
grössere Zahl zusammen wohnender Schüler eine neue Ordnung
zu schaffen. Daher hatte er bereits Michaelis 1829 zwölf
Alumnen ausgewählt, und sie Senioren genannt, welche
„ihrem Alter und ihrer gesammten sittlich geistigen Bildung
nach unter ihren Mitschülern am höchsten standen, Ansehen
und Geltung genossen und zugleich das Vertrauen ihrer Vorgesetzten und Lehrer besassen.“ Diese hatte er den zwölf
Sälen vorgesetzt, und in einer von ihnen selbst gewünschten
und veranlassten Instruction mit ihrer Verpflichtung bekannt
gemacht, „über den Fleiss, die Gesetzlichkeit und die Sitten
ihrer Stubengenossen, zugleich aber auch über die Ordnung

des gesammten Alumnats zu wachen und für dieselbe zu haften." Auch diese Einrichtung ward von Schulpforte herübergenommen, jetzt der Behörde zur Bestätigung empfohlen und in einem besonderen längeren Aufsatze vertheidigt und gegen Bedenken gesichert. Die Senioren sollten unter den Schülern selbst in der Stille wirken, ohne gewaltsame Mittel, doch nicht ganz ohne Strafrecht, und wie Meineke hoffte, mit Leichtigkeit dazu dienen, dem Ganzen allmählich einen besseren Geist einzuhauchen. Die Behörden gingen ganz darauf ein, und wie voraus zu sehen war, bewährt sich die Einrichtung noch heute.

Seit dieser Festsetzung hatten die Lehrer die Möglichkeit gewonnen, bei jedem Vorfalle zuerst die Senioren heranzuziehen, und durch sie auf die Schüler zu wirken. Die nächste Aufsicht führten dann jene sechs Inspectoren, denen die Handhabung der inneren Disciplin vorzugsweise anvertraut war. Aber auch deren bisherige Stellung musste eine andere werden, wenn das Ganze gedeihen sollte. Nach der ursprünglichen Stiftung sollten sie Hofmeister sein, welche als Erzieher den Schülern zur Seite stünden, sie überall beaufsichtigten und ihnen für Leben und Studien die nothwendigen Anweisungen zukommen liessen. Die Alumnen betrachteten sie daher als ihre Feinde und bezeichneten sie als Belauscher und Angeber, wodurch ihre ganze Stellung höchst unangenehm und unerträglich wurde. Zur Aenderung dieser ungünstigen Lage derselben war auf Meineke's Rath schon unter dem 22. November 1828 vom Ministerium bestimmt worden, dass sie künftig als wirkliche Lehrer angestellt, zu mindestens acht wöchentlichen Lehrstunden verpflichtet, und so den Professoren und ordentlichen Lehrern angereiht werden sollten. Dieser Plan wurde jetzt ausgedehnt; die bisherigen Inspectoren empfingen nicht nur den Namen Adjuncten, um die gehässige Nebenbedeutung der früheren Benennung aufzuheben, sondern auch gleiche Rechte und Befugnisse mit den Professoren und übrigen Lehrern, und sollten fortan an den Berathungen des Lehrercollegiums mit voller Stimme Theil nehmen.

Ihre Zahl wurde beibehalten, ihr Gehalt vermehrt, ihre Lehrstunden auf zwölf bis vierzehn normirt.

Die Rechte des Directors wurden erweitert; er empfing
jetzt erst dieselbe Stellung, welche durch die Verordnung vom
Jahre 1824 den übrigen Gymnasialdirectoren Berlins verlie-
hen worden war; alle Professoren wurden ihm untergeordnet,
und erhielten wie sämmtliche übrige ordentliche Lehrer den
Auftrag, bei der Aufsicht der Alumnen persönlich mitzuwirken. So weit es die Sache zu erfordern schien, wurden
die Einzelnen sofort zu derselben herbeigezogen, wenn nicht
ganz besondere Umstände eine Dispensation, namentlich der
ältesten Professoren, nothwendig erscheinen liessen. Principiell
aber wurde die Gesammtheit der Lehrer mit dem Alumnat
in Verbindung gesetzt, um Einheit in die Anstalt zu bringen.

Die Hauptaufsicht über das Alumnat übernahmen, an jedem
Tage wechselnd, zwei Ephoren; einer aus den jüngeren Lehrern, den Adjuncten, welche von früh bis Abend gegenwärtig
sein und nur zuweilen vertreten werden sollten; einer aus
den älteren Lehrern und Professoren, welche namentlich in
den Mittagstunden und Abends von 5—8 Uhr erschienen und
die Stelle der Adjuncten, denen eine kurze Ruhe gegönnt
wurde, vertraten. Während der Dauer des Ephorats sollten
die Lehrer die Ordnung des Hauses und die Disciplin des
Alumnats im ganzen Umfange aufrecht erhalten und im
Namen und Auftrage des Lehrercollegiums alles Nothwendige anordnen; zu diesem Zwecke sich bei Tische und in
den Hauptarbeitstunden im Alumnat aufhalten, die Arbeits-
zimmer und Schlafsäle, den Spielplatz und das Kranken-
zimmer öfter und zu verschiedenen Zeiten besuchen, im Epho-
ratszimmer alle Anzeigen und Gesuche der Schüler in Em-
pfang nehmen, durch Aufschreiben alles dessen, was vorgekommen war, sich gegenseitig genaue Kenntniss von Allem
verschaffen, und so ein gemeinsames und einheitliches Verfahren möglich machen.

Die nächste Oberaufsicht führte wie früher das Königl.
Provinzial-Schulcollegium; doch wurde, wenn es nothwendig

erscheinen sollte, dem Director das Recht gegeben, sofortige Ausschliessung gefährlicher Schüler selbständig anzuordnen, und erst nachträglich von dem Vorgefallenen genaue Nachricht zu ertheilen.

Man beschloss künftig den Schülern mehr Gelegenheit zu geben, sich zu erheitern•und ihr Leben freundlicher zu gestalten. Da ein Garten in der Nähe der Schulgebäude nicht zu gewinnen war, sollten Mittwochs und Sonnabends weitere Spaziergänge und Excursionen unternommen werden; man dachte daran den Spielplatz mit Säulengängen zu umgeben, die bei Regenwetter benutzt werden könnten. Abendzusammenkünfte zu Concerten, Declamationen, gemeinsamen Spielen wurden vorgeschlagen, bei denen auch die Familien der Lehrer zugegen sein könnten; auch Tanzvergnügungen wurden veranlasst. Alles dies wurde sofort begonnen und allmählich weiter entwickelt.

Die Einrichtung des Seniorats, an sich eine nothwendige Folge der Verwandlung der Zellen in Arbeitssäle, wurde zur Stütze der ganzen häuslichen Schulordnung gemacht und so unter den Schülern selbst eine wirksame Unterordnung unter eine Autorität geschaffen, und hat bis auf den heutigen Tag sich als höchst nützlich bewährt. Die Verwandlung des Namens der Inspectoren in den Namen der Adjuncten hat ihre Bedeutung dadurch gewonnen, dass nicht nur das Gehässige, welches in der Verpflichtung der Beobachtung der Schüler liegt oder von den Schülern gefunden werden kann, sich nicht schon im Namen kundgiebt, sondern auch eine gleiche Berechtigung aller Lehrer zur Anerkennung kam, welche den Inspectoren gefehlt und dadurch ihrer Autorität ausserordentlich geschadet hatte. Dass zugleich auch die älteren Lehrer ihren Antheil an der Aufsicht bekamen, liess ebenfalls den Unterschied zwischen den verschiedenen Classen der Lehrer zurücktreten, und wirkte günstig auf das Ansehen der Adjuncten zurück, obgleich ihnen doch die beschwerlichste Arbeit blieb. Das Wichtigste bleibt immer in solchen Anstalten, dass eine feste Tagesordnung besteht, welche, mit Ruhe und Besonnenheit überwacht, nicht leicht durchbrochen werden kann, und den Schülern ein Leben, welches mit der Minute ein bestimmtes Thun erfordert, allmählich in Fleisch und Blut übergehen lässt. So gewinnt Alles einen ruhigen Gang, der, einmal eingeführt, sich den Schülern selbst empfiehlt und grosse Unordnungen unmöglich macht. Dass damit die innerste Gesinnung nicht verbessert wird, leuchtet ein; dazu versuchte Meineke auf dem richtigen Wege zu gelangen, dass er den Trieb zu Studien und Lerneifer den Schülern einflösste, sie für Alterthum und Wissenschaft mit Lust und Liebe erfüllte und so Alle über die Gefahren hinwegbrachte, welche dem Jugendalter drohend gegenüberstehen, wenn nicht eine Macht durch die Studien gewonnen werden kann.

Als Alles beendet und die Einrichtungen in seinem Sinne in Vollzug gesetzt worden waren, was einige Jahre erfordert hatte, schrieb Meineke im Juli 1833 an einen Freund: „Es ist dieser Sommer der erste, der mir gehört. Denn — Gott sei es gedankt — nach vielen Mühen und Sorgen, die mir graue Haare gemacht haben, ist es mir endlich gelungen, in meiner Anstalt einen Zustand der Dinge herbeizuführen, wie ich ihn mir nur wünschen mag. — So geht denn nun Alles seinen gewissen Gang, ich erfreue mich einer Jugend, die an Sitte, Ordnung und Wissenschaftlichkeit wenig zu wünschen übrig lässt. Sauer ist es mir geworden, eine verwilderte Anstalt dahin zu bringen, und die Mittel, die ich dazu angewandt habe, sind nicht immer die mildesten gewesen; mich selbst habe ich dabei ganz vergessen und mich den einseitigen Urtheilen des Volkes rücksichtslos blossgestellt, allein ich habe das Bewusstsein, ein gutes Werk gethan zu haben. Jetzt verkennt man das auch nicht, aber es würde mich auch nicht betrüben, wenn das nicht so wäre. Der gütige Himmel hat mich mit Muth gerüstet. Dafür danke ich ihm von Herzen." —

Er blieb dieser Ansicht getreu und hielt die gewonnene Einrichtung aufrecht. Als ihm im Jahre 1844, anknüpfend

an die Jahre 1830 bis 1832, das Provinzial-Schulcollegium
die Frage vorlegte, ob und wie sich seine damals ausgespro-
chenen Ansichten bewährt hätten, ob wirklich, wie er gehofft, durch Hebung der amtlichen Stellung der Adjuncten,
durch Theilnahme der Professoren an dem Ephorat, durch
Einführung neuer Gesetze für die Alumnen und die Instruction für die Senioren das Alumnat reorganisirt worden sei,
erhielt er eine Veranlassung, diese seine früheren Ansichten
noch einmal zu prüfen und den gegenwärtigen Zustand des
Alumnats mit dem früheren seiner ersten Jahre zu vergleichen. Das sind Momente im Leben, welche Grosses in sich
schliessen und wohl im Stande sind, einen Mann, dem es
aufrichtig allein um die Sache zu thun ist, zur Bescheidenheit und Demuth zu stimmen, die Gebrechlichkeit aller menschlichen Bemühungen zu erkennen, und sich von Neuem mit
der Grösse seiner Aufgabe und ihr gegenüber mit der Schwäche
der eigenen Bemühungen zu durchdringen. Ganz so nahm
es Meineke auf und in diesem Sinne gab er seine Antwort,
bei der sich von Neuem seine ganze Redlichkeit, Treue und
Tüchtigkeit bewährte. Meineke ist sein ganzes Leben hindurch vor Ueberschätzung seiner eigenen Verdienste und
vor dem Stehenbleiben auf einem unvollkommenen Stand-
punkte völlig bewahrt geblieben. Vorwärts streben ist ihm
eigen, zur Wahrheit empordringen, lernen und sich vertie-
fen; er hat nie gerastet, sich nie in seinem Bilde bespiegelt
und selbstgefällig darin eine gewünschte Vollendung gefunden. Und wie diese Eigenschaften persönlich in ihm hervortreten, so bewähren sie sich in seinem Amte. Er war
überall für den Fortschritt, das Weiterkommen, das Gedeihen
im geistigen und sittlichen Wachsthum. Nichts war ihm
mehr zuwider als Selbstrühmen, aber auch als schwächliche
Selbsterniedrigung. So spricht er sich in seiner Antwort
offen und entschieden dahin aus, dass die Anstalt durch alle
jene Einrichtungen zwar viel gewonnen habe, aber auch noch
immer an unleugbaren Mängeln leide, welche gesteigerte
Sorge und Arbeit zu erfordern scheinen.

„Der Gewinn ist offenbar. Die Adjuncten haben durch ihre Aufnahme unter die Zahl der ordentlichen Lehrer eine ganz andere Stellung gewonnen, und seitdem gute Erfolge ihrer pädagogischen Thätigkeit erzielt, so dass diese mit dem früheren Zustande nicht zu vergleichen ist. Unter den Alumnen ist von groben Widersetzlichkeiten, wie sie einst vorkamen, nicht mehr die Rede; ihr Verhältniss zu den Adjuncten ist befriedigend. Die Professoren endlich sind durch die erweiterte Theilnahme an den Angelegenheiten der Zöglinge unzweifelhaft ein wichtiges Element für die Alumnen geworden, und haben auf deren ganze Haltung einen erspriesslichen Einfluss gewonnen; willig und gern erkennen die Alumnen ihre Inspicienten an und folgen ihren Anordnungen und Befehlen. Auch ist durch gemeinsame Spaziergänge eine gemüthliche Annäherung zwischen Lehrern und Schülern hervorgerufen worden. So ist die Einheit des Ganzen ausserordentlich gehoben und durch die Gesetze den Alumnen und ihren Senioren eine neue Bahn mit Erfolg gezeigt worden.

Dessungeachtet leidet die Anstalt noch an mannigfachen Mängeln; das Ganze beruht zu sehr auf der Persönlichkeit der Lehrer eines Alumnats, und so ist einzugestehen, dass nicht Alle, namentlich der älteren Professoren, sich mit gleichem Geschick in die neue Einrichtung gefunden, und nicht mit gleicher Liebe und Hingebung ihre neue Aufgabe aufgefasst haben. Ebensowenig ist immer bei den Adjuncten der rechte Erfolg zu erkennen gewesen, denen es oft beim besten Willen nicht möglich wurde, in ein erspriessliches Verhältniss zu den Alumnen zu kommen. Die Forderungen an die persönliche Haltung der Lehrer sind zu gross, als dass jemals das Eintreten minder befähigter und erfolgreich wirkender Männer verhütet werden könnte.

Noch immer kommt es vor, dass die Alumnen, wenn sie nicht ganz richtig, wenn sie taktlos und leidenschaftlich behandelt werden, in eine Stimmung des Unmuthes und Unwillens versetzt, Unziemliches reden und thun; noch immer

kommen, wenn auch in geringerem Grade Mangel an Offenheit und Ordnungsliebe, Uebertretung des Gesetzes und un-
zählige Fehler vor. Auch jetzt noch bestehen äussere Gründe,
die sich nicht überwältigen lassen und die immer wieder
ihre verderbliche Wirkung äussern. Der Hauptgrund liegt
in der Verirrung junger Leute im Alter von 15—20 Jahren,
welches eine besondere Verführbarkeit zeigt, wo nicht selten
einer dem andern zu einem gefährlichen Führer zur Sitten-
losigkeit wird. Wo eine grosse Anzahl junger Leute in
einer durch strenges Gesetz geordneten Anstalt nicht etwa
für einzelne Stunden, sondern für die ganze Dauer des Tages
zu einem Ganzen versammelt sind, wird sich mehr oder weniger ein Corporationsgeist bilden und nur wenige Knaben
und Jünglinge möchten gefunden werden, bei welchen Mangel
an Ordnungsliebe nicht erst durch Zwang und Gewöhnung
beseitigt werden müsste. Noch schlimmer ist die Lage der
Anstalt mitten in der Hauptstadt, die sie stets mit Gefahren
aller Art umgiebt und gleichsam zu Ueberschreitungen lockt
und reizt."

Er schliesst mit dem Gedanken, der sich ihm oft auf-
gedrängt habe, die ganze Anstalt auf das Land zu verlegen
und dadurch gegen viele Gefahren zu sichern, indem er auch
darin auf Schulpforte's Beispiel verweist; doch verkennt er
auch die Schwierigkeiten nicht, welche dies Unternehmen
habe, „deren Ueberwindung," so schliesst er, „vielleicht einem
jüngeren und rüstigeren Manne, mir aber, dessen Kräfte ein
mühseliges und sorgenvolles Amt schon seit einer Reihe von
18 Jahren in Anspruch nimmt, ganz gewiss nicht gelingen
würde."

————————

Während Meineke auf die Umgestaltung der äusseren
baulichen Verhältnisse und der Verfassung des Instituts Mühe
und Anstrengung wandte und mit mannichfachen Bedräng-
nissen zu kämpfen hatte, ward ihm gleichzeitig die vollste
Gelegenheit gegeben, in einer ihm sehr wohlthuenden Weise

auch die Vortheile seines Amts zu geniessen. Das Leben des Directors einer grossen Anstalt ist sehr wechselvoll; es vergeht fast kein Tag, wo nicht bald die Sorge für das Wohl des Einzelnen und des Ganzen das Herz in ängstliche Spannung versetzte, bald der Umgang mit der Jugend und ihren Lehrern eine frohe Stimmung hervorriefe. Mitten durch die unleugbar schwer lastenden Aufgaben gehen grosse Freuden hindurch, welche jene tragen und lösen helfen, und desto köstlicher und erquickender zu sein pflegen, je verborgener, stiller und innerlicher sie sind. Die Gegenstünde des Unterrichts sind Handhaben, durch welche die Herzen gewonnen und an den kenntnissreichen Lehrer gefesselt werden. Ein Lehrer, dem es gelingt, in ein gesegnetes Verhältniss dieser Art zu seinen Schülern zu treten, wird nicht anstehen, das Schulleben, in welchem er die jungen Knospen sich vor seinen Augen zur Blüthe entfalten sieht, vor andern Lebensberufen für besonders bevorzugt zu erklären. Wenn wir daher Meineke von einem mühseligen und sorgenvollen Amte reden hören, dürfen wir nicht vergessen, dass er auch im vollsten Masse in der eignen Liebe zur Jugend und in der Thätigkeit für dieselbe, wie im Vertrauen, in der Hochachtung und Gegenliebe seiner Schüler, wahre Lebensfreude gefunden hat. Wir freuen uns, dass wir ihn im Kampfe mit den ihm entgegenstehenden Hindernissen 'männliche Haltung und Besonnenheit' bewähren und als Lehrer und Erzieher begeisterte Anerkennung und Liebe verdienen und erwerben sehen.

Meineke trat überall mit 'sittlicher Würde' auf, wirklich der schönsten Mitgift aus Gottes Hand für eine günstige und erfolgreiche Führung seines Amtes. Schon in seiner äussern Erscheinung gab sich dieselbe kund; nicht gross, aber kräftig war sein Körper, leicht und anmuthig seine Bewegung, ausdrucksvoll, freundlich und wohlwollend sein Auge, fein und anziehend die Züge seines Gesichtes, frei und hoch seine Stirn, imponirend seine Haltung. Der Ton seiner Stimme war schön, klar und edel, im gewöhnlichen Verkehr sanft und angenehm, wenn er zu zürnen Ursache hatte, laut, stark und gewaltig, immer aber der Ton eines gebildeten Mannes. Sein ganzes Wesen athmete etwas Geniales und Ideales, und gebot der Jugend Scheu und Ehrfurcht. 'Sind Sie es, Majestät'? antwortete einst, als Meineke an die verschlossene Thür eines Schlafsaales klopfte, eine Stimme von innen.

Es konnte nicht fehlen, dass eine solche Persönlichkeit auf die Schüler einen sittlichen Einfluss ausübte. Mit glücklichem Erfolg nahm er beide Schülerclassen, die Hospiten, welche, wie früher die Gymnasiasten von Danzig, im Verhältniss von Stadtschülern zu ihm standen, und die Alumnen, mit denen er enger verknüpft war, in seine sittliche Pflege. Doch gab sich ein Unterschied zu erkennen. Bei den Hospiten bedurfte er nur der geraden Fortsetzung seiner Danziger Wirksamkeit; er konnte dieselben Wege einschlagen und dieselben Mittel in Bewegung setzen, die ihm schon zur Gewohnheit geworden waren: hier ist nie ein Anstoss hervorgetreten, nie ein Missverhältniss entstanden. Bei den Alumnen aber, deren eigenthümliche Fehler und Tugenden nicht so leicht zu verstehen waren, bewegte er sich zuerst auf einem ihm noch fremden Grund und Boden, den nur eigne längere Erfahrung richtig aufzufassen lehren konnte. Erst allmählich wurde er hier heimisch. Eine der hervorstechenden Eigenthümlichkeiten dieses Alumnats ist das Festhalten an der bisherigen Lebensgewohnheit und das Misstrauen gegen alles Neue, was die Lehrer anordnen: sofort vermuthen die Schüler geheime Absichten und sehen in der Neuerung nur eine Schmälerung alter, verjährter Rechte. Da nun Meineke sich durch die Lage der Dinge in die Nothwendigkeit versetzt sah, vielfache Aenderungen einzuführen und zu versuchen, so wurde zuweilen Verdacht gegen ihn rege und das gute Verhältniss gestört. So geschah es in den ersten Jahren, als Meineke sich entschloss, vier Sittenclassen einzuführen, und von der zweiten an den darin befindlichen Schülern stufenweis die Zeit zu beschränken, während welcher es ihnen gestattet war auszugehen, so dass die Schüler der vierten Sittenclasse kaum des Sonntags das Haus auf ein paar Stunden verlassen durften. Diese Einrichtung hat

6*

zuerst grossen Missmuth erregt und die Unordnungen eher vermehrt, als vermindert. Meineke hat später die Sittenclassen
selbst auf zwei zurückgeführt, die auch bis heute bestehen, doch
so, dass die Zahl der Schüler, welche der zweiten angehören,
eine verhältnissmässig sehr geringe geworden ist. Auch die
Einrichtung des Seniorats hat lange selbst bei denen, welche
Senioren wurden, keine recht freudige Aufnahme gefunden,
obwohl sie allein einen Schreibsecretär zur Verfügung erhielten
und bei Tisch zum Theil neben den Adjuncten sassen, nur weil
sie sich an die damit verbundene Unterordnung unter einander
nicht finden konnten. Alle solche äussere Massnahmen fanden zuerst mannichfachen Widerspruch.

Ungleich wirksamer war überall das persönliche Eingreifen
und Auftreten Meineke's, welches stets mit Anstand, Festigkeit, Entschiedenheit verbunden, eine gute Haltung der Schüler wie von selbst hervorrief. Seine Gegenwart und Nähe
erregte jene Furcht, ohne welche Pflicht und Ordnung niemals gesichert werden können. Geringen Fehlern gegenüber
liess er ohne Zögern zuweilen bildlich gehaltene, zuweilen die
Sache eigentlich bezeichnende, immmer aber treffende und
ihren Erfolg nicht verfehlende Aeusserungen laut werden.
Gab es gröbere Vergehungen, oder wichtige Erscheinungen
unsittlicher Art im Kreise der Alumnen, so hielt er Strafreden mit derben und einschneidenden Ausdrücken, die den
Schülern unvergesslich blieben und von grosser Wirkung
waren. In solchen Fällen schwebte ihm Ilgens gewaltiges
Verfahren vor; seine Stimme wurde lauter und in weiter
Ferne vernommen, sein ganzes Wesen hob sich in richter-
lichem Zorn zu höherer Macht, seine Ausdrücke, kurz und
kernig, wie sie waren, wurden hart und streng. Die Schüler verglichen wohl Meineke's Auftreten mit dem eines Jupi-
ter Olympius, seine Worte mit dessen Blitzen und Donner-
schlägen. Als einst der jetzige Director des Rudolstädtischen
Gymnasiums, Schulrath E. Rehdantz, den Meineke mit seinem
Vertrauen beehrte, ihm einmal sagte, dass seine Strafreden im Alumnat, zumal nach Tische, die Schüler nicht immer

gleich bange gemacht hätten, aber sobald er dabei mit dem
Stubenschlüssel auf dem Pult handthiert hätte, sie ernst geworden wären und dem *crescendo* auch der härteste nicht .
lange widerstanden habe : lächelte er in seiner feinen Weise
und gab zu, durch diesen metallenen Leiter sich bisweilen in
die rechte Jupiterstimmung versetzt zu haben. „Uebrigens",
setzte er hinzu, „hat vor Kurzem eine Buchhandlung aus Stutt-
gart sich mit dem Verlangen an mich gewandt, weil sie hervorragende Muster jeder Redegattung zum Druck sammle, ihr
einige Exemplare von Strafreden mitzutheilen: die meinigen
seien ihr als die gewaltigsten genannt worden." „Geschickt
hat er ihr keine," fügt Rehdantz hinzu, „und konnte es nicht,
denn wahr und ohne Berechnung, wie sein ganzes Wesen, waren auch die Reden der spontane Ausdruck augenblicklicher
Empfindung und die besten der volle Erguss eines über
niedrige Gemeinheit tief empörten sittlichen Zornes, ideal auch
im Schelten."

Auch die längern Reden, welche er bei feierlichen Gelegenheiten theils im engsten Kreise der Schüler, theils vor andern
Zuhörern, welche sich demselben anschlossen, zu halten hatte,
waren wirkungsvoll; fast ganz frei gehalten zeigten sie Frische
und Leben, waren direct auf den Zweck gerichtet und machten durch sein klangreiches Organ und seine würdevolle Haltung, wie durch den einfachen, sachgemässen Inhalt einen
guten Eindruck. Besonders herzlich und ergreifend waren
seine Entlassungsreden an die Abiturienten, wenn er sie in lateinischer Sprache hielt, kurz und gediegen, in classischer
Form, und als sein eigenthümlicher Vorzug überall und freudig
anerkannt. Da er sich gern und leicht der lateinischen Sprache
bediente, scheint er sie immer nur nach stiller Meditation —
etwa auf Spaziergängen und Wegen, wie Schleiermacher
seine Predigten — gehalten zu haben: Entwürfe und Vorbe-
reitungen dazu haben sich in seinem Nachlass nirgend gefunden. Immer aber sprach er in überraschender Fülle und in un-
gehemmtem Redefluss: er war ganz in seinem Element und
verfehlte, da seine Schüler hinlängliche Vorbereitung zu

vollem Verständniss hinzubrachten, niemals eines günstigen Erfolgs.

Die Hauptstärke seiner persönlichen, sittlichen Einwirkung auf die Schüler gerade der obersten Classe, deren Ordinarius er bis zum Jahre 1837 blieb, war sein eigner Unterricht, wo seine ausgezeichnete wissenschaftliche Tüchtigkeit und sein sittlicher Charakter zusammenwirkend erschienen, wo er in seiner ganzen Eigenthümlichkeit den positivsten Einfluss auf Geist und Herz erstrebte und gewann. Selbstthätigkeit und Wetteifer, die anerkannten Grundsäulen eines gedeihlichen Schullebens zu erwecken, und so durch Unterricht zu erziehen, ist ihm während seiner ganzen Amtsführung in hohem Grade gelungen: dafür hat er seine ganze Persönlichkeit eingesetzt. Er übernahm, wie in Danzig, auch hier die Lectüre der classischen Dichter der Griechen und Römer, unterstützte sie zuerst auch durch literarische Vorträge, denen er anfangs bestimmte Lehrstunden widmete, die er den regelmässigen Lehrstunden hinzufügte, und gab auch stilistischen Unterricht, den letztern jedoch nur in den ersten Jahren, bis er sich mit Männern umgeben hatte, die in seinem Geiste sein Werk fortzuführen im Stande waren. Die mühsameren Schulthätigkeiten waren nach seiner Ansicht Aufgaben der jüngeren Lehrer. Seine Meisterschaft leuchtete überall unzweifelhaft hervor; von einer speciellen Vorbereitung für eine einzelne Lehrstunde sah man keine Spur; die Schüler sahen einen Mann vor sich, der durch langjährige Studien überall völlig zu Hause war und ohne sich lange besinnen zu müssen oder zu suchen, Alles in Bereitschaft hatte, was zu tieferem Verständniss nothwendig erschien und ihnen zur Einführung in die Kenntniss des Alterthums dienen konnte. Alles, was Meineke berührte, gewann in den Augen seiner Schüler durch ihn selbst einen wahrhaft idealen Charakter und einen Reiz, der sie zu Anstrengungen trieb, die nicht nur am Tage, sondern auch bis in die tiefe Nacht hinein fortdauerten. Eben in jener ersten Zeit sah sich Meineke gezwungen, weil es vorgekommen war, dass einige besonders strebsame Jünglinge, um seinen Forderungen zu genügen, die ganze Nachtruhe sich entzogen hatten, ein bestimmtes Verbot ergehen zu lassen, dass Niemand über 11 Uhr hinaus im Arbeitssaal bleiben sollte. Vorzüglich waren es die Tragiker, namentlich Aeschylus und Sophokles, die er liebte und zu interpretiren pflegte, wo seine Schulthätigkeit mit seinen eignen Neigungen am schönsten zusammentraf. Von der ersten Jugend an bis zum Greisenalter hinab sind diese Dichter seine Ideale gewesen: nichts war ihm da fremd, Inhalt und Form gleich bedeutend: seinen Schülern denselben Hochgenuss an diesen Musterwerken für alle Zeiten zu verschaffen und eine Begeisterung zu erzeugen, welche noch ihr weiteres Leben begleiten und veredeln könnte, war sein ernstestes Bestreben: was sie ihm waren, sollten sie der aufwachsenden deutschen Jugend werden. Dazu genügte ihm die Schule nicht: er suchte Gelegenheiten, auch ausser derselben für diesen Zweck erfolgreich thätig zu werden. Wir sind so glücklich, hier einen Bericht einschalten zu können, der uns die Art und Weise Meineke's in lebensvollen Zügen vor Augen stellt.

'Gewiss nur selten glückt es einem Gelehrten, die Begeisterung, welche er für die von ihm erklärten Schriftsteller der Alten hegt, seinen Schülern in dem Masse mitzutheilen. wie es Meineke verstanden hat. Diesen Erfolg erzielte er nicht gerade durch die Erklärung selbst. Aus der Schule G. Hermanns hervorgegangen und diesem seinem Lehrer und Freund persönlich und wissenschaftlich gleich zugethan, hat er sein ganzes Leben hindurch die Werke des Alterthums hauptsächlich in kritisch-grammatischer Hinsicht bearbeitet: im Unterricht freilich musste er diese Richtung seiner eignen Studien zurücktreten lassen; in der That brachte er Bemerkungen über handschriftliche Lesarten nur selten bei, und die Kenntniss der grammatischen Regeln, die ohnehin bei ihm in Fleisch und Blut übergegangen war, setzte er bei seinen Schülern voraus, wohl in der Ueberzeugung, dass Krüger, der neben ihm die griechischen Schriftsteller las, sie bei der Lectüre sehr in den Vordergrund stellte. Dagegen führte er

aus dem reichen Schatz seiner Belesenheit gern zu Versen der
Dichter ähnliche Ausdrucksweisen auf, etwa in der Weise,
wie Valkenaer zu den Phönissen und zu Hippolyt es so überreich gethan hat. Auch moralische oder ästhetische Betrach-
tungen ersparte er fast durchweg seinen Zöglingen; mit histo-
rischen und geographischen Erläuterungen war er gleichfalls
karg; selbst bei der Lectüre des Tacitus vermied er politische
Auseinandersetzungen; dass der römische Historiker seine Kai-
sergeschichte von einem streng aristokratischen Standpunct
aus geschrieben hat, ist von ihm auch nicht durch eine An-
deutung erwähnt worden. Für die Schule hielt er durchweg
die naive Betrachtung fest, welche sich mit Liebe und Wärme
und ohne allen Vorbehalt in die Darstellung des Schriftstellers vertieft. Den Schriftsteller ohne viel Zuthun durch seine
eigne Trefflichkeit wirken zu lassen, war der Kern seiner
Methode; sie konnte natürlich nur da besonders wirksam sein,
wo die Ausdrucksweise pathetisch war; auch hat er nur
Schriftsteller dieser Richtung sich zur Erklärung ausgewählt.
Die Chöre der griechischen Tragiker und einzelne Strophen
des Horaz, die ihm besonders zusagten, las er selbst vor und
gab häufig dazu eine poetisch gefärbte Uebersetzung. Ein
kräftiges und doch biegsames Organ unterstützte ihn wesentlich dabei; so gelang es ihm eben so gut, die morgenfrische
Naturschilderung und die Naivetät der Nausikaa im 6. Buch
der Odyssee, wie die Würde und die Leiden des unglücklichen
Oedipus in seiner Sprache zu verkörpern. Die Erzählung des
Todes des Germanicus stellte er als eine grosse Tragödie hin
und wusste sie in dieser Weise durch seinen pathetischen
Ausdruck und seine tiefe Theilnahme uns vorzuführen. Ganz
besonders gefiel es ihm, die energischen Rhythmen der griechischen Tragiker uns eindringlich einzuprägen, aber ohne
theoretische Auseinandersetzungen, nur durch sein Vorlesen;
er unterbrach seinen Vortrag öfter durch den Ausruf: „es ist
wunderschön!" Ueberhaupt hatte er für die plastische Darstellung, bei welcher der Sinn durch den Rhythmus und durch
die Vocal- und Consonantenzusammenstellung unterstützt und

ausgedrückt wird, eine lebendige Auffassung: den Vers *quae caret ora cruore nostro* bewunderte er sehr, gewiss wegen der schauerlich wirkenden Häufung des von dunkeln Vocalen begleiteten *r*. Dieselbe Vorliebe für diese Richtung der Kunst zeigte er auch in der deutschen Dichtung, und er liebte deshalb besonders Göthe, weil er in dieser Hinsicht mit den Griechen zu wetteifern verstanden hat. Als er einigen Primanern auf der Bank am Karpfenteich in Charlottenburg die 8. pythische Ode Pindars, in welcher das berühmte σκιᾶς ὄναρ ἄνϑρωπος vorkommt, vorgelesen und übersetzt hatte, wobei mir die sanft elegische Färbung auffiel, die er dem ganzen Gedicht gab, führte er uns in den nebenan gelegenen Kaffeegarten und las uns hier noch aus Pandora vor, seine besondere Bewunderung der Verse: „Fische, sie wimmeln da, Vögel, sie himmeln da", so wie der Stelle: „Meinen Angstruf — aber hört ihn," die er als scharf accentuirte *ionici a minori* las, nicht verhehlend. Antike Rhythmen suchte er überall gern aufzufinden. So erklärte er uns in einer Gesangstunde, dass Luther in dem Liede „eine feste Burg" die Stelle: der alt(e) böse Feind mit Ernst(e) er's jetzt meint" sicherlich als Dochmien beabsichtigt habe. Von neueren Dichtern schätzte er besonders *Shakespeare*, und ich erinnere mich, dass ich ihn bei der Vorlesung der Falstaff-Scenen, die er durch Bartsch (später an der Königstädtschen Realschule) für die Alumnen veranstalten liess, herzlich habe lachen sehen. — Schauspiel und Oper besuchte er wenig, wohl fast nur, wenn antike Gegenstände zur Aufführung kamen; z. B. habe ich, noch als Gymnasiast, in der Gluckschen Alceste neben ihm gesessen, als die Milder-Hauptmann ihre Abschiedsvorstellung in der Titelrolle gab. Und so hatte sich denn seinem ganzen Wesen ein sehr bestimmter Charakter aufgeprägt, der unverkennbar die Züge des Alterthums trug'.

So Professor Heller an der Königl. Realschule, welcher 1829 bis 1832 das Joachimsthalsche Gymnasium, eine Zeit lang als Alumnus, besuchte. Wer kann sich ein reizenderes Lehrerleben denken, als das eines solchen Alterthumsforschers, der

in dem Classenzimmer, wie in Gottes freier Natur seine Schüler um
sich sammelt, sich mit seinem Können und Wissen in ihr
innerstes Herz eindrängt und überall so schöne Erinnerungen
zurücklässt? Aus solchen Mittheilungen wird es zugleich
klar, wie Meineke in zwei wöchentlichen Lehrstunden zwei,
ja sogar in drei Stunden drei Tragödien des Aeschylus und
Sophokles oder Euripides hintereinander mit seinen Schülern
lesen und in einem Semester beendigen konnte. Auch auf
der Universität hat sein Freund Lobeck in zwei wöchentlichen
Stunden zwei Tragödien interpretirt, obwohl doch sonst mit
seinen unermesslichen Apparaten für das Einzelne in einer
Weise ausgerüstet, die ihres Gleichen nicht hatte.

Wie Meineke aber seine Eigenthümlichkeit festhielt und
bewahrte, so liess er auch seinen Collegen ihre Art und Weise,
die Unterrichtsgegenstände zu behandeln, unverkümmert. Viele
Jahre hindurch stand für den Unterricht im Griechischen
Prof. Krüger ihm zur Seite und ergänzte dessen Methode durch
die gründlichste Behandlung der Prosaiker, indem er bei Aus-
legung derselben die Grammatik in eminenter Weise einführte,
die Schüler auf die speciellsten Regeln hinwies und mit erfolg-
reichem Eifer zu eigner Sprachforschung anregte. Eben dazu
hatte er Krüger berufen: durch ihn wollte er die philologische
Richtung der Anstalt, eine der Grundideen ihrer Stiftung, unterstützen.

Dies führt uns auf ein hervorragendes Verdienst Meineke's, die glückliche Wahl solcher Männer, die mit ihm
Hand in Hand arbeiten könnten, worin er hier auch nur fortsetzte, was er mit dem besten Erfolge in Danzig begonnen
hatte. Die nächste vorgesetzte Behörde, das Provincial-Schul-
Collegium, liess ihn darin in Anerkennung seiner Verdienste
sich so frei als möglich bewegen. Dabei kam ihm zu Hülfe,
dass das Joachimsthal durch die Liberalität des Stifters aus-
reichende Mittel besass, die Lehrer zu besolden. Noch hatte
der Magistrat von Berlin nicht in so umfassendem Sinne,
wie es seitdem geschehen ist, dafür Sorge getragen, dass alle
Lehrer der höhern und niedern Schulen einen auskömmlichen

Gehalt empfingen. Daher konnte Meineke sich seine Collegen auch in der Ferne suchen, und immer leicht theils die eintretenden Lücken ausfüllen, theils jüngere Talente um sich sammeln. Seine Persönlichkeit wirkte mit Recht darin mit; es zog junge Philologen an, dass Meineke mit den Hauptvertretern der Wissenschaft in erfreulicher Gemeinschaft und von ihnen selbst anerkannt war, so dass es ihnen als wünschenswerth erschien, unter seiner Leitung ihre Amtsthätigkeit zu beginnen und von seinem Rathe Vortheil zu ziehen. Ueberdies war die Freundlichkeit und Liebenswürdigkeit bekannt, mit welcher er gerade die jüngsten Collegen zu behandeln pflegte und ihnen seine Fürsorge widmete.

Meineke suchte zunächst Männer, wie er selbst war, die mit Hingebung philologischen Studien zugethan, schon durch Beweise gründlicher Gelehrsamkeit oder des Strebens danach bekannt geworden waren, von denen er mit einiger Sicherheit annehmen zu dürfen glaubte, dass sie sich auch als Schulmänner, wie in der Philologie, durch hervorragende Leistungen auszeichnen würden. Seine Bemühung war von nicht geringem Erfolge begleitet. Dass ihm anfangs auch Wahlen begegnet sind, die er später, manchmal schon nach einigen Wochen, als Fehlgriffe erkannte und bereute, kann nicht geleugnet werden; im Ganzen aber darf man bestimmt behaupten, dass durch ihn das Joachimsthal'sche Gymnasium eine grosse Zahl wackerer Männer erhalten hat, die unter ihm Gutes leisteten und ihre Tüchtigkeit in höheren Aemtern später entschieden bewiesen haben.

Will man sich einen recht deutlichen Blick in dieses Verdienst Meineke's verschaffen, so muss man die Folge der Programme ansehen, welche unter seinem Directorat erschienen sind. Sein trefflicher Vorgänger, Consistorialrath Snethlage, hatte nach früherer Gewohnheit seine Einladungsschriften selbst verfasst: sie erschienen unter dem Namen des Rectors und des Concils der Professoren in bequemem Octav und behandelten in deutscher Sprache die wichtigsten Hindernisse, welche einem gedeihlichen Gymnasialleben entgegen stehen.

Ihr Inhalt greift in alle Zeitverhältnisse ein und giebt von dem Geiste und Herzen des Verfassers, von seinem Ernst und Eifer für alles Gute und Edle, von seiner Religiosität und Frömmigkeit, von seiner treuen Fürsorge für das Wohl der gesammten Anstalt das glänzendste Zeugniss. Erst die beiden letzten Schulschriften, welche nach dem Gesetz vom 23. August 1824 in den Jahren 1825 und 1826 herausgegeben wurden, haben eine neue Aera begonnen.

Meineke's Programme sind eine wahre Fortsetzung derjenigen, welche während seines Directorats in Danzig erschienen sind, jedoch mit dem Unterschiede, der sofort dem Auge entgegentritt, dass jene in kleinerem Format und auf geringerem Papier gedruckt, diese in beiden Beziehungen glänzender ausgestattet sind. In beiden aber ist ein bestimmter Charakter, der von Meineke ausgeht, dessen Arbeiten den Anfang bilden und von Zeit zu Zeit wieder in ihrer vollen Eigenthümlichkeit erscheinen: alle erwachsen immer auf dem Gebiete wissenschaftlicher Thätigkeit, besonders dem des classischen Alterthums: und wo, wie in Ilgens nachgelassener Rede *„religione niti rerum publicarum salutem"*, Form und Inhalt wechseln, sind sie doch im lateinischen Stil und in der Methode der Behandlung den übrigen völlig entsprechend. Kaum dürfte es ein deutsches Gymnasium geben, welches in so kurzer Zeit so viele gelehrte Programme in unmittelbarer Folge geliefert hätte. Der einmal in's Leben gerufene Geist hat aber in Danzig und Berlin Meineke's Wirksamkeit weit überdauert: auch die nachfolgende Generation von Lehrern hat auf die Schulschriften grossen Werth gelegt und sich erfolgreich bemüht, dem Vorgange der früheren in würdiger Weise nachzueifern.

Noch mehr aber tritt Meineke's Leistung in Beziehung auf die Wahl der Lehrer hervor, wenn wir einige der Männer namentlich hervorheben, welche er um sich gesammelt hat, was natürlich hier weder ausführlich noch vollständig geschehen kann. Der geheime Ober-Regier.-Rath Dr. Wiese, schon 1838 von Meineke an die Anstalt berufen, ging unmittelbar von hier, nachdem er 1843 einen Ruf zum Director der Fürstenschule zu Meissen abgelehnt, 1845 an den Berathungen der Generalsynode Theil genommen und als Stellvertreter des Directors seit 1846 im Alumnat gewirkt hatte, 1852 in die hohe Stellung über, welche er noch jetzt bekleidet. Dr. Moritz Seebeck (1828—1835) wurde Staatsrath und Universitätscurator zu Jena; Dr. Schrader, Schulrath zu Königsberg; Dr. Jul. Mützell (1833—1857), den Meineke „wegen der Gediegenheit seines Wissens und der hervorstechenden Gabe auf die Bildung wissenschaftlichen Geistes einzuwirken", sehr hoch achtete, verliess die Anstalt gleichzeitig mit Meineke, um als Provinzialschulrath in Berlin unsern sämmtlichen Schulen seine Fürsorge zuzuwenden, wurde aber zu unserm grossen Schmerz schon 1862 seinem wichtigen Amte durch einen plötzlichen Tod entrissen.

Vom Gymnasium gingen zur Professur an den Universitäten über: Dr. F. W. Giesebrecht (1836—1857) Prof. der Geschichte jetzt in München. Dr. Th. Bergk (1838—1840), jetzt Prof. der Philologie zu Bonn. Ad. Philippi, Prof. in Dorpat 1833—1834. Dr. Rud. Köpke (1838—1842), Prof. der Geschichte in Berlin. Dr. Aug. Nauck (1853—1858), jetzt Akademiker zu Petersburg. Dr. J. W. A. Kirchhoff (1847—1861), Prof. der Philologie in Berlin.

Zu Gymnasialdirectoren wurden gewählt: Dr. H. E. Foss (1829—1831), Schulrath in Altenburg, Dr. J. Classen (1832—1833), am Johanneum zu Hamburg, Dr. G. C. Lhardy (1835—1842), am Collége français zu Berlin, Dr. E. Rehdantz (1842—1851) zu Rudolstadt, Dr. W. Hollenberg (1851—1861) zu Saarbrück. Auch Dr. Joh. Horckel hat hier eine Zeit lang (1847—48) gewirkt, zuletzt am Domgymnasium zu Magdeburg.

Als Gymnasialprofessoren sind zu nennen: Dr. E. W. Krüger, einer der ersten, den Meineke berief (1827), der aber schon 1838 wieder ausschied und sich bis zum Tode für griechische Sprache und Literatur durch seine Schriften grosse Verdienste erworben hat. Dr. E. Passow (1828—1860), am Joachimsthal selbst. Dr. F. C. Biese (1829—1836), zu Putbus am Prädagogium. Dr. Täuber seit 1843, starb 1860. Noch jetzt arbeiten an der Anstalt die Professoren Jacobs,

Schmidt, Planer, Pomtow. Prof. Seyffert (1845—1871) ist so eben seiner Kränklichkeit wegen in den Ruhestand getreten. Dr. Foss, früher am Friedrich-Wilhelms-Gymnasium, wirkt jetzt seit einigen Jahren an der Victoriaschule und Louisenstiftung. Dr. E. Franke (1842—1851), Dr. Tischer und E. Const. Ilgen sind einem frühen Tode erlegen.

Einige sind ganz kurze Zeit bei Meineke gewesen, deren Name jetzt in Ehren bekannt ist, wie Prof. Dr. Wattenbach, Prof. Dr. Joachimsthal, Dir. Dr. Schmieder, Dir. Dr. Nitzsch, Prof. George in Greifswald, Dr. Heffter, Dr. Schirrmacher, Prof. in Rostock, E. Curtius in Berlin. Prof. A. W. Zumpt, 1837—1838, Prof. Dr. Keil in Schulpforte, Dir. Rud. Hanow (1833).

Aus der Zahl der technischen Lehrer dürfen wir die Wahlen des 1864 verstorbenen Musikdirectors Hahn, des Gesanglehrers Wendel, seit 1852, des Zeichenlehrers Asmus, der am 14. September 1849 an der Cholera starb, nicht vergessen, an dessen Stelle noch jetzt Prof. Bellermann seit 1850 in grossem Segen sein Amt verwaltet.

Alle diese Männer, so verschieden unter sich, haben von Meineke die mannichfachsten Anregungen empfangen, und denken mit freudiger Bewegung an die Zeit zurück, in welcher sie mit ihm wirkten. Nicht nur diejenigen, welche er besonders lieb hatte, wie Bergk, dessen Beruf zur Universitätswirksamkeit er zuerst erkannte und aussprach, wie Prof. Dr. R. Foss und Dr. Schrader, die mehrere Jahre hindurch seine Hausgenossen waren und ihn in der Erziehung der Kinder unterstützten, sondern Alle ohne Ausnahme, so weit ich ihre Stimme habe vernehmen können, sind ihm innig dankbar geblieben und rühmen seine Liebenswürdigkeit und den Adel seiner Seele, als die Eigenschaften, welche sie an ihn gefesselt haben. Seine Weisheit war es, jeden an die Stelle zu bringen, in welcher er sein Talent beweisen und seine Kenntnisse verwerthen könnte. Selten hat er sich darin geirrt. Zuweilen überraschte er seine Collegen mit Zumuthungen, welche ihnen selbst das Mass ihrer Kräfte zu überschreiten schienen; abschlagen und sich weigern war unmöglich; sie folgten seinem

Wunsche und Willen, und fanden darin nicht selten den geraden Weg zu einer recht gedeihlichen schulmännischen Wirksamkeit. Kam es anders, so wusste Meineke seine Fehler
durch rasche Versetzung auf einen geeigneten Platz wieder
gut zu machen. Hatte er aber die Tüchtigkeit und den guten
Willen eines Lehrers erprobt, so liess er ihn ungestört seinen
Weg gehen. Er wusste aus Erfahrung, dass zu beschränk-
kende Massregeln auch den vorhandenen inneren Eifer zu
schwächen, die Kraft zu lähmen pflegen, ja lähmen müssen.
Dagegen wusste jeder Lehrer genau, dass er für sein ganzes
Thun die Verantwortung trage und eine nachgewiesene Ver-
säumniss ihm ernste Rügen und Verweise zuziehe, die dann,
ohne zu verletzen, doch so wirksam waren, dass nicht leicht
dasselbe Versehen öfter vorkam. Von vielen Worten hielt
er nichts, sondern sprach seine Gedanken in der höchsten
Kürze und mit den einfachsten und bestimmtesten Worten
aus, offen und ohne Rückhalt, aber ruhig und in passender
Form. Einem Lehrer die Last, etwa der Correcturen, zu er-
leichtern, weil er der Aufgabe nicht genüge, hielt er für
einen Missgriff, weil er dann immer nachlässiger werde und
auch die allerwichtigsten Pflichten vernachlässigen lerne.
Sehr sparsam war er in Anerkennung des Guten und Trefflichen, was in der Schule von Einzelnen geleistet wurde:
dessungeachtet wusste Jeder genau, wie er mit ihm stand.
Auf die Methode, der sich ein Lehrer bediente, sah er weniger, als auf die Resultate, die er erzielte; die Methode müsse
aus der Individualität des Lehrers und der Natur des Lehr-
gegenstandes gleichmässig erwachsen: es gebe keine allein
wirksame, allein richtige Methode; gute Resultate aber waren
ihm nicht das blosse Wissen, die aufzunehmenden Kenntnisse, sondern der Geist, den der Unterricht den Zöglingen
einhauche, der sie mit Kraft ausrüste, auch die schweren Aufgaben zu vollenden. Meineke selbst fand in der Oberleitung
junger strebsamer Männer eine der höchsten Freuden seines
Amts und volles Genüge.

Um so erfreulicher war es ihm, dass sich ihm im Jahre

1834 die möglichkeit darbot, diese Wirksamkeit noch zu erweitern. Er wurde Mitglied der wissenschaftlichen Prüfungscommission und dehnte dadurch seine Thätigkeit für das Aufblühen philologischer Studien in Berlin und im gesammten Vaterlande viel weiter aus, als zuvor. Die Aufgabe, welche er übernahm, war mit grossem Zeitverlust verbunden, weil gerade in Berlin die Zahl der zu prüfenden Candidaten von Jahr zu Jahr im Wachsen begriffen ist. Den Candidaten passende Aufgaben zu geben, ihre eingereichten Arbeiten zu beurtheilen, die mündliche Prüfung vorzunehmen, die Probelection anzuhören, Zeugnisse abzufassen ist eine Last, die ununterbrochen fortgeht und allmählich an Beschwerlichkeit zunimmt. Dazu ist die Verantwortung gross. Meineke erkannte vollkommen die Schwierigkeit und Wichtigkeit seines neuen Amtes und widmete ihm seine Kräfte. Junge Gelehrte in die Schule einzuführen, untüchtige, unberufene, mit mangelhaften Kenntnissen ausgerüstete Männer nach Möglichkeit abzuwehren, schien ihm, wie es ist, der Arbeit und Anstrengung werth. Auch hier kam ihm seine Raschheit und Leichtigkeit im Arbeiten zu Hülfe: die schriftlichen und mündlichen Leistungen wusste er mit Sicherheit zu beurtheilen: ganz durchgelesen hat er wohl nur solche Arbeiten, die ihm auf der Höhe der Wissenschaft zu stehen schienen, oft aus der Klaue den Löwen erkannt. Milde und Freundlichkeit übte er immer und überall: nur zuweilen haben wir ihn in den Probelectionen streng und scharf gesehen: nur grobe Unwissenheit und Ungeschick erregten seinen Zorn; gerecht blieb er stets: sollte er hier und da geirrt haben, so ist es gewiss nur durch zu grosse Nachsicht geschehen, wenn der erste Eindruck der Persönlichkeit ein sehr günstiger, die ersten Gespräche mit den Candidaten erfreuliche waren, und so später Verfehltes in besserem Lichte erschien. Seine gesammte Arbeit auf diesem Gebiete ist eine sehr segensreiche gewesen.

Dies Alles verdankte er seinem Aufenthalte in Berlin, der sich ausserdem noch nach zwei Richtungen hin für seine ganze geistige Entwickelung höchst wichtig erwies. Im

Jahr 1830 wurde er Mitglied der Akademie und trat in die
Griechische Gesellschaft ein, beides Ereignisse von der grössten
Bedeutung für ihn: er gelangte dadurch zum nächsten Umgange mit den Männern, welche in Berlin im höchsten wissenschaftlichen Ansehn standen und zum Theil durch ausgezeichnete philologische Leistungen hochberühmt waren. Es war
im Juli 1830 in der Sitzung, wo Schleiermacher über Buttmann,
der durch den Tod ausgeschieden war, einen glänzenden Vortrag hielt, als Meineke zugleich mit Lachmann in die Akademie aufgenommen und eingeführt wurde. Mit der grössten
Regelmässigkeit hat er seitdem den Sitzungen beigewohnt
und sich als würdiges Mitglied auch durch seine Aufsätze
erwiesen, welche er im Jahre 1832 über Kerkidas den Dichter und Gesetzgeber von Megalopolis, und über den Dichter
Rhianos von Kreta vortrug und in den Abhandlungen der
Akademie drucken liess. In den dortigen Räumen hat er
stets mit seinen nähern Freunden viel Genuss und Belehrung
empfangen.

Gleichzeitig kam er mit denselben Männern in der griechischen Gesellschaft in noch engere Berührung. Schon früh
hatte er sich für diese Gesellschaft interessirt. Die ersten
Nachrichten über dieselbe erhielt er im Jahre 1814 durch
Franz Passow. „Die Gegner von Wolf", schrieb ihm dieser
unter dem 21. Mai, „sehe ich am interessantesten vereinigt
in der Herodotgesellschaft, in die mich Buttmann einführte.
Dieser höchst bedeutende Kreis besteht jetzt aus den Professoren Buttmann, Böckh, Bekker, Ideler, dem Hofrath Hirt,
dem Geh. Rath Delbrück, dem Dr. Schleiermacher und den
Etatsräthen Niebuhr und Süvern. Wenn ich Ihnen sage, was
sich freilich wohl ohnehin versteht, dass die Resultate dieses
seltenen Vereins den gefeierten Namen ihrer Mitglieder völlig entsprechen, so können Sie leicht denken, wie viel Reiz
für mich der Eintritt in denselben gehabt hat und was von
dem Product solcher vereinigten Kräfte zu halten ist. Buttmann ist unverändert rege, theilnehmend an Allem, auch noch
ächt jugendlich aufbrausend; Boeckh ist mir sehr lieb und

in kurzem ein herzlicher Freund geworden; noch nie habe ich so viel Genialität und so tiefe Einsichten mit einem so schlichten und anspruchslosen Aeussern verbunden gesehen."

Und am 20. Nov. 1814: „Die Herodotgesellschaft hat ihr Studium ganz frei und rein ohne alle andere Absicht begonnen, als sich gemeinsam der herrlichen Alten zu erfreuen. Erst beim vierten Buche haben sie erkannt, dass doch wohl Manches von ihnen ausgemittelt sei, welches gerade nicht zu verhallen verdiene; und da ist Boeckh zum Secretär erwählt, der gleich auf der Stelle jedes erlangte Resultat aufzeichnet: doch wird auch dabei wohl nicht gerade an öffentliche Bekanntmachung gedacht, die indess vielleicht einmal Zufall oder Gelegenheit herbeiführen kann. Vielleicht bietet die letztere Schweighäuser in Kurzem dar."

Wirklich sind nach G. Parthey's *Origines graecitatis Beroli-. nensis* S. 6 mehrere Foliobogen Protocoll von Boeckh's Hand im Besitz des Sohnes und gehen von 4, 2 bis 8, 20. — Seitdem hatte sich die Gesellschaft wesentlich verändert, alte Mitglieder, wie Heindorf und Niebuhr verloren, neue, wie Joh. Schulze, Spilleke, Klenze, Lachmann, Hossbach, gewonnen. Schon 1826, als Meineke nach Berlin versetzt worden war, wurde er von Boeckh und Joh. Schulze zum Mitglied vorgeschlagen, doch verzögerte sich sein wirklicher Eintritt bis zum Ausscheiden von Boeckh und Schulze selbst. Seit 1830 ist er dann bis gegen das Ende seines Lebens hin ein hervorragendes Mitglied geblieben. Imm. Bekker und Lachmann, Trendelenburg und Homeyer, Schleiermacher und Hossbach, Brüggemann·und Kortüm, Parthey und Pinder, — auch Leopold Ranke nahm einige Jahre lang warmen Antheil, — bildeten damals den Kreis, in welchen Meineke vollkommen hineinpasste und mit Freudigkeit eintrat. Die Freitage waren für die Zusammenkünfte bestimmt: gegen sieben Uhr Abends vereinigte man sich am Theetisch desjenigen der Mitglieder, den die Reihe traf, halb acht Uhr im Studirzimmer zur gelehrten Arbeit, um 9 Uhr zu einem einfachen Mahle am gastlichen Tische des Hauses, oder bei den unverheiratheten

Mitgliedern, in einem öffentlichen Locale. Edle Geselligkeit herrschte in diesem Kreise, gewürzt durch vollste Freiheit der Aeusserung, rückhaltlose Offenheit, Humor und Witz, Ernst und Entschiedenheit. In politischen und religiösen Fragen herrschte grosse Uebereinstimmung; Schleiermacher's Geist und Genialität war auch nach dessen Tode hier heimisch, und Meineke blieb ihm in christlicher Anschauung durch das ganze Leben hin nahe und verbunden; aber für alle Gebiete des Lebens und der Wissenschaft gab es in dieser Vereinigung ebenbürtige Vertreter. Beim Eintritt in ein neues Haus wurde es Meineke's Pflicht, die Hausfrau bei Tische mit dem Charakter der Gesellschaft scherzend bekannt zu machen, auf ihre Kritik und Tadelsucht, Derbheit und Geradheit hinzuweisen und auf Erscheinungen vorzubereiten, welche nicht auszubleiben pflegten. Die Lectüre der griechischen Dichter und Prosaiker wurde mit grossem Ernste getrieben, natürlich unter dem Vorsitz und der Leitung der Philologen, wobei Bekker die Prosaiker, Meineke und Lachmann die Dichter zu lesen pflegten. Die Meisterschaft im Lesen wirkte sehr auf das Verständniss; es war ein Genuss ihnen zuzuhören. Bekker, von dem Schleiermacher in diesem Kreise das Wort aufbrachte: „er schweige in sieben Sprachen," und Passow an Meineke schrieb: „dass er stumm und einsylbig sei, aber was man ihn frage, gewiss erschöpfend und heiter beantworte," gab hier überall den Ton an, und vertrat die Philologie in ihrer gründlichsten und tüchtigsten Weise: langsam und nach jedem längeren Satze innehaltend, veranlasste er Fragen und Prüfungen des Einzelnen mit der grössten Sorgsamkeit, und zeigte sich überall mit Sprachgebrauch und Eigenthümlichkeit der Schriftsteller so tief und innig vertraut, dass ihm Alles in seinem Geiste und Bewusstsein klar und hell vorzuschweben schien. Auch die sachlichen Schwierigkeiten wurden stets aufmerksam in das Auge gefasst und wo möglich gehoben. Für die Dichter blieb Lachmann und Meineke diese Aufgabe, immer aber unter Bekker's Mitwirkung und Theilnahme: meist pflegte

Meineke zu lesen und mit seiner ausserordentlichen Fülle von
Parallelstellen und Sentenzen aus allen Zeitaltern der hellenischen Poesie den Dichter zu erläutern, um die Freunde zu
erfreuen, während Lachmann die strengste Kritik zu üben
und die metrischen und sprachlichen Grundgesetze auszuprä-
gen und anzuwenden liebte. Von allen Seiten kamen die
Uebrigen mit ihren Kenntnissen und ihrer Einsicht zu Hülfe:
ein sorgfältiges Protocoll führte Parthey, dessen Vorlesung
und neue Besprechung an jedem Abende den Anfang machte.
Scherzend pflegte man, wenn die Erwägung kein Resultat
ergeben hatte, dem Protocollführer die Lösung des Räthsels
zu übertragen. So eifrig waren sämmtliche Mitglieder, dass
selten Jemand ausblieb. Meineke fand in dieser Gemeinschaft
stets eben so viel Anerkennung als eigene Befriedigung.

Ein anderer, nur vierteljährlich einmal zusammentreten-
der Kreis, dem Meineke angehörte, war der der Gymnasialdirectoren Berlins. Das Zusammentreten derselben war dadurch geboten, dass die gemeinsame Sorge für die Schüler,
die von einem Gymnasium zum andern überzugehen pflegen,
eine mündliche Besprechung erforderte und die gemeinsamen
allgemeinen Angelegenheiten in's Auge gefasst werden mussten. Die Versammlung repräsentirte die Einheit der Gymnasien: Meineke's Tüchtigkeit und Liebenswürdigkeit gab
ihm dabei ein grosses Ansehen und er hat es nur benutzt,
um das innige Zusammenhalten Aller für den grossen Zweck
und die collegialische Liebe und Freundschaft aufrecht zu erhalten. Es gehörte zu seinen Lebensgenüssen, mit seinen
Collegen, deren einige ihm mit den Banden treuester Verehrung verknüpft waren, heiter und fröhlich zu verkehren.
Hier fand er Spilleke, August, Palmier, Bonnell, Ribbeck,
Bellermann, Kramer, Lhardy, Krech, die untereinander und mit
ihm ungeachtet sehr verschiedenartiger Ansichten in den wichtigsten Angelegenheiten in voller Harmonie verkehrten. Zum
Beweis, wie sie miteinander umgingen, diene ein scherzhaftes Gedicht, welches Director Ribbeck an Meineke richtete, als dieser
im Jahre 1837 am Ordensfeste den Adlerorden erhalten hatte.

Care Miles Hippice!
Grator — et gratarer
Praesens, nisi grippice
Eheu! conflictarer.

Macte laude merita!
Mox et rubre-tincta
Redeat Avicula
Quercu circumcincta!

Vale, eques optime,
Vale cum Uxore,
Atque nos diligite
Sueto Vestro more!

Berolini XXIII. Januar.
1837.

Ribbeck
cum Conjuge.

Freie Uebersetzung für die liebe Frau Ritterin.

Bester, Deine Ritterschaft
Freut mich ungewöhnlich;
Läg ich nicht in Grippenhaft,
Sagt' ich's Dir persönlich.

Heil der wohlverdienten Ehr!
Und bald wieder streife
Rothes Vöglein zu Dir her
Mit belaubter Schleife.

Leb', Du wackrer Rittersmann,
Mit der Ritt'rin, heiter;
Und, wie Ihr bis jetzt gethan,
Liebt uns freundlich weiter.

Den Adlerorden dritter Classe erhielt Meineke fünf Jahre
später, 1842.

Die Correspondenz mit den vorgesetzten Behörden nahm
und nimmt im Joachimsthal'schen Gymnasium nothwendig
einen grossen Umfang ein. Nur in ausserordentlichen Zeiten,
wenn das Ministerium selbst einmal einzugreifen hatte, richtete Meineke seine Eingaben dorthin, während mit dem
Königlichen Provinzial-Schulcollegium ein ununterbrochener

Schriftenwechsel statt fand. Pünktlichkeit und rasche Ausführung ohne Zögern und Aufenthalt war hierbei sein Lebens-
grundsatz; sein oft wiederholter mündlicher Ausdruck darin
war: „immer reinen Tisch machen"; er versuchte Alles sofort zu erledigen und nur dann eine längere Zeit in Anspruch
zu nehmen, wenn der Gegenstand reiflich längerer Prüfung
und eingehender Darstellung zu bedürfen schien. Nur die
strengste Zeiteintheilung und die möglichste Schonung der
ihm zu Gebote stehenden Stunden konnte ihm die Erfüllung
seiner mannichfachen Amtspflichten möglich machen: in diesem Sinne geschah es, dass er sich wie in den gedruckten
Jahresberichten, so in allen seinen Vorstellungen an die Behörde der grössten Kürze befleissigte. Jedes Einzelne zu
berühren und ausführlich zu motiviren hielt er nicht für er-
forderlich. Vieles schrieb er sofort mit eigener Hand; wich-
tigere Mittheilungen, welche grösseren Raum einnahmen oder
auf Berathungen des Lehrercollegiums beruhten, liess er in
einer sorgsam durchgesehenen Reinschrift abgeben. Daher
liegt in seinen Acten nicht so, wie es z. B. bei Spilleke war,
das Material zur Erkenntniss seiner Verwaltung ausführlich
vor: oft nur in Andeutungen tritt es uns entgegen.

Die innere Verwaltung Meineke's in Beziehung auf Organisation und Lehrplan ward mehr und mehr durch die
Verordnungen gebunden, welche vom Ministerium ausgingen
und theils speciell das Joachimsthal'sche Gymnasium, theils
sämmtliche Gymnasien und gelehrte Schulen betrafen. In
ununterbrochener Reihenfolge haben sie Meineke's Thätigkeit
bestimmt und begleitet: er hat sie stets gewissenhaft in's
Auge gefasst, geprüft und nicht ohne die ihm gelassene Freiheit benutzt, theils in voller Uebereinstimmung mit den auf-
gestellten Grundsätzen, theils mit Bedenken über ihren Werth
und ihre Folgen für das Ganze; wenn er selbst gefragt
wurde, schrieb er mit jener Offenheit und Geradheit, welche
wir an ihm zu bewundern gewohnt sind. Es lag in der
Natur dieser mit besonderem Interesse von den Behörden
beachteten Anstalt, die ja vorzugsweise ein königliches Institut

ist, dass sie ihre eigene Gestalt, abweichend von anderen
Schulen, entwickeln durfte, aber eine ganz freie Stellung ihr zu
geben, liess die Rücksicht auf die Staatsverhältnisse im Allgemeinen nicht zu. Wäre Jenes möglich gewesen, so hätte Meineke
mit der Spontaneität auch in Berlin fortarbeiten können, die
in Danzig sein Vorzug war: er ist aber gewiss nicht durch
die gegebenen Vorschriften verhindert worden, durch seine
besonderen Gaben und Eigenthümlichkeiten die ihm anvertraute Anstalt immer neu zu beleben und seinen Geist ihr
einzuhauchen.

Schon ehe das sechste Jahr seiner Direction zu Ende
ging, erschien am 4. Juni 1834 das wichtige Maturitätsprü-
fungsreglement, durch welches die Instruction vom 25. Juni
1812 aufgehoben wurde. Meineke verkannte nicht, mit welcher tiefen Kenntniss des gesammten Gymnasialwesens und
der ihm seit der Reformation innewohnenden Idee Dr. Joh.
Schulze, der als der eigentliche Schöpfer des Ganzen angesehen werden darf, gearbeitet habe, wie durchdacht jede einzelne Bestimmung des Reglements, mit welcher Besonnenheit
die verschiedenen Momente gegen einander abgewogen, mit
welcher Weisheit unzweckmässige Bestimmungen des früheren Reglements aufgehoben, mit welcher Consequenz endlich
der Begriff einer Gesammtbildung der Abiturienten durchgeführt sei. Er gehörte aber zu denen, von welchen derselbe
Begründer des preussischen Schulwesens in der Verfügung
vom 24. October 1837 sagt, dass das Reglement „indem es
allen Fächern eine entschiedene und normirte Geltung bei
der Beurtheilung der Reife einräume, die Schüler der obersten Classe das letzte Jahr hindurch zu einem polyhistori-
schen Treiben und einem encyklopädischen Gedächtnisswesen
verurtheile, von ihnen verlange, über alles in zehn Jahren
historisch Erlernte in wenigen Stunden Rechenschaft abzulegen
und den Nutzen, den der Unterricht in den einzelnen Wis-
senszweigen gewähre, allein nach dem abmesse, was davon
nachweislich behalten worden." In diesem Sinne habe ich
einige Aeusserungen von ihm zu berichten; in einer Ein-

gabe an die Behörde vom Jahr 1851 sagt er: „Und in der
That ist es erstaunlich, was so ein junger Mann beim Abgang zur Universität Alles weiss. *In omni scibili* ist er unterrichtet, ein wahrer *Quodlibetarius* oder *Mikrokosmus*“; ein
anderes Mal: „Vielleicht ist es den kommenden Geschlechtern
vorbehalten, sich eines den Kräften des jugendlichen Geistes
angemesseneren und naturgemässeren Lehrplanes zu erfreuen.
So lange das nicht geschehen sein wird, kann man sich der
Hoffnung nicht überlassen, dass der grosse Aufwand von Lehr-
kraft, deren sich die meisten Gelehrtenschulen erfreuen, die
zu erwünschenden Früchte tragen werde.“ Nach dem Erscheinen der Verfügung vom 12. Januar 1856 schrieb er:
„Besonders erfreulich ist es, dass das Princip, nach welchem
die geistige Bildung der Jugend durch das Medium des sorg-
fältigsten Studiums der alten Sprachen gefördert werden soll,
von neuem eine kräftige Stütze erhalten hat.“ Meineke's
eigner Grundlehrplan war schon im Jahre 1831 von ihm in
grosser Einfachheit ausgearbeitet worden und wurde erst nach
seinem Abgange von seinem Nachfolger ganz umgearbeitet.

Eine zweite, ausserordentlich wichtige Verfügung veranlasste der bekannte Aufsatz des Medicinalrathes Dr. Lorinser im Jahre 1836 „zum Schutz der Gesundheit in den
Schulen“, welcher die neue Gymnasialordnung öffentlich als
übertrieben und staatsgefährlich anklagte. Die Circularver-
fügung vom 29. October 1837 wies die Beschwerde als irrig
zurück, ging aber in höchst belehrender Weise und ganz in
Lorinser's Sinne auf alle Mängel und Gebrechen ein, welche,
wenn sie fortdauerten, wirklich einen gefährlichen Einfluss
auf das leibliche und geistige Wohlsein der heranwachsenden
Jugend äussern könnten. Hier fand Meineke Vieles, was ganz
mit den Bestrebungen übereinstimmte, durch welche er zu
Gunsten der Alumnen gute Einrichtungen hervorgerufen hatte.

Dem negativen Charakter dieser wichtigen, und wenn
wir nicht irren, immer von neuem zu wiederholenden,
nie genug betonten und berücksichtigten Bestimmungen,
folgte dann einige Jahre später eine positive Gegenwirkung

gegen Ueberbürdung der Schulen durch Lernen und Studiren, die Einführung eines geordneten Turnunterrichts in die Schule.

Mit wahrer Freude erfüllte es Meineke, als im Jahre 1842 (Cabinetsordre vom 6. Juni) Friedrich Wilhelm IV. die Wiederherstellung des Turnwesens und ihre Aufnahme in die Schulen befahl. Die Leibesübungen sollten als ein nothwendiger Bestandtheil der männlichen Erziehung fortan in den Kreis der Volkserziehungsmittel aufgenommen werden. Er sah dies mit Recht als eine der bedeutendsten Anordnungen und als ein für das Gedeihen der Jugend Epoche machendes Ereigniss an. Schon in Jenkau hatte er beobachtet, dass wohlgeordnete Uebungen dieser Art auf das ganze Leben der Zöglinge, auf ihr leibliches und geistiges Wohlsein, auf ihre sittliche Haltung, auf Anregung patriotischen Sinnes und Nationalgefühls einen grossen Einfluss zu gewinnen im Stande sind. Dort wurde es für die recht eigentliche Stütze der Gesundheitspflege angesehen. Im Joachimsthal hatte das Turnen nie ganz aufgehört; im benachbarten Locale des trefflichen Eiselen hatte immer eine unbestimmte Zahl von Schülern daran Theil genommen. Jetzt aber, da die allgemeine Aufhebung und Beschränkung des Turnwesens glücklich beseitigt war, ergriff Meineke sofort die sich darbietende günstige Gelegenheit, demselben den möglichsten Aufschwung zu verschaffen. Er sah darin auch ein Mittel, ein mehr heiteres und munteres Jugendleben in die Anstalt einzuführen. In den ersten Jahren, ehe die Lehrer selbst die Leitung übernahmen und ehe es sich den Schülern als eine nothwendige Ergänzung der Studien empfahl, gedieh es nur langsam, obwohl sich der Turnlehrer Lübeck alle mögliche Mühe gab, es zu heben. Als der Adjunct, später Prof., Schmidt die Leitung übernahm, und die Turnübungen Ostern 1845 auf sämmtliche Schüler der Anstalt ausgedehnt wurden, zugleich auch der Turnplatz des Friedrich-Wilhelms-Gymnasiums, 1844 feierlich eingeweiht, die genügenden Räume darbot: nahm Alles den erwünschtesten, erfreulichsten Fortgang. Die eifrigste Theilnahme aber zeigten auch dann nicht die Hospiten,

sondern die Alumnen, welche sich auch aus den oberen Classen in der grössten Zahl einfanden, und im Hause selbst
ausser den gewöhnlichen Turnstunden in ihrer freien Zeit
gymnastisch übten. Später haben die Uebungen in der Hasen-
heide aufgegeben werden können, weil das eigene Local der
Anstalt ausreichte. Seitdem sich endlich durch Spiess für
die Schulen eine zweckmässigere Methode entwickelt hatte,
ist kein Jahr vergangen, in dem nicht das Turnwesen in der
Anstalt heimischer geworden wäre.

Des Ministers Eichhorn Verfügungen vom 15. September
1842, die Uebung der Schüler im freien Vortrage betreffend,
und am 2. Februar 1843, dass in den Gymnasien regelmässig
mehr oder weniger öffentliche Rede- und Declamationsvor-
träge veranstaltet werden sollten, fanden im Joachimsthal
die beste Aufnahme. Sehr zweckmässig traf Meineke die bis
auf den heutigen Tag beibehaltene Einrichtung, dass jährlich
am zweiten November, als am Gedenktag der Einführung der
Reformation in der Mark Brandenburg ein Redeactus abge-
halten werden sollte. Alle Vorträge der Schüler aus den
oberen Classen sollen selbst gearbeitet sein, und Declamation
und Vorträge eine nähere oder entferntere Beziehung auf
die Reformation haben. Schon 1843 wurden Reden „über
die augsburgische Confession", „über Luthers ächt deutschen
Character", „über Erasmus von Rotterdam" gehalten; 1844:
„über Luther als Kirchenliederdichter", „über die Eigenschaften, die Luther zum Reformator machten", „über Ulrich von
Hutten"; 1845: „über den Apostel Paulus und Luther's Verhältniss zu ihm", „über Klinger's Wort: was wir sind, danken wir Luther", „über den Zusammenhang der Reformation
mit dem Wiederaufleben der Wissenschaften in Deutschland",
„dass in der *Confessio Augustana* die Verheissung erfüllt sei:
in necessariis unitas, in dubiis libertas, in omnibus caritas"
u. s. w. Man erkennt die grosse Wichtigkeit solcher Uebungen nach allen Seiten hin auf den ersten Blick.

Dazu kamen zwei Abendunterhaltungen, welche in den
Wintermonaten veranstaltet zu werden pflegten, bei denen die

Alumnen theils durch Aufführung dramatischer Scenen, z. B.
aus Schiller's Wilhelm Tell, Immermann's Tristan und Isolde,
Holberg's Erasmus Montanus, theils durch Declamationen, mit
denen classische Musikstücke abwechselten, ein dazu eingelade-
nes Publicum erfreuten. Auch aus Sophocles Oedipus Rex oder
Antigone wurden Scenen in griechischer Sprache eingelegt.

Im Jahr 1843 wurde die von Dr. Ruthardt in Breslau
aufgestellte Methode des lateinischen Sprachunterrichts vom
Ministerium unter dem 24. März zur Beachtung empfohlen.
Meineke lehnte die Einführung derselben „aus ganz denselben Gründen" ab, „wegen welcher sich Schulrath Peter in
Meiningen dagegen erklärt habe", richtete aber, der Anregung folgend, durchgreifende und methodisch geordnete Ge-
dächtnissübungen in allen Classen ein und glaubte eine Zeit-
lang zu bemerken, dass diese Aenderung Leben und Gedeihen
in den Unterricht bringe. Aber schon im Jahr 1846 zeigte
sich ihm, dass dies Lernen, weil es gar zu leicht mechanisch
betrieben werde, geistige Kräfte mehr lähme als fördere, und so
kehrte er zu der frühern Methode des Lateinlernens zurück.

Noch war Meineke nicht lange in Berlin, als sein Gesundheitszustand zu schwanken anfing. Schon im Jahre 1831
zwangen ihn rheumatisch-nervöse Schmerzen, die ihn am
Gehen hinderten, in Eilsen bei Bückeburg Schlammbäder zu
gebrauchen. Zur Nachcur ging er nach Pyrmont und wurde
ganz hergestellt. Auch 1833 besuchte er Bad Nenndorf, und
1836 Pyrmont von Neuem, wo er sich aber Erkältungen zuzog und mit ungünstigem Erfolge weilte. Zu vollkommener
Gesundheit kehrte er nie zurück. Natürlich war es daher,
dass er in seinem schweren Amte einige Erleichterung suchte.
Schon Ostern 1837, als Prima in Ober- und Unterprima ge-
theilt werden musste, legte er das Ordinariat von Prima nieder und übertrug es den Professoren Wiese und Mützell.
Schon im Jahre 1844 klagte er in einem bereits mitgetheil-

ten Berichte über grössere körperliche Schwäche. Als aber
das Jahr 1846 herankam und er nach zwanzigjähriger Wirksamkeit an einer Anstalt, deren Umfang und Bedeutung alle
Kräfte in Anspruch nimmt, immer deutlicher die Abnahme
seiner Kräfte empfand, entschloss er sich einen Theil seiner
Amtsgeschäfte abzugeben und für die Verwaltung des Alumnats einen jüngeren und rüstigeren Lehrer zu suchen. „Im
Gefühl zunehmenden Alters", sagt er im Programm von 1846,
S. 51, „glaubte ich keine unbescheidene Bitte zu thun, wenn
ich nach einer so langen Reihe sorgenvoller Dienstjahre bei
meiner mir zunächst vorgesetzten Behörde um einige Erleichterung in den vielfältigen, mit der Leitung dieser umfassenden Anstalt verbundenen Amtsgeschäften nachsuchte. Das
Königl. Schulcollegium hat meine Bitte mit gewohnter Bereitwilligkeit bei Minister Eichhorn befürwortet und mich —
benachrichtigt, dass des Königs Majestät mich von der unmittelbaren Verwaltung des Alumnats zu entheben und den
Prof. Wiese zu meinem Stellvertreter in allen Alumnats-
Angelegenheiten zu ernennen geruht haben." Es ist nicht
zu verkennen, dass diese Befreiung gerade von den an-
strengendsten und beunruhigendsten Amtsgeschäften eine sehr
grosse Erleichterung war: es war unschätzbar für ihn, diese
Thätigkeit, welche eine ununterbrochene Aufmerksamkeit auf
alle Alumnen in sich schloss, in treue, äusserst gewissenhafte, rastlos thätige Hände legen zu können. Prof. Wiese
übernahm damit auch den Haupttheil des üblichen Jahres-
berichts nebst einem Theile der Correspondenz mit den Behörden und mit den Eltern der Schüler. Dafür war Meineke
„in der Tiefe des Herzens" dankbar und hat auch diese Arbeiten später nicht wieder übernommen. Als Prof. Wiese
vortragender Rath im Ministerium wurde, übernahm Prof.
Jacobs die Leitung des Alumnats. Beiden Stellvertretern
liess Meineke die möglichste Freiheit in ihrer Amtsführung,
ohne sich dadurch dem Alumnat ganz zu entfremden.

    Bald nach Prof. Wiese's Eintritt wurde eine neue Ein-
richtung für den Sonntag herbeigeführt, der im Joachimsthal

oft für die Disciplin grosse Schwierigkeiten bereitet hatte. Ein Hausgottesdienst wurde eingeführt. Statt dass bisher eine Hälfte der Alumnen in die Nicolaikirche, die zweite in die Domkirche regelmässig geführt worden war, sollte abwechselnd im geheizten Saale des Schulhauses eine kirchliche Feier veranstaltet werden. In den Monaten December, Januar und Februar sollte es geschehen und alle Glieder des Hauses, die Lehrer mit ihren Familien, auch die Dienstboten mit eingeschlossen, daran Theil nehmen. Am ersten Advent 1849 trat die Einrichtung in's Leben, und dauert mit wenigen Unterbrechungen bis jetzt fort. Die Prediger Jonas und Heintz, in deren Kirchen das Alumnat eingepfarrt war, übernahmen zuerst die Abhaltung des Gottesdienstes. Später sind andere Geistliche an deren Stelle getreten, 1850 Prediger Orth, 1852 Pred. Weber, 1853 Consistorialrath Dr. Lehnerdt und Prediger Kaiser, 1854 Generalsuperintendent Hoffmann, 1856 Prediger Müllensiefen. Die Absicht, das innere Leben der Anstalt dadurch zu fördern, ist erreicht worden.

Zwei Feste fielen in diese Epoche seines Lebens, welche seine Thätigkeit in erfreulicher Weise unterbrachen und förderten.

Im Jahre 1843 beging Schulpforte in den Tagen vom 20.—23. Mai das dritte Säcularfest seines Bestehens; auch Meineke eilte dahin und nahm als innig dankbarer Schüler an der Feier den gebührenden Antheil. Denselben Weg schlugen einige seiner liebsten Jugendfreunde ein. Der Kreisgerichtsrath Hink hatte die weite Reise von 120 Meilen von Heilsberg in Preussen einzig und allein in der Absicht gemacht, um dem Feste beizuwohnen, und benutzte die Durchreise durch Berlin zu mehrfachen Besuchen in Meinekes Hause, die beiden Freunden wohlthaten. Auch Domherr Schilling kam von Leipzig, Prof. Döderlein von Erlangen, und viele andere Gefährten aus der Schulzeit fanden sich ein. Er ge-

noss gern des freundschaftlichen Umgangs mit dem Oberpräsidenten Flottwell, den Geheimen Räthen Joh. Schulze
und Kortüm, dem Schulrath Schaub aus Magdeburg, den
Professoren Göttling und Hand aus Jena, und lebte hier in
seinen Jugenderinnerungen mit wahrer, tiefer Erquickung
seiner Seele. Auch kam er nicht ohne eine gelehrte Gabe:
er überreichte das Dedicationsexemplar seiner *Analecta Alexandrina.* Pflegte er sonst auf dem Titel eines Buches seine
Autorschaft nur mit seinem Namen zu bezeugen, so fügte er
diesmal, wo er im festlichen Gewande zur *alma mater* zurückkehrte, die erlangten Ehren hinzu. Er nannte sich
*„philosophiae doctor, Gymnasii regii Joachimici director, Aca-
demiae Scientiarum Berolinensis socius, ordinis rubri aquil.
Cl. III cum lemnisco eques"* und weihte sein Werk durch
folgende Inschrift: *„Illustri Scholae Portensi, bonarum artium
altrici felicissimae, die XXI Maii* 1843 *quartum saeculum
auspicanti prosperrimam fortunam apprecatus sacravit Aug.
Meineke."* Dass er als einer der ausgezeichnetsten Zöglinge
aufgenommen und begrüsst wurde, verstand sich von selbst;
aber er wirkte auch durch seine Gegenwart auf das Fest
selbst ein, s. Programm von Kirchner, aus dem Jahre 1844
S. 42. Montag am 22. Mai war er es vorzüglich, der die
Festgenossen zu einem Besuche der Gräber der auf dem dortigen Friedhof ruhenden Lehrer veranlasste. Unter den
Klängen des Liedes: „Wie sie so sanft ruhn!" wallfahrteten
gegen 100 alte Pförtner paarweis zu der stillen Stätte der
Todten. Ernste Gespräche und Reden wurden dort gewech-
selt; es ist uns wie ein Höhepunct des ganzen Festes erschienen und unvergesslich geblieben; Allen aus der Seele gespro-
chen waren schöne Worte liebevoller Erinnerung an Ilgen,
Lange, Schmidt und die andern schon abgerufenen Lehrer,
von Johannes Schulze, welcher hier fortsetzte, was er im Schul-
garten kurz zuvor begonnen hatte. Als dort der Choral:
„Nun danket Alle Gott!" von allen Lippen unter musikali-
scher Begleitung ertönte, und das Auge manches der Anwesenden sich mit Thränen füllte, wendete er sich plötzlich an

die Menge der uns umgebenden Zöglinge mit dem kurzen,
kräftigen Worte: „Seht ihr? Männer weinen. Macht euch
der Schulpforte werth und bewahrt als ein Heiligthum ihre
und eure Ehre." —

Meineke begab sich von Pforte nach Leipzig, von wo
G. Hermann aus Gesundheitsrücksichten nicht persönlich erschienen war, — er hatte nur ein schönes lateinisches Gedicht zu Pforte's und Ilgen's Ehre eingesendet — besuchte
dort seinen verehrten Lehrer und war froh, ihn wohler zu
finden, als er erwartet hatte. Von Berlin aus schrieb er
schon am 25. Mai an seine Tochter Ida Bergk: „Von dem
Feste selbst melde ich Dir nichts, als dass es ein Fest der
seltensten Art war, reich an den herrlichsten Momenten und
unvergesslich in dem Herzen Aller, die sich zu ihm versammelt hatten."

Acht Jahre später, 1851 am ersten Juli, wurde ihm selbst
ein Fest bereitet, welches er lieber übergangen hätte, aber
da es nicht gehindert werden konnte, doch zuliess und gut
aufnahm. An jenem Tage hatte er vor fünfundzwanzig Jahren sein Directorat angetreten: das Lehrercollegium und die
Schüler konnten ihn nicht vorübergehen lassen, ohne ihn zu
einem Ehrentage für Meineke zu machen. „Wurde mir auch
dabei," sagt er mit der gewohnten Bescheidenheit im Jahresbericht S. 52, „dem vielen Freundlichen und Ehrenden gegenüber, das Gefühl der Beschämung nicht erspart, so werde
ich doch in Hinblick auf die Herzlichkeit der mir gewordenen Theilnahme fort und fort jenes Tages mit der freudigsten und dankbarsten Erinnerung gedenken."

Auch die vorgesetzten Behörden nahmen an dieser Feier
mit freundlichen und ehrenden Zuschriften und Begrüssungen Theil. „Es ist Ihnen gelungen," schrieb der Minister
von Raumer, „durch treue Hingebung an Ihren Beruf und
weise Benutzung Ihrer in einem ähnlichen Wirkungskreise
erworbenen reichen Erfahrungen, so wie durch das Beispiel,
welches Sie Ihren Mitarbeitern und Schülern in Ihrem den
Wissenschaften gewidmeten Berufe gegeben haben, die An-

stalten auf den Standpunct zurückzuführen und auf demsel-
ben zu erhalten, den sie nach den Bestimmungen ihres hohen
Stifters einnehmen sollen". „Immer werden die Anstalten,"
sagte das Königliche Provinzial-Schulcollegium in einem vom
Provinzial-Schulrathe Dr. Kiessling entworfenen und vom
Oberpräsidenten Flottwell unterzeichneten Glückwunsche,
„Ihren Namen zu den gefeiertsten unter ihren Vorstehern
zählen. Wir empfinden mit Ihnen, dass der schönste Lohn
für Ihr treues, durch die glücklichsten Erfolge gekröntes Wirken
Ihnen nur aus dem Bewusstsein reinsten Strebens entsprin-
gen kann; aber mögen Sie uns gestatten, uns an dem, was
die göttliche Gnade durch ihren Segen verherrlicht hat, aufrichtig zu freuen und auf das wohlbestellte Werk ferneres
Gedeihen herabzuwünschen, damit diese Anstalten nach dem
Willen ihres verehrten Stifters und Erhalters immer dastehen
als eine Pflanzstätte wahrer Wissenschaft und ächter christlicher Tugend."

Die Berliner Gymnasialgesellschaft begrüsste den Jubilar,
der von Anfang ihrer Stiftung an Mitglied derselben gewesen war, durch eine kurze, von mir verfasste Abhandlung:
„*de Xenophontis vita et scriptis*" und fasste ihre guten Wünsche in folgende Worte zusammen: „*Faxit deus ut quae
Tibi sunt data omnia Tibi ac diu quidem conserventur. Perge
scientiae Tuae thesauros inter familiares aeque atque inter
viros doctos aperire et explicare. Per longum tempus et hu-
manitate Tua et moribus suavissimis omnibus exemplo esse ne
desinas. Fruere otiis, quae Deus Tibi dedit, ita ut simul negotiis omnibus Tuis, ut hactenus, satisfacias. Esto cum uxore
dulcissima, cum filiis filiabusque carissimis, cum generis doc-
tissimis praeclarissimisque, immo cum omnibus Tuis, quorum
salus Tibi cordi est, felix et Dei auxilio, sine quo nihil est in
hoc orbe terrarum boni et eximii, contra omnes res aduersas
munitissimus.*"

Das Joachimsthal'sche Gymnasium beging das Fest in
gewohnter Weise. Lehrer und Schüler fanden sich mit Rede
und Gesang in der Wohnung des Jubilars ein, überreichten

ihm passende Geschenke und sprachen ihre vollste Dankbarkeit und Verehrung in herzlichster Weise aus. Zugleich liefen Gedichte und Begrüssungen aller Art aus der Nähe und Ferne ein und bezeugten die allgemeine Theilnahme an dem erfreulichen Feste. Die Collegen luden ihn zu einem Festmahl ein, woran sich etwa 70 Personen betheiligten. Muntere Laune und Gemüthlichkeit würzten das Mahl, welches bis zum Abend dauerte und die froheste Stimmung bei allen Anwesenden zurückliess. Den Höhepunct dieses Festes bezeichnet ein Gedicht des Professor Jacobs, welches gemeinsam gesungen ungemeine Heiterkeit erregte. Es sei hier in der Form mitgetheilt, in welcher es damals den Gästen vorlag.

Zum 1. Juli 1851.

Mel.: „Prinz Eugen etc."
Nun zu Ehren des Directores[1])
Singet all' ihr Präceptores
Euer Lied, wie's ihm gebührt;
Denn ein Viertel-Säclum hat er
Ernst, doch mild auch wie ein Vater,
Joachim Friedrichs Schule regiert.

Einst sechs Tage vor den Idus
Des December kam ein Sidus
Zu Venusia herauf;
Im Decembermond *eodem*
Schenkte Gott auch ihm den Odem,
Gab ihm Herz und Geist vollauf.

Darum ist es auch kein Wunder,
Dass ihm unter all dem[2]) Plunder
Der Horatius gefiel;
Lag er ihm doch in den Ohren,
War doch, der mit ihm geboren,
In der Pforte[3]) schon sein Spiel.

---

1) *Genetivi forma ling. Umbricae vet. Cf. Aufrecht et Kirchhoff Tom. I, p.* 129.

2) *Vulg.* altem; *perperam et* βαναυσικῶς, *errore ex dial. Thuringorum orto.*

3) *Alma Porta, doctrinae limen. Schola Portensis auctore Galletto olim in monte sita erat; nunc eam vallis habet. Cf. Gallet. histor. fragm. num. incert.* „Zu meiner Zeit lag die Schule auf dem Berge".

Aber daneben auch manchen Andern
Wie Philemon und Menandern[4]),
Bracht' er neugebessert an;
Aller komischen Poeten
Hinterlass'ne Raritäten,
Hundert und vierundzwanzig Mann.

Auch des Cinnamus Geschichte,
Des Nicephorus Berichte,
Den Byzantier Stephanus,
Der mit seinem Ortsregister
Allenfalls Realphilister[5])
Auch zufriedenstellen muss.

Doch denen ist's ein grosser Gram, wenn
Hippōnax in Choliamben
Und mit ihm viel Andre noch
Ihren Mund von neuem weit aufthun;
Davon will die neue Zeit ausruhn,
Satt wird davon Keiner doch.

Aber trotz der sauern Gesichter
Bringt sein Füllhorn weitre Dichter,
Bion, Moschus, Theocrit,
Anthologiam in Auswahl,
Miscellanea in Unzahl,
Curas criticas noch mit.

Dazu scenische Quastiones[6]),
Reiche Exercitationes
Zu Fragmenten mancher Art[7]);
Athenäus Gastmahlsweise
Gaben ihm die feinste Speise,
Conjecturen hochgelahrt.

---

4) *Saepius coniunguntur Philemon et Baucis. Sed Meinekio aliter placuit; neque hoc loco illorum commemoratio apta foret, quia mortui sunt una, hi una vivunt.*

5) *Qui sint Philistaei reales, nescio. Certe tautologia est in compositione, cum „Philistaei ideales" sit contradictio in adiecto.*

6) *Vulg. Quaestiones.*

7) *Intell. etiam scamnorum fragmenta; nam haud raro Mein. poenas exercuit in pueros petulantes, qui subsellia fregissent.*

Also trugen an dem Busen
Ihren Genius die Musen
Von Venusia nach Soest.
Auf denn, bringt in Weineswogen
Meineke dem Philologen
Einen ganz gewalt'gen Toast.

Seit Meineke von der unmittelbaren Sorge für das Alumnat entbunden war, konnte er sich freier bewegen, und ging auf den Gedanken ein, der ihm öfter schon lockend entgegengetreten war, sich des Rechtes der Mitglieder der Academie zu bedienen und als Lehrer an der Universität für die Zwecke seines Lebens mitzuwirken. Im Jahr 1852 begann er die Ausführung: es war natürlich, dass sein Ruf als Gelehrter und seine Thätigkeit am Joachimsthal das Unternehmen unterstützten: viele seiner bisherigen Schüler sammelten sich um ihn und führten auch die übrigen Studenten in sein Auditorium. Der erste Erfolg war glänzend; er las im Sommersemester über Horatius Epoden und schrieb darüber am 18. Juni an Horkel: „Meine Vorlesungen an der Universität machen mir grosse Freude und sprechen, wie ich es zu meiner Verwunderung höre, die jungen Leute auf eine Weise an, wie ich es mir nie hätte träumen lassen". Er wurde glücklicherweise durch seinen Gesundheitszustand unterstützt, der ihm nichts zu wünschen übrig liess. „Die Erschöpfung", sagte er, „die mich sonst im Sommer überfiel, hat sich noch nicht gezeigt. Ich bin dem gütigen Himmel von Herzen dankbar dafür". Nach den Vorlesungen aber trat die Gicht mit ihren unerfreulichen Wirkungen wieder hervor. Für das Wintersemester wählte er Aeschylus Perser und Prometheus und eröffnete am 21. October seine Vorlesungen. „Meine Collegien," schreibt er an Bergk, „machen mir grosse Freude; ich habe einige 50 fleisige Zuhörer". Für diese liess er 1853 die Perser und den Prometheus nach G. Hermann's Text mit den Mediceischen Scholien drucken, ohne etwas von dem Seinigen hinzuzufügen. Lange aber hat

8*

Meineke diese Thätigkeit nicht fortgesetzt, theils weil seine
Gesundheit immer schwankender wurde, theils weil Moritz
Haupt's Anstellung in Berlin erfolgte, die ihm für die Universität und Academie unendlich wichtig und persönlich vom
grössten Werthe war. In den Briefen an seine Freunde aus
jener Zeit vergisst er nie zu berichten, wie weit seine Hoffnungen gediehen sind, und schreibt am ersten Mai 1853
seinem Horkel: „Haupt kommt nun wirklich her. Gott sei
Dank! Er war neulich hier und miethete."

So blieb das Gymnasium seine einzige Aufgabe, der er
sich so weit hingab, als es irgend sein Gesundheitszustand
erlaubte. Grosse Sorge machte ihm während seiner letzten
Amtsjahre der Plan, die Anstalt zu verlegen, den er selbst
im Jahre 1844 angeregt hatte. Friedrich Wilhelm IV. fasste
den Gedanken auf, das ganze Alumnat nach Chorin zu bringen, an jene Stätte, welche für das Hohenzollern'sche Königs-
haus so hohe Bedeutung hat. Dieser Plan hatte langwäh-
rende Verhandlungen zur Folge, welche nicht verschwiegen
blieben und zu mannichfaltigen Besprechungen Veranlassung
würden, die der Anstalt selbst Gefahr brachten. Im Provinzial-Schulcollegium leitete sie der geheime Regierungsrath
Stubenrauch. Es war natürlich, dass das dabei interessirte
Publicum viel darüber auch in den Zeitungen redete und oft
ganz Falsches verbreitete. Das Alumnat wurde fortwährend,
wie früher, gesucht und mit Anmeldungen neuer Zöglinge
überhäuft. Die Frequenz des Gymnasiums aber nahm von Semester zu Semester ab, weil man annnahm, dass die Schüler
dort ihren Schulcursus nicht würden beenden können. Schon
zu Michaelis 1852 wurden 40 Schüler weniger als sonst aufgenommen, und eben so geschah es zu Ostern 1853, so dass
die Frequenz in auffallender Weise sank. Meineke fürchtete
ein allmähliches Absterben des Gymnasiums, bis es — so
fügt er in einem Briefe vom dritten April 1853 an Horkel
hinzu — „nach einigen Jahren in eine angemessene Localität
verpflanzt, hoffentlich wie ein Phönix aus der Asche erstehen
wird, vorausgesetzt, dass nach wie vor für ein tüchtiges

Lehrercollegium gesorgt wird." Aber ruhig ein solches Sinken und Absterben mit anzusehn, war ihm unmöglich: er hatte denn auch die Freude, dass allmählich das Vertrauen auf das Bestehen der Anstalt wieder zurückkehrte und die Abnahme der Schülerzahl wieder aufhörte, wie denn zuletzt alle diese Pläne scheiterten und das Joachimsthal in seiner Integrität erhalten wurde.

Es war Meineke erfreulich, wie sich das Lehrercollegium diesen Ereignissen gegenüber benahm. „Uebrigens," sagt er, „herrscht in dem Lehrercollegium zwar eine Verstimmung über die Ungewissheit der Verhältnisse, zugleich aber auch von oben bis unten der festeste Entschluss, mit unwandelbarer Rüstigkeit bis zum letzten Augenblick fortzuarbeiten, wenn auch alle Schüler allmählich das Gymnasium bis auf die Alumnen verlassen sollten".

So konnte Meineke auch in seinen letzten Amtsjahren sich seines Werkes freuen und von seinen Collegen treu unterstützt sich in seiner Thätigkeit wohl fühlen. Bereitwillig waren Alle, für ihren Director einzutreten und seine Stunden zu übernehmen. Als er im Jahre 1817 das Directorat des Danziger Gymnasiums übernahm, gab er zwei volle Jahre hindurch wöchentlich 27 Stunden, und das hatte die besten Erfolge, weil es in sämmtlichen Collegen einen ungemeinen Eifer erregte und Alle zu Anstrengungen begeisterte. Jetzt nach fast 40 Jahren sah er sich gezwungen, Correcturen ganz aufzugeben und mit wenigen Stunden zufrieden zu sein, freute sich aber des gleichen Ernstes seiner Collegen, und fühlte sich durch ihre Leistungen völlig befriedigt. Auch der Minister v. Raumer kam persönlich mit dem Geheimen Rathe Wiese, besuchte die Stunden und nahm von Allem Kenntniss, was die Anstalt betraf. Dass er sich sehr freundlich äusserte und „in liebenswürdiger Weise" das Gedeihen günstig beurtheilte, machte ihm Freude.

Die nun herantretenden Krankheiten, welche Meineke das Gehen erschwerten und zu Hause, ja im Zimmer zu sitzen nöthigten, wirkten, wie sich von selbst versteht, auf ihn

selbst am schmerzlichsten zurück. Allmählich wurde er
matter und konnte seinen Unterricht nicht mit der frühern
Frische und Energie ertheilen, seine Leistungen wurden geringer. Dessungeachtet blieb seine Autorität im Gymnasium
unter Lehrern und Schülern, wie im gesammten Publicum
unversehrt. Noch immer war er der alte Meineke, der die
Herzen zu fesseln, den Geist zu heben, Leben zu erzeugen
vermochte, sobald die Schmerzen gewichen waren.

— — . —— —

Die pädagogisch-schulmännische Wirksamkeit Meineke's,
die wir bisher in ihren Hauptzügen darzustellen gesucht haben, sein amtlicher Beruf zog seine besten Kräfte aus den
immer mit voller Hingabe gehegten und gepflegten Privat-
studien und gelehrten Arbeiten, die er im grössten Umfang
fortzuführen nicht umhin konnte. Schule und Wissenschaft
sind die Schwingen, auf denen sich sein Genius erhob; gelernt und gelehrt hat er seit Schulpforte ununterbrochen; zu
beiden Thätigkeiten wohnte ihm ein so ursprüngliches Talent bei, dass das erste Jünglingsalter schon aus diesem doppelten Streben seine beste Nahrung und Erquickung ent-
lehnte. Philologie auf dem Katheder und durch gelehrte
Schriften in Deutschland emporzubringen, ist der einheitliche
Gedanke, der ihn zu rastloser Arbeit bis zum achtzigsten
Lebensjahre begeisterte. Dass er dabei dem Gymnasium treu
blieb, erinnert an Franz Passow, der in seinen vertrauten
Briefen bestimmt ausspricht, dass seine tiefste Neigung zum
Gymnasiallehramt, nicht zur Universitätswirksamkeit dränge.
Aber mitten im Gymnasialleben hat Meineke die gelehrten
Arbeiten zu fördern gewusst: er hatte die Süssigkeit des
Forschens zu tief und erfolgreich gekostet, als dass er es
hätte aufgeben und verlassen sollen. Auch gehört es zu
seinen Lebensgrundsätzen, dass der rechte Gymnasiallehrer
die Verpflichtung hat, mit allem Eifer jede ruhige Stunde,
die von amtlichen Geschäften frei ist, für das eigne Lernen
und Fortschreiten zu benutzen. Darin stimmte er mit Dr. Joh.

Schulze überein, dem ein Schulamt nur für Broterwerb und mit lässigem Aufgeben edlen Weiterstrebens ein Gräuel war. Klagte er doch in seinen späteren Lebensjahren, dass er die jüngern Lehrer nicht wie sonst, im Umgang mit Büchern, in Buchhandlungen und Antiquariaten finde, sondern sie im Privatunterricht ihre schönste Zeit hinbringen und ihre Kräfte für Gelderwerb verzehren sehe. Meineke hat nie aufgehört, in demselben Sinne auf die jüngeren Collegen einzuwirken und ist ihnen darin mit dem besten Beispiel vorangegangen.

Leichter war ihm dies in Danzig geworden, als in der ungleich umfangreicheren Amtsbeschäftigung zu Berlin. Er hat sich selbst darüber ausgesprochen: „*Erat tum ea temporum meorum opportunitas, ut quamvis magnum opus et in varias antiquitatis partes diffusum inter quinquennium rite absolvi posse confiderem. At vero quum iam in digerenda, quam undique collegissem, materia occupatus essem, eae subito rerum mearum vicissitudines inciderunt, quae me in proposito opere mirifice retardarent. Nam quum Gedani, quae mihi quasi adoptiva patria fuit, inter iucundissimas publici muneris occupationes satis otii ad haec studia colenda et doctrinam augendam mihi concessum fuisset, mox Berolinum vocatus et publicarum et privatarum curarum quasi aestu quodam adeo me iactatum sensi, ut satis mihi beatus viderer, si subinde velut furtivas horas gravioribus negotiis ereptas coepto operi impendere liceret. Itaque lente quidem nec sine magnis quibusdam commentandi intermissionibus, at progrediendo tamen eo perventa res est, ut vetus illud meum consilium iam tandem ad effectum adducere liceat.*" (*Praef. ad Fragm. Com. Graec.*) In solchen Worten spricht er seine Freude an der schulmännischen Arbeit und das Bewusstsein von der Wichtigkeit derselben nicht minder schön aus, als den Werth, den er seinen gelehrten Arbeiten zuschrieb.

Meineke's Jugend fällt in die Zeit, in welcher die classische Philologie in Deutschland zu neuem Leben erwacht war. Lessing, Winckelmann, Heyne, Friedrich Aug. Wolf hatten den Grund gelegt, grossartig und umfangreich, sachlich zugleich und sprachlich ein neues Gebäude aufzuführen begonnen, und das gesammte Leben des Alterthums zu umfassen, zu durchdringen, lebendig darzustellen als die grosse, jetzt zu lösende Aufgabe hingestellt und selbst Hand angelegt, sie durchzuführen. Keine Nation der Erde kann in diesem Jahrhundert genannt werden, welche die Deutschen in Beziehung auf die Alterthumsstudien übertroffen oder sich gleiche Verdienste um dieselben erworben hätte. Was die Reformation im sechzehnten Jahrhundert schon begonnen hatte, wurde in der zweiten Hälfte des achtzehnten und in der ersten des neunzehnten Jahrhunderts im umfassendsten Sinne wieder aufgenommen und in Schule und Universität eingeführt. Dichter, Staatsmänner, Geschäftsleute nahmen Antheil. Die Grösse und der Umfang der Aufgabe machte Arbeitstheilung unbedingt nothwendig. Gottfried Hermann in Leipzig vertrat Sprache und Kritik als die unentbehrliche Bedingung jeder gedeihlichen Bemühung auf dem Gebiete der Alterthumsstudien, Böckh in Berlin Leben und Geschichte der Griechen und Römer, beide Exegese der erhaltenen Ueberreste der Kunst und Literatur. Streitigkeiten zwischen den Vertretern beider Richtungen sind vergessen: der Einblick in die wetteifernden, unendlich ausgedehnten, reichen Bemühungen und in die herrlichen Erfolge, welche errungen wurden, bietet der gesammten Nation für alle Zeiten eine mächtige Aufforderung, fortzufahren und neue Lorbeeren zu erringen.

Meineke hat niemals mitgestritten, immer mitgearbeitet. Aus Ilgen's und Hermann's Schule hervorgegangen war er vorzugsweise und einseitig auf Kritik im umfassendsten Sinne gerichtet, und was er als Schüler und Student begonnen, setzte er als Mann lediglich fort, ein Beispiel von früher Reife, wie es selten vorkommt. Niemand kann leugnen, dass die Herstellung des Textes der Autoren Rom's und Griechenlands, soweit sie nur irgend möglich ist, versucht werden muss, und dass ohne diese Basis weder ein genügendes Verständniss, noch eine Benutzung derselben für andere Zwecke möglich ist. Das Aechte muss vom Unächten geschieden, falsche Namen müssen von den Werken, die bisher mit ihnen bezeichnet wurden, abgetrennt, sorgfältige Prüfung jedes Einzelnen, was aus dem Alterthum auf uns gekommen ist, muss unternommen werden. Davon durchdrungen hat Meineke alle Anstrengungen gemacht, um Bleibendes in das Leben zu rufen: ausgerüstet mit gründlicher Sprachgelehrsamkeit und Sachkenntniss, mit den ältesten und ausgezeichnetsten Werken, wie mit den spätesten Erscheinungen namentlich der hellenischen Literatur genau bekannt, selbst poetisch angeregt und mit Gefühl und Geschmack für ächte Dichtung begabt, hat er namentlich da, wo er zur innigsten Vertrautheit mit dem einzelnen Autor durchgedrungen ist, viel Wichtiges geleistet, und sich und Andere vor Uebermass und zu grosser Selbstschätzung bewahrt.

Im Zusammenhang mit dieser kritischen Arbeit steht die Aufgabe, welche sich Meineke für seine Studien mit Vorliebe gewählt hat, die Sammlung der Ueberreste der Dichter und Dichterwerke, welche verloren gegangen sind und nur hier und da angeführt werden. R. Bentley hatte, wie für Kritik, so für Sammlung der Bruchstücke der Classiker, Anregung und das grosse Muster gegeben. Was jener für Menander und Philemon geleistet hatte, fortzusetzen und für die ganze attische Komödie zu vollenden, ist Meineke's in der Jugend gefasster, im Mannesalter durchgeführter Plan gewesen. Durch solche Sammlungen wird erst eine gründliche Geschichte hellenischer Poesie und Literatur möglich: diese literarische Tendenz hat Meineke mit der ganzen Fülle seiner Belesenheit verfolgt und sich damit ein Verdienst erworben, dessen niemals vergessen werden kann. Uebung der Kritik ist mit keinem Geschäfte der Philologie so unabänderlich als mit diesem verbunden. Gerade hier hat er sie am glücklichsten geübt und oft aus ganz unlösbaren Schwierigkeiten einen Ausweg gefunden und gezeigt.

Nichts ist günstiger für einen Gelehrten, als wenn er sich in früher Jugend einen wichtigen Gegenstand wählt, dessen Bearbeitung sein Leben beschäftigen soll, und dann mit allen seinen geistigen Kräften den gefassten Plan consequent durchführt. Dieser Vorzug ist Meineke zu Theil geworden, und es ist ihm bei längerem Leben gelungen, sein Werk zu Ende zu bringen, nicht ohne Ueberwindung von grossen Hemmnissen und Schwierigkeiten, welche sich ihm dabei entgegenstellten. Weder ein ungünstiger Gesundheitszustand, noch ein weit ausgedehntes, ihm werthes Amtsleben, noch andere mannichfache Umstände, welche von anderer Seite hindernd entgegentraten, haben es vermocht, die Lebensaufgabe, welche seinen Namen in der gelehrten Welt zu erhalten bestimmt war, dauernd zu hindern.

Es handelte sich um die Leistungen Athens auf einem seiner eigenthümlichsten Gebiete, welches nirgend weiter in der Welt in ähnlicher Weise hervorgetreten ist, dem der komischen Poesie. Rich. Bentley hatte einst den Grund dazu gelegt: in seinem Geiste fortzufahren und das grossartig Begonnene zu vollenden, war Meineke's Entschluss, der seine jugendliche Seele mit Begeisterung erfüllte und zu den grössten Anstrengungen und umfassendsten Arbeiten forttrieb; von den ersten dunkeln Anfängen wollte er beginnen, die Entwickelung der drei Stufen der alten, mittlern und neuen Komödie klar darstellen und bis in jene Zeit hinabsteigen, wo nach Alexander dem Grossen allmählich die letzten Spuren verschwinden. Die Anfänge dieser Arbeiten Meineke's, die er von Danzig aus an das Licht treten liess, haben wir bereits kennen gelernt: es bürgte für den guten Erfolg des Ganzen, dass er sich zuerst mit der neuen Komödie eingehend beschäftigte, wo es ihm gerade möglich war, sich auf Bentley zu stützen, in dessen Werkstatt einen tiefen Blick zu thun, und dadurch klar zu erkennen, welche Schätze an Gelehrsamkeit, welche umfassende Belesenheit, welche umfangreiche und gründliche Studien, welche Einsicht und Klarheit des Urtheils erfordert werden, um etwas Brauchbares hervorzurufen, und nicht hinter dem grossen Meister zu weit zurückzubleiben. Das gesammte Alterthum musste durchforscht, auch die entlegensten

Theile der griechischen Literatur bis in die spätesten Zeiten hin in den Gesichtskreis gezogen, Sammelwerke der eigenthümlichsten Art, geistlos verfasst, mit einem Wust von Notizen, in denen Goldkörner sich zerstreut vorfinden, erfüllt, mit kritischem Auge durchmustert werden. Nicht ein Schritt konnte mit Erfolg ohne ächte Sprachkenntniss, ohne tiefe Einsicht in die Metrik, ohne geniale Geisteskraft, welche im scheinbar Unbedeutendsten den verborgenen Kern zu entdecken weiss und aus missverstandenen, unklaren, oft der gesunden Vernunft widersprechenden Angaben, die zu Grunde liegende Wahrheit ahnend wiederherstellt, kurz ohne solche Geistesgaben gethan werden, wie sie Bentley immer und vorzugsweise in diesen Studien bewährt hatte. Ja als eigentliches Vorbild für die zu machenden Forderungen ist kein Geringerer, als Aristoteles zu nennen, der diesen Theil der Poesie selbst sich zur Forschung ausgewählt, und in einzelnen Aeusserungen überall allein den rechten Weg gewiesen hat.

Die Vorarbeiten hatte Meineke in Danzig zum grössten Theile beendigt; die erste Darstellung seiner Geschichte der komischen Poesie in Athen veröffentlichte er nach seiner Ankunft in Berlin in drei Programmen, welche 1826, 1827 und 1830 erschienen; die zweite, völlig umgearbeitete fing er 1838 an drucken zu lassen; 1839 erschien der erste Band, der die historische Entwickelung enthielt, und noch in demselben Jahre der zweite Band, der den ersten Theil der Fragmentensammlung umfasste, 1840 die zweite Abtheilung der Fragmente der alten Komödie. Die Aristophanischen Fragmente hatte Meineke nicht hinzufügen wollen; der Vollständigkeit der Arbeit wegen änderte er den Entschluss und übergab diesen Theil der Arbeit seinem Bergk. In demselben Jahre (1840) erschien auch der dritte Band mit den Fragmenten der mittlern Komödie; 1841 sodann der vierte mit denen der neuen, nebst den Fragmenten, deren Zeit sich unbestimmbar zeigte, und denen der ungenannten Dichter. Der fünfte Band war noch übrig, welcher *Addenda et Corrigenda* und umfassende *Indices* enthalten sollte. Die Ausar-

beitung derselben, da er sich selbst danach sehnte „*optatam me-*
tam attingere et respirare tandem a diutino labore", übergab er
Dr. Jacobi, der diese Arbeit bis zum Ende des Jahres 1842 zu
vollenden hoffte. Heinrich Jacobi aber zögerte und bedurfte
voller fünfzehn Jahre zum Abschluss aller der grossen und
schweren Arbeiten, welche damit verbunden waren. Erst im
Jahre 1857, in welchem auch Meineke's Schulthätigkeit endete,
erschienen die zwei Abtheilungen des fünften Bandes, nicht
ohne mannichfachen Vortheil für das Ganze, da Jacobi mit
grossem Fleisse dahin strebte, dass der Abschluss nach allen
Seiten hin ein völlig würdiger sein möchte.

Meineke aber wurde sehr ungeduldig: er hatte seine
eignen *Addenda* und *Corrigenda* schon im Jahre 1844 drucken
lassen, die nun erst 1857, als ein Haupttheil des Werkes,
mit Jacobi's eignen Zusätzen herauskamen. Die Zwischenzeit
benutzte Meineke zugleich, um eine kleinere Ausgabe der
Fragmente herauszugeben, welche wohlfeil sein und das Ganze
in brauchbarster Kürze umfassen sollte. Diese ist als eine der
reifsten Arbeiten Meineke's anzusehen und erschien im Jahre
1847. Auch um dieses Buch hat sich, wie Meineke in der
Vorrede bekennt, Jacobi ein Verdienst erworben; auch äusser-
lich war es trefflich ausgestattet.

So war ein Werk vollbracht, welches niemals seinen
Werth verlieren wird, und besonders deswegen von der grössten Wichtigkeit ist, weil es in Deutschland und überall, wo
philologische Studien getrieben werden, ungemein zu diesen
Arbeiten angeregt, eine grosse Wirkung gehabt hat und für
alle Zeiten eine kräftige Grundlage für künftigen weitern
Ausbau dieses Theils der Gelehrsamkeit geworden ist. Es
gehört ohne Zweifel zu den hervorragenden Werken der
deutschen Philologie.

Doch dürfen wir nicht übergehen, was etwa gegen die
höhere Vollendung desselben angeführt werden kann. Meineke pflegte sehr rasch zu arbeiten: dies entsprang aus seiner
Eigenthümlichkeit und hat am meisten dazu geführt, dass
seine Leistungen so rasch aufeinander folgen und so umfang-

reich sind. Daraus erwuchs aber auch die Nothwendigkeit von Zusätzen und Verbesserungen am Schluss seiner Bücher und in den vorausgeschickten Vorreden. Er bekennt selbst öfter, dass er „*urgente plerumque tempore*" drucken liess und beruft sich auf das „*dies diem docet*", z. B. *Fragm. com. ed. minor praef. p. XI*, was gewiss, namentlich bei kritischen Arbeiten, anerkannt werden muss, wo jeder neue Erfolg weiter führt und zu ferneren Fortschritten Veranlassung giebt, aber doch über die Mühe nicht hinweghebt, die das Vergleichen der Zusätze und Nachträge zu den Zusätzen mit sich bringt. Interessant und lesenswerth sind alle, und wenn auch ein Zeichen des Mangels an Abschluss und Vollendung, doch zugleich ein Zeugniss von dem rastlosen Vorwärtsstreben, gleichsam dem Wetteifer des Verfassers nicht blos mit andern Gelehrten, sondern auch mit sich selbst, und von seiner Wahrheitsliebe.

Wie Buttmann von sich sagte, dass er sich nicht gescheut habe, vor den Augen des Publicums griechisch zu lernen: so hat Meineke nicht verschmäht, was er zu geben hatte, sofort mitzutheilen, und sich spätere, eigene Aenderung und Widerrufung vorzubehalten. Jetzt kann man sich das stufenweise Fortschreiten Meineke's leicht klar machen. Ein recht einleuchtendes Beispiel davon ergiebt die Vergleichung des Werkes über Euphorion, welches er 1822 herausgab, mit dem, was er 1843 in den *Analecta Alexandrina* vorlegte. Inhalt und Form sind vollendeter geworden. Aehnliche Vergleichungspuncte gewähren viele andere Abhandlungen. Anfangs ist Meineke von dem Fehler mancher Philologen damaliger Zeit nicht frei gewesen, Vieles beizubringen, was nicht zur eigentlichen Frage gehört, sondern der Sache, der es gilt, fremdartig ist. Er stellt sich jetzt erst die unumgängliche Forderung, Alles zu beseitigen, was nicht die vorliegende Frage erheischt. Doch ist dies mehr richtige Theorie, als Praxis geblieben.

Wichtiger als dies mehr formelle Gesetz, welches Meineke sich giebt, ist ein anderes, das mehr die eigentliche kritische

Methode betrifft, wenn er *(praef. ad Fragm. com. ed. minor
p. IV)* sagt: „*in poetarum deinde oratione conformanda ea
valebat lex et ratio, ut nihil admitteretur nisi quod simplex
planum perspicuum elegans esset et singulorum ingenio antiquo
conveniret; procul habenda omnia quae coniectandi pruritum
libidinemve, non sobrium subactumque iudicium prae se fer-
rent*", wodurch er sich selbst vor Uebereilung und Willkür
schützt.

Ausser dem Hauptwerke ist aber Meineke's Thätigkeit
auf viele andere Aufgaben theils durch die Fragmentensammlung, theils durch andere Einflüsse geführt worden, die seinen ganz ausserordentlichen Fleiss und seine Arbeitskraft
vor Augen legen. Von solchen Richtungen ganz unabhängig,
vielmehr wie Lachmann und Bekker, aus Verehrung gegen Niebuhr, s. Hertz, Carl Lachmann S. 125, entschloss er sich 1835
an dem *corpus scriptorum Byzantinorum* mitzuarbeiten und
gab 1836 *Joannes Cinnamus, epitome rerum a Joanne et
Alexio Comneno gestarum* nach einem *cod. Vatic.* heraus, ver-
besserte auch die beigefügte lateinische Uebersetzung; ferner
Nicephori Bryennii commentarii, wo aber die ganz fehler-
hafte Uebersetzung unberührt blieb. Mehr leistete er im
*Delectus poetarum Anthologiae Graecae cum annotatione cri-
tica, Berolini* 1842, welche er Jacobs widmete, *Anthologiae
Graecae sospitatori celeberrimo.* G. Hermann rühmt, Wiener
Jahrbücher, Bd. XIV, S. 225 ff. Meineke's Gelehrsamkeit,
Scharfsinn und Geschmack. Die *Analecta Alexandrina* 1843 sind
bereits erwähnt. Neue Studien zu Athenäus, *Philologicae
Exercitationes in Athenaei Deipnosophistas*, gab er 1843 und
1846 in Programmen heraus. Die Entdeckung des Babrius
führte Meineke zu einer zusammenfassenden Erklärung der
vorhandenen Reste der choliambischen Poesie, welche in dem
Buche erschien *Babrii fabulae et ceterorum poetarum Choli-
ambi ed. C. Lachmann et A. Meineke, Berol.* 1845, s. Hertz,
Lachmann, S. 136 ff. Auch den Geographen hat sich Meineke
durch Herstellung eines ächten Textes sehr nützlich erwiesen. Die erste Arbeit dieser Art erschien 1846, *Scymni Chii*

periegesis et Dionysii descriptio Graeciae, 1846. Den Namen
Scymnus hielt er nicht für richtiger, als den des Marcion von
Heraclea und behielt ihn nur der Gewohnheit gemäss bei;
den zweiten Namen verdankte er Lehrs, dem auch das Buch
gewidmet ist. Zum Grunde liegt für beide Werke: *Frag-
ments des poëmes géographiques de Scymne de Chic et du faux
Dicéarque, Paris* 1840, und die Ausgabe des Scymnus von
Fabricius, Lips. 1846.

Ungleich wichtiger ist die zweite derartige Arbeit: *Ste-
phani Byzantini quae supersunt, Berol.* 1849 *vol. I*, die aber
unvollendet geblieben ist. Weder ist der verheissene zweite
Theil erschienen, noch sind bis jetzt die Vorarbeiten dazu im
Nachlass aufgefunden worden. Zuletzt entschloss er sich den
wichtigsten der alten Geographen, Strabo, herauszugeben und
vollendete diese wichtige Arbeit in den Jahren 1852 und
1853. Dies Buch ist Meineke's Freunde, dem Director Fr.
Kramer gewidmet, der ihm unmittelbar vorangegangen war
und die Möglichkeit gewährte, etwas Bedeutendes zu leisten.
Kramer hatte den besten Codex mit der grössten Sorgfalt
verglichen, ein wichtiges Excerpt des Buches im Vatican ent-
deckt und mit angestrengtestem Fleiss dahin gestrebt, eine
sichere Grundlage für eine künftige Ausgabe zu schaffen.
Mit voller Anerkennung der Verdienste Kramer's, aber in
der Ueberzeugung, dass Strabo's Text in ganz ausserordentlicher Weise verderbt sei und nur durch eine Vereinigung
Vieler seiner Wiederherstellung entgegengeführt werden
könne, schritt auch er zum Werke, gab zuerst „*Vindiciarum
Strabonis liber* 1852 heraus und liess dann eine eigene Ausgabe folgen, welche 1853 in drei Bänden erschien; und auch
Kramer hat, wie die übrigen Gelehrten, Meineke's Ausgabe
als Ergänzung und Fortsetzung seiner eigenen Leistungen
gern anerkannt. Im Zusammenhang mit den Studien über
die Komödie, gab Meineke auch den Rhetor Alciphron 1853
heraus. Schon früh hatte er wegen seiner Bedeutung für das
Verständniss der Komiker auf ihn seine Studien gerichtet
und bereits in der Ausgabe der Fragmente Menander's und

Philemon's einige Briefe aufgenommen. Sobald daher Seiler 1853 seine Ausgabe mit gelehrtem Apparat herausgegeben hatte, folgte ihm Meineke und erreichte den Zweck, dass viele Zeitgenossen an der Weiterführung des Werkes mit Eifer Theil nahmen: Seiler selbst gab schon 1856 eine zweite Ausgabe heraus.

Ungleich mehr gehörte zu den Quellen, aus denen Meineke für sein Hauptwerk zu schöpfen hatte: Johannes Stobäus, über welchen Fr. Jacobs in Gotha *Lectiones Stobenses* 1827 veröffentlichte, die er Meineke mit einer *epistola* widmete. Als sich der Buchhändler Teubner mit der Bitte um eine Ausgabe des Florilegium an ihn wandte, war Gaisford's Ausgabe mit ausführlichem Apparat schon vor längerer Zeit erschienen, 1822—1825, die er für Teubner's Zwecke benutzte. Der *discrepantia lectionis* in den einzelnen Bänden folgen im vierten Bande der Ausgabe, die er im März 1857 schloss, *Addenda et Corrigenda*; auch hier nahm er für sich nur einige Förderung der Sache, nicht Vollendung in Anspruch, welche bei der grossen Fehlerhaftigkeit der Handschriften geradehin unmöglich erschien. Auch Freunde, wie Moritz Haupt, haben ihn bei dieser Arbeit unterstützt.

Mit den griechischen Bukolikern und mit Horatius hat sich Meineke sein ganzes Leben hindurch beschäftigt. Theokrit, Bion und Moschus erschienen von seiner Hand zuerst 1825 bei Teubner, sodann 1836 in Berlin, endlich ebendaselbst 1856. Die bedeutendste Ausgabe ist die letztere, deren Text und Anmerkungen schon 1855 gedruckt waren, aber in das Publicum noch nicht kommen konnten, weil Joh. Spiro übernommen hatte, ein Wörterverzeichniss hinzuzufügen. Indess erschien 1855 der erste Band von Ahrens' Ausgabe, um derenwillen Meineke ein *supplementum annotationis* hinzufügte, in welches er mit entschiedener Anerkennung das Bedeutendste, was Ahrens geleistet hatte, aufnahm. Die Vergleichung der ersten und letzten Ausgabe Meineke's zeigt den grossen Fortschritt seiner kritischen Tüchtigkeit in hohem Grade, wobei er nicht verschweigt, wie sehr ihn die jüngsten Arbeiten der Engländer und Deutschen gefördert haben.

In der lateinischen Literatur hat er nur für Horatius gearbeitet, dessen *interpretatio familiaris* in der Schule ihn immer von neuem zum Durchdenken dieser Aufgabe veranlasste. In der Lebensperiode, von welcher wir hier reden, gab er ihn zweimal heraus, zuerst 1834, dann 1854, während Einzelnes in verschiedenen Zeitschriften, im Philologus und der Zeitschrift für Alterthumskunde besprochen wurde. Für die zweite Ausgabe wurde so grosse Sorgfalt auf den Druck gewendet, dass nur ein Druckfehler sich eingeschlichen hatte. Hier erklärt er sich mit der grössten Entschiedenheit für Peerlkamp, *„quem virum ego post Bentleium omnium praeclarissime de Horatio meritum esse profiteri non dubito,"* *praef. p. XLIV*, dessen Verfahren später von Gruppe und Lehrs weit überboten wurde, nicht ohne dass Meineke ihnen mündlich oder schriftlich seinen Beifall zu erkennen gab.

Alle seine kleineren Arbeiten aus dieser Zeit, welche im Auftrag der Academie gedruckt oder in verschiedenen Zeitschriften mitgetheilt sind, hat er selbst in kurzer Zusammenstellung im Danziger Programm für 1858, S. 34 aufgeführt. Sie geben sämmtlich Zeugniss von dem grossen Umfange seiner Studien und seinem eisernen Fleisse, und tragen alle den Stempel seines Geistes.

So hat Meineke zugleich sein Schulamt und seine schriftstellerischen Lebensaufgaben fortgeführt, und sich in rastloser Arbeit entwickelt, wie es der Gang seines Lebens begründet hatte, in seltenem Zusammenhange der eigenen Studien mit dem Berufe. Der Erfolg, den er auf beiden Gebieten erlangte, ist um so bewundernswerther, als er stets mit einem kränklichen Körper zu kämpfen hatte, dessen Leiden vielleicht zum Theil auf seine Wohnung im Gymnasialgebäude geschoben werden müssen, die im Parterre gelegen seinem Gesundheitszustande sicher nicht günstig gewesen ist. Anfällen gichtischer und rheumatischer Art war er ausgesetzt, welche immer von neuem auftraten und mit einer Schlaflosigkeit verbunden waren, die grosse Beschwerden herbeiführte. Der mehrmalige Gebrauch der Heilquellen von Teplitz gewährte keine erhebliche Milderung. In dem vierten Quartal des Jahres 1854 litt er ununterbrochen am Podagra und sah sich genöthigt, die Primaner, mit denen er die Medea las, auf sein eignes Zimmer kommen zu lassen, wofür sie ihm mit dem angestrengtesten Fleisse lohnten. Das Jahr 1855 begann nicht besser; der Mai aber führte gar eine Lungenentzündung herbei und zugleich einen Karbunkel; die Lebensgefahr war nicht zu verkennen. Die Wunde war an der rechten Seite der Brust etwas über der zweiten Rippe, blieb lange in Eiterung und war von seltenem Umfange. Im Juni begab er sich nach Teplitz und traf dort zur grössten Freude mit seiner Schwester Caroline zusammen; erst allmählich erstarkten die Kräfte und kehrte ein höherer Grad von Freudigkeit des Gemüths und frische Lebenslust zurück, wozu die Gesellschaft der geliebten Schwester ausserordentlich viel beitrug. Er konnte sogar an den Anmerkungen zum Theokrit arbeiten, dessen Text bereits gedruckt vor ihm lag. Ueber Dresden, wo er eine Zeit lang im Link'schen Bade weilte, kehrte er sehr gestärkt und voll guter Hoffnung in sein Haus zurück.

Das Jahr 1856 nahm zuerst einen günstigen Verlauf, aber heftige Wallungen des Blutes und Congestionen nach Herz und Kopf erneuerten die Schlaflosigkeit und ein nervöser Rückenschmerz trat hinzu; auch eine gichtische Disposition im rechten Beine hinderte am gewohnten Spazierengehn. Alles dies musste den Wunsch in ihm rege machen, von seinem Amte frei zu werden. Immer mehr überzeugte er sich, dass sein Amt einer von kräftiger Hand geführten, einheitlichen Leitung bedürfe.

Am zweiten September 1856 trug er dies dem Königlichen Provinzial-Schulcollegium vor und erklärte seinen Wunsch nach dem Ablauf des zweiten Quartals, also zu derselben

Zeit im Anfang des Juli zurückzutreten, wo er 31 Jahre zuvor sein Amt in Berlin übernommen hatte. Wir dürfen
wohl die Worte wiederholen, mit denen er sein Gesuch
schloss. „Von den mannichfaltigsten Gefühlen bewegt stehe
ich am Ziel einer langjährigen Laufbahn. Ich bin voll des
Dankes gegen Gott, dessen unendliche Güte mich durch gute
und böse Zeiten gnädiglich geleitet hat; ich bin voll des
Dankes gegen meine Oberen für das Wohlwollen und Vertrauen, mit dem mich dieselben beehrt haben: aber ich
empfinde auch lebhaft, dass ich viel geirrt, viel gefehlt habe.
Allein wie sehr ich auch mit dem Gefühl tiefer Beschämung
hierauf zurückblicke, so überlasse ich mich doch der freudigen
Hoffnung, dass meine hohen Vorgesetzten mir bei meinem Ausscheiden aus dem Amte ihre Theilnahme nicht versagen werden".

Wie er gemeint hatte, so geschah es: die Behörden dach-
ten an sein baldiges Ausscheiden aus dem Amte mit tiefem
Schmerz und herzlichster Theilnahme. Gern hätten sie Schritte
gethan, ihn zu halten, wenn nicht die Gesundheitsverhält-
nisse, auf welche sein Gesuch sich stützte, ein entscheiden-
des Gewicht in die Wagschale gelegt hätten. Mit offener
Aeusserung dieser Empfindungen hielten sie eben so wenig
zurück, wie mit der vollsten Anerkennung seiner ausserordentlichen Verdienste, und bewährten den Ernst dieser Gesinnung dadurch, dass sie unweigerlich und ohne Zögern auf
seine sämmtlichen Wünsche eingingen. So wurde sein Ruhe-
gehalt und der Termin seiner Entlassung ganz nach den von
ihm selbst ausgegangenen Anträgen festgesetzt und von Sr.
Majestät dem König huldreich genehmigt. Alle stimmten
darin überein, dass, weil das Zurückhalten im Amte sein
Leben mit Gefahr bedroht haben würde, der schwer zu er-
setzende Verlust ertragen werden müsse.

Wie bei den vorgesetzten Behörden, so auch im Publicum
und bei Collegen und Freunden erregte Meineke's Ausscheiden
Schmerz und Theilnahme, welche sich in den letzten Tagen
seines dortigen Aufenthalts in der rührendsten Weise aus-
sprachen.

9 *

Sinnig bezeichneten diese Empfindungen die ehemaligen
Schüler der Anstalt. Sie liessen durch den Maler Oscar
Begas ein Oelbild ihres geliebten und verehrten Directors —
Kniestück in Lebensgrösse, — anfertigen. Der treffliche Künst-
ler löste seine Aufgabe so, dass er die Wünsche Aller befrie-
digte. Es sollte Meineke bei seinem Abgange als Geschenk
mit der Bestimmung übergeben werden, dass es als bleibendes Andenken der Anstalt als Eigenthum angehöre und im
Betsaale derselben, als an dem geeignetsten Orte, aufgestellt
werde. Mit einem Goldrahmen ausgestattet ist es $3^1/_2'$
breit und $4'$ hoch; es ist ein schönes Zeichen der Liebe,
Dankbarkeit und Verehrung für alle Zeiten. Zugleich wurde
es nach dem Wunsche der Geber durch Lithographie ver-
vielfältigt und so in vieler Verehrer Hände gebracht. Es
trägt die Unterschrift von Meineke's eigner Hand:

Οὐκ ἔστι κάλλος οἷον ἀλήϑει᾽ ἔχει,

womit er die Wahrheit, als die schönste der menschlichen
Bestrebungen bezeichnet, der er das ganze Leben hindurch
gehuldigt hat.

Für die letzten Juniwochen erbat er sich und erhielt er
Urlaub. Am 6. Juni in den Frühstunden erschienen die
Schüler des Gymnasiums mit feierlichem Gesang, indem sie
den Anfang des Liedes: „In allen meinen Thaten“ und den
Psalm vortrugen: „Der Herr ist mein Hirte“. Sie überreichten zugleich eine lateinische Ode, welche der *primus
omnium* verfasst hatte, und das *Etymologicum magnum* von
Gaisford, endlich grosse Abgüsse der Euterpe und Poly-
hymnia, welche der Kunsthändler Eichler nach Antiken hatte
anfertigen lassen. Die Familie hat letztere nach dem Tode
Meineke's der Bibliothek des Joachimsthals übergeben, wo
sie bereits aufgestellt sind.

Um zehn Uhr versammelten sich sämmtliche Lehrer und
Schüler der Anstalt im Hörsaale und Meineke hielt folgende
Abschiedsrede:

„Geliebte Schüler!

Es ist Euch nicht unbekannt, in welcher Absicht ich Euch in dieser Stunde um mich versammelt habe. Ich stehe zum letzten Male in Eurer Mitte, um Euch Lebewohl zu sagen. Aber es ist mir unmöglich aus dem Kreise einer vieljährigen Thätigkeit zu scheiden, in dem ich die zweite und gerade die schätzbarste Hälfte des mir bisher von Gott geschenkten Lebens in Thätigkeit für die Ausbildung der Jugend zubrachte, ohne vorher noch einmal, wenn auch nur einen flüchtigen Blick auf den Pfad zu werfen, den ich unter göttlichem Beistande zurückgelegt habe. Es mag in manchem Falle von Anmassung und Eigendünkel zeugen, sich selbst zum Gegenstande der Rede zu machen; in derjenigen Lage aber, in welcher ich mich befinde, erscheint mir dies erlaubt und natürlich.

Als ich vor 31 Jahren mein hiesiges Amt antrat und die Leitung dieser berühmten Lehr- und Erziehungsanstalt übernahm, stand ich in dem Frühlinge des Lebens, ein brennender Eifer erfüllte mein Herz und die feurigsten Vorsätze belebten mich, im Verein mit meinen Amtsgenossen alle meine Kräfte der geistigen und sittlichen Ausbildung der uns anvertrauten Jugend zu widmen und auf gleiche Weise nach beiden Seiten hin auch meine eigene Weiterbildung zu fördern. Dass ich diesen Vorsätzen, so weit ihre Erfüllung von dem geringen Maasse meiner Kräfte abhing, nicht ganz untreu gewesen bin — dessen giebt mir mein Gewissen Zeugniss. Durch Liebe zur Jugend, durch Gerechtigkeit in ihrer Behandlung, durch Theilnahme an ihren Schicksalen, durch Nachsicht und Geduld bei geringeren Verirrungen, vielleicht auch durch die Art meines Unterrichts, fand ich bald den Weg zum Herzen meiner Schüler. Aber bei aller Nachsicht und Milde, zu der mich, ohne mein eigenes Verdienst, schon eine natürliche Anlage hinleitete, durfte ich mich doch nicht der Pflicht entziehen, durch strenge Massregeln die bedrohte Ordnung zu schützen und dem missachteten Gesetz seine Heiligkeit zu sichern.

So hatte ich 20 Jahre lang an dieser Anstalt gewirkt, als ich die ersten Spuren wankender Kraft an mir wahrnahm und die Huld Sr. Majestät des Königs mich auf mein Ansuchen von einem Theile meiner amtlichen Obliegenheiten, von der unmittelbaren Verwaltung des Alumnats entband. Jetzt, nachdem ich 31 Jahre lang mein Amt verwaltet habe und die Sonne meines Lebens dem Abend sich zuneigt, jetzt fühle ich mehr und mehr die Nothwendigkeit, von einem Amte zurückzutreten, dessen Verwaltung ungeschwächte Kräfte, wie des Geistes so des Leibes, gebieterisch verlangt.

Und so stehe ich denn an dem Ziele einer 46jährigen amtlichen Laufbahn, mit inniger Rührung des Herzens und voll des Dankes gegen Gott für all das Gute, was mir durch seine unendliche Gnade in reichem Maasse hier sowohl, wie in meinen frühern Lebensverhältnissen zu Theil geworden ist.

Nehmt Ihr, meine geliebten Kinder, und insbesondere Ihr geliebte Jünglinge, mit denen ich durch das Band des Unterrichts in tägliche Berührung gekommen war, meinen herzlichen, tiefempfundenen Dank für Eure Hingebung und Zuneigung, von der Ihr mir auch jetzt wieder bei meinem Scheiden rührende Beweise gegeben habt, so wie für die Achtsamkeit, die Ihr allen meinen Verordnungen und Ermahnungen stets bewiesen habt.

Die Lehre des sterbenden Vaters bleibt gemeiniglich dem Sohne, den die Natur nicht ganz gefühllos schuf, lebenslang tief in das Herz gepflanzt. O möchtet Ihr in den Worten Eures scheidenden Lehrers und Führers die Mahnung eines sterbenden Vaters hören! Möchtet Ihr den sehnlichen Wunsch seines Herzens erfüllen, dass Ihr allen Euren Lehrern und insbesondere dem hochachtbaren Manne, welchen des Königs Majestät und seine Rathgeber zum Lenker dieser Anstalt an meiner Statt bestellt haben, mit Achtung, Vertrauen und williger Folgsamkeit entgegenkommt. Möchtet Ihr alle mit unverwandtem Blick das Ziel im Auge behalten, zu dessen Erreichung Ihr dieser Anstalt übergeben seid. Die meisten von Euch sind noch zu unerfahren, um die

Wichtigkeit dieses Zwecks völlig zu verstehen, aber so viel vermögen selbst die Jüngsten von Euch zu begreifen, dass er von der grössten Bedeutung ist, dieser Zweck, und allein Euren eigenen Vortheil beabsichtigt. Der Staat wendet grosse Kosten darauf, Eure Eltern berauben sich vielleicht des Nothwendigen, um Euch hier zu erhalten, Eure Lehrer opfern ihre Tage für Euch und weihen Euch ihre edelsten Kräfte. So grosse Anstrengungen können nichts Unbedeutendes bezwecken. Was sie bezwecken, das ist das Höchste für Euch, das ist der Werth Eures Lebens, das ist das Glück Eurer Zukunft. Der Werth Eures Lebens: denn wer unwissend oder nothdürftig gebildet aus der Schule geht, der ist nichts werth, der hat die Bestimmung seines Lebens verfehlt. Das Glück Eurer Zukunft: denn es ist falsch, was vielleicht Mancher wähnen mag, dass es nähere und sicherere Wege zum Glück giebt, als ein durch Kenntnisse gebildeter Geist und ein durch Tugend veredeltes Herz, beides aber wurzelnd in dem alleinigen Grunde alles Lebens, in der Liebe zu Gott. Darum rufe ich Euch mit dem Apostel zu: „Seid nicht träge, was ihr thun sollt, seid brünstig im Geist und dienet dem Herrn". Ja dienet dem Herrn! das sei fort und fort Eure Losung, das Euer heiligster Vorsatz; denn nur dann, und nicht durch blosses Wissen allein, werdet Ihr dereinst die Freude Eurer Eltern, der Stolz der Anstalt, die Euch gebildet, der Segen Eures Vaterlandes sein.

Auch in mir schaffe ferner und befestige, o Gott, Regierer meines Lebens und aller meiner Schicksale, diesen meinen Vorsatz, Dir zu dienen. Ich habe stets Deiner heiligen Vorsehung mit Ergebung meines eignen Willens vertraut. Erhalte mir diesen Sinn auch ferner. Ich wandle nun dem Grabe immer näher und näher zu. Gieb, dass ich die Tage, die Du mir noch beschieden hast, in Deinem Dienste vollbringe. Lass mich wandeln auf dem Pfade der Liebe, der Wahrheit, der Gerechtigkeit, der Tugend, bis mein Geist zu Dir, dem Urquell aller Weisheit, zurückkehrt, und meine irdische Hülle der Staub bedeckt. Amen. Vater unser u. s. w."

Dann erschienen die Lehrer unter Prof. Mützell's Vortritt. Mützell hielt die Rede, in welcher er Meineke's Verdienste auseinandersetzte und Edelsinn und Herzensgüte als den Mittelpunct seines Wesens bezeichnete. Zugleich überbrachte er ein lateinisches Gedicht des Prof. Seyffert und drei Aquarellbilder, Meineke's Studirzimmer und zwei andere Meineke lieb gewordene Zimmer des Gymnasiums enthaltend, vom Maler Gärtner ausgeführt, und einige Meineke bei dieser Gelegenheit geweihte Druckschriften.

Am 7. Juni bewiesen die frühern Schüler Meineke's ihre Pietät. Die studirenden Schüler des Joachimsthales hatten ein Comité aus älteren und jüngeren Schülern gebildet. Dasselbe war in Danzig geschehen. Die Berliner überbrachten ein Exemplar der Pariser Ausgabe des *Thesaurus Graecae linguae* von Stephanus und ein lateinisches Gedicht, und Meineke's Portrait von Begas. Die Danziger sendeten eine silberne Votivtafel und ein Album, welches eine lateinische Ode und mehrere treffliche Photographien von Danziger Baulichkeiten umfasste. Alle diese Gaben waren in der Aula aufgestellt, den Mittelpunct bildete das Porträt von Begas, dessen treue und geistvolle Auffassung von allen anerkannt wurde, zierlich und sinnreich von Orangerie und Blumen umgeben.

Die hier eingetroffenen Abgeordneten des Danziger Gymnasiums und des Berliner Comité's, letzteres verstärkt durch neue Theilnehmer — versammelten sich im Saale. Meineke wurde durch eine Deputation abgeholt; Dr. Gruppe sprach im Namen der Danziger, der Geheime Legationsrath v. Philipsborn für die Joachimsthaler Schüler. Den Bezeigungen treuer Dankbarkeit und Verehrung folgten heisse Wünsche für die Zukunft, „für einen stillen, sonnigen Lebensabend nach einer rastlosen, reichen Thätigkeit, Gesundheit und Rüstigkeit zum Heile der Wissenschaft, zur Freude der Seinen".

Am 14. Juni ging Meineke zum letzten Male „mit seinen *dulcibus alumnis*" in der Domkirche zum heiligen Abendmahle, und hörte die Predigt des Generalsuperintendenten Dr. Hoffmann. Kiessling wurde am 1. Juli eingeführt, und bei dieser Gelegenheit Meineke's Bildniss zum ersten Male im Betsaale aufgestellt.

Se. Majestät der König ernannte Meineke zum Geheimen Regierungsrath, eine Auszeichnung, die „bis dahin bei preussischen Schuldirectoren nicht vorgekommen war," s. Dr. Weise, das höhere Schulwesen in Preussen, S. 95.

1857 — 1870.

Berlin.

Die guten Wünsche, mit denen Meineke aus seinem Amte entlassen wurde, haben sich reichlich erfüllt. Denn die neue Lebensepoche, in welcher er ohne die bisherige amtliche Thätigkeit sich selbst und seiner Familie angehören durfte, hat länger als dreizehn Jahre gedauert und umschliesst eine Reihe von Ereignissen, welche allgemeine Aufmerksamkeit und Theilnahme verdienen.

Im Anfange des Juni 1857 verliess Meineke seine ziemlich düstere, durch Mangel an Luft und Licht und durch Strassengeräusch und Menschengewühl unfreundliche Amtswohnung und bezog eine Miethswohnung am Canal, drei Treppen hoch, im Eckhaus der Linkstrasse und der Gartenstrasse, wie sie damals hiess, oder Königin-Augusta-Strasse, wie sie jetzt heisst. Ungemein sagte ihm diese neue Wohnung zu. „Hier sitze ich", schrieb er an Horkel, „in meinem Kuckucksheim *tamquam in alta specula* an meinem Schreibtisch, mit dem Blick in den blauen Himmel und auf die herrlichen Baumgruppen des Carlsbades und den Canal, den bald Fruchtkähne, bald Lustfahrende mannichfach beleben, und aus dessen Schilfe mich des Abends das Gequack der Frösche in ein wahrhaft idyllisches Landleben hineintäuscht, während schon an diesem Morgen mich der Gesang der Vögel weckte und das faule Bett zu verlassen ermahnte. Wahrlich ich fühle mich in ein ganz neues Leben versetzt, und würde ich nicht durch diese und jene Altersschwäche erinnert, dass ich ein alter Kerl bin, ich könnte aufjauchzen, wie ein junger Bengel von 20 Jahren. *O quid solutis est beatius curis, cum mens omnia reponit, ac peregrino labore fessi venimus larem ad nostrum*, rufe ich von ganzem Herzen mit Catull". Und in einem andern Briefe schreibt er demselben: „οἶκος φίλος οἶκος ἄριστος, sagte die Schnecke bei Aesop, und sie hat Recht". Die Wohnung wurde möglichst so eingerichtet, wie die jetzt verlassene amtliche, auf das Sauberste geordnet, das Hauptzimmer mit den grossen Musen geschmückt, welche er zum Geschenke erhalten hatte. Auch hat Meineke das Haus, in welches er damals einzog, nicht wieder verlassen und ist nur, um das lästige und beschwerliche Treppensteigen zu vermeiden aus dem dritten Stockwerk in das erste hinabgezogen: da hat er bis zuletzt sein Lebensglück genossen und sein Leid getragen: es war ein schöner, würdiger Aufenthalt, welchen ihm Haus und Wohnung gewährten.

Einen besondern Reiz hatte das Haus darin, dass die nächsten Freunde im Hause oder ganz in der Nähe weilten, unmittelbar neben ihm die Familie Köpke, unter ihm die Familie Immanuel Bekker's, unweit des Hauses Boeckh's, Schulze's, Grimm's, Kortüm's, Pinder's, Brüggemann's, Homeyer's, Jacob's, Haupt's und Anderer, mit denen sofort durch Besuche ein nachbarliches Zusammensein angebahnt wurde. Wie viel in Berlin an solch traulichem Umgange in der Nähe liegt, wo grössere Entfernungen bei vielbeschäftigten Männern oft jedes Zusammenkommen sehr erschweren oder ganz hindern, ist bekannt. Und welche innige Bande verknüpften diese trefflichen Männer und Familien! Die Professoren Köpke, Vater und Sohn, jener langjähriger College, dieser einer der trefflichsten Schüler, waren seit 1826 mit Meineke's Hause in den innigsten Beziehungen gewesen, und blieben es, Rudolf Köpke, gleichsam als Miterzieher von Ernst Meineke, dem er als der vertrauteste Umgangsfreund zur Seite stand. Imm. Bekker, durch Studiengemeinschaft und Geistes-

verwandtschaft, wie durch langen Umgang verbunden, täglich
zugänglich, war ein erwünschter Nachbar und nahm mit
seiner Familie an Allem, was Meineke traf, den innigsten
Antheil. Die meisten der genannten Männer sind vor Meineke oder bald nach ihm abgerufen worden. Pinder, Homeyer, Haupt theilen noch mit uns die schönen Erinnerungen an den edlen hingeschiedenen Freund.

Doch auch mit den entfernteren Freunden, wie Trendelen-
burg, Parthey und Pertz, dem geliebten Joachimsthal ward die
Gemeinschaft aufrecht erhalten. Auch die Leichtigkeit, aus der
Wohnung schnell in's Freie zu gelangen, den Thiergarten, das
Carlsbad aufzusuchen, wo Meineke öfter weilte, mit Freunden
zusammentraf und verkehrte, oder auch einsam und still im
Freien zu sitzen liebte, kam in Anschlag und gab die beste
Gelegenheit, die gewohnten Spaziergänge in die Nähe oder
nach Schöneberg und Charlottenburg fortzusetzen, welche
auf Meineke's Gesundheit günstig einwirkten. So konnte er
die Annehmlichkeiten der Stadt mit Bequemlichkeit geniessen, aber auch, so oft er es bedurfte, den von Jugend auf
gewohnten Genuss, im Freien zu wandeln, sich erhalten.

Die froheste Aussicht, die er in die neue Wohnung mit-
nahm und in welcher er Trost für die Trennung von der
allgewohnten lieben Amtsthätigkeit suchte, war die Möglichkeit, seinen Studien und gelehrten Arbeiten, die er zu vollenden begehrte, Zeit und Kraft mehr als bisher zuwenden
zu können, ohne mit seinem Gewissen und seinen Neigungen
in Zwiespalt zu kommen. Es ist bewundernswürdig, was er
in dieser Beziehung auch in seinem hohen Alter, und obwohl er von Krankheiten immer von neuem ergriffen, von
Schmerzen gepeinigt, von Schlaflosigkeit gequält wurde, zu
leisten vermochte. Wenn von irgend Jemand gerühmt werden mag, dass er auch seine Mussezeit durch Thaten des Geistes bezeichnet habe, so gilt dies von Meineke. Dafür ist er
in tiefster Seele seinem Gott dankbar. *„Deus nobis haec otia
fecit"* ist die Inschrift des Hauses, welches er sich im Gesundbrunnen bei Berlin gebaut hatte, und bleibt dort, auch seit-

dem es zu ganz andern Zwecken, als für die es bestimmt
war, benutzt wird, ein laut redendes Zeichen, dass dort ein
Gelehrter ein Asyl für seine Studien gesucht hat. Zuweilen
klagt er in seinen Briefen: „Mit meinen Arbeiten geht es
langsam, sehr langsam vorwärts, allein *nulla dies sine linea*;
so kommt denn doch zuletzt etwas heraus". Das Geheimniss
besteht aber nicht nur in der weisen Zeitbenutzung, welche
jedes Augenblicks, der zur Arbeit verwendbar ist, rasch sich
bemächtigt, sondern auch darin, dass er früher entweder bereits
begonnene oder doch in's Auge gefasste Aufgaben, welche der
Ausführung harrten, zu lösen hatte. Diese standen ihm immer
lebendig vor der Seele wie Berge, die er noch zu übersteigen
habe, ehe er von der Erde schiede: die Freude am Forschen und
Entdecken aber liess sie ihm nicht als zu überwindende grosse
Schwierigkeiten, sondern als sonnenbeleuchtete Gefilde erkennen, welche er noch durchwandeln und geniessen dürfe. Er
sah Leistungen darin, die er der Wissenschaft und dem
Vaterlande noch schuldig sei, die sich ihm täglich aufdräng-
ten und die ihn mit jugendlichem Feuereifer beseelten. Das
grosse Solonische Wort: „αἰεὶ γηράσκω πολλὰ διδασκόμενος"
gilt ganz von ihm; lernen wollte er, immer lernen, auch in
hohem Alter, und das Verständniss des Alterthums so weit
als möglich, wie es ihm gegeben sei, vollenden. Der Universität und ihren Vorlesungen widmete er sich ferner nicht,
wie man hätte erwarten können, sondern schrieb seinem Horkel ausdrücklich: „Wenn Dich Jemand fragt, wesshalb ich
nicht an der Universität lese, so sage ihm nur, weil ich endlich einmal selbst lernen wollte, nachdem ich 41 Jahre gelehrt hätte". So sehen wir ihn denn, seitdem er zur Ruhe
von amtlichen Arbeiten gekommen ist, rastlos sich seinen
geliebten Musen zuwenden und eine Arbeit nach der andern
vornehmen und zu Ende führen. Damit allein konnte und
wollte er, den Rathschlägen Cicero's gemäss, die Leiden des
Alters überwinden. Von Schwäche des Alters, von geistigem
Stillstehen, von Ermattung tragen seine Arbeiten auch nicht
die leiseste Spur an sich. Die Mittagshöhe seiner schrift-

stellerischen Thätigkeit war erreicht, aber auch der Lebensabend zeigt sich reich an lebenskräftigen Früchten.

„Mit meinen eigenen Arbeiten," schreibt er am 15. November 1857, „bin ich jetzt am Athenäus, in dem ich stark
aufräume und durch manche Entdeckung belohnt werde.
Sobald ich damit fertig bin, lasse ich die zum Druck fertig
gemachten *Eclogae physicae* des Stobäus vom Stapel laufen.
Dann geht's an die griechische Anthologie, eine Arbeit, auf
die ich mich wahrhaft freue". Und schon am 23. December
desselben Jahres führt er fort: „Gerhard habe ich einige
Kleinigkeiten für seine Zeitung gegeben. Wenn Du das
vierte Heft des Jahrganges von 1857 erhalten kannst, so lies
doch meine Quisquilien nach; ganz ohne Interesse sind sie
nicht, obgleich von sehr kleinem Umfange. Auch dem guten
Leutsch in Göttingen, der zu Michaelis hier war, habe ich
Einiges zugeschickt. In diesen Tagen habe ich nun mit
Teubner einen Vertrag wegen Bearbeitung der *Anthologia
Palatina* abgeschlossen, indess muss ich vorher den Athenäus
und Stobäus fertig machen".

Und so erschien der erste Band des Athenäus bei Teubner
1858, Buch 1 bis 6 umfassend und konnte am 13. Juni bei
der Jubelfeier des Danziger Gymnasiums diesem mit der Inschrift gewidmet werden: *Illustrissimo Gedanensis civitatis
Gymnasio, bonarum artium Seminario felicissime tertia Sae-
cularia auspicato celebranti ea qua decet observantia congratu-
latur A. M.*", womit Meineke zugleich seinem liebevollen
Herzen genügte, indem er sein Leben hindurch an jener Anstalt hing, an allen Ereignissen derselben den Antheil eines
Angehörigen nahm, und die Stadt selbst seine zweite Vater-
stadt nannte. Im April 1858 schreibt er: „Meine Sehkraft
selbst ist nicht geschwächt und ich arbeite, was das Zeug
halten will. Das ist mir jetzt doch meine einzige Erquickung.
Vom zweiten Theil des Athenäus sind zwölf Bogen gedruckt". Er erschien noch in demselben Jahre und umfasste
das 7. bis 12. Buch. Am ersten October 1858: „Ich sitze

jetzt bis über die Ohren im Aristophanes; nebenbei wird der
dritte Band des Athenäus corrigirt". Der dritte Band erschien 1859. Im Februar 1859: „Mit meinen Arbeiten geht
es seinen ruhigen Gang vorwärts. Zu übereilen brauche ich
mich ja nicht. Ich bin jetzt ausschliesslich beim Aristophanes, habe aber auch manches in den Philologus geschickt,
in einigen Tagen wieder einige Bogen kritische Blätter, in
welchen Dir das eine und das andere gefallen wird". Die
Ausgabe des Aristophanes erschien bei Tauchnitz in zwei
Bänden 1860. Beide Arbeiten haben dann später ihren völligen Abschluss gefunden; der Ausgabe des Athenäus fügte
Meineke einen vierten Band 1867 hinzu, welcher *Analecta
critica* und in diesen die *Exercitationes philologicae* enthielt, welche 1843 und 1846 als Gymnasialprogramm erschienen waren; im December 1866 schrieb er die kurze
Vorrede dazu: eine längere verhinderte, wie er sagt, *valetudo
denuo ingravescens et corporis ingeniique vires ultra quam
dici potest frangens"*. Die Ausgabe des Aristophanes been-
dete er 1865 durch *Vindiciarum Aristophanearum liber*, die
er 1862 schon zum Theil geschrieben und jetzt so weit verbessert hatte, *quam tum in hac valetudine licuit*. Ungeachtet
fortwährender Kränklichkeit also war er so glücklich, seinen
Lebensarbeiten einen würdigen Schluss zu geben. Athenäus
und die Attische Komödie haben sein Interesse von Jugend
auf bis zu den letzten Jahren des Lebens angezogen.

. Rastlos war die Arbeit indess weiter gegangen. Im Jahr
1861 erschienen *Callimachi Cyrenensis hymni et epigrammata*,
Berlin in der Weidmannischen Buchhandlung, und wurden
Aug Nauck, Mitgliede der Petersburger Academie, als Gegen-
geschenk geweiht, nachdem bereits kritische Anmerkungen
zu demselben Dichter in den Jahrbüchern für Phil. und
Pädag. Bd. LXXXI, Heft 1 S. 41 erschienen waren. Im
Juli 1860 schrieb er darüber aus Teplitz: „Die Morgenstunden
benutze ich zur Redaction meiner Collectaneen zu Callimachus, der wahrscheinlich zum ersten Male in Teplitz von
einem Badegast studirt wurde. Der Druck soll Michaelis be-

ginnen. Mein Aristophanes wird in Deinen Händen sein. Er nimmt sich pompös aus".

Die Vorrede zu Callimachus schloss Meineke mit einer Entschuldigung darüber, dass er nicht auch die Fragmente des Dichters hinzugefügt habe, mit den Worten: „*tantae molis opus cuivis alii potius quam mihi imponi patiar, ἐμοὶ γὰρ ἤδη βίοτος ἑσπέραν ἄγει magnosque labores constat esse iuniorum*". Aber auch was er hier wirklich gab, erklärte er bescheiden nur für eine Vorarbeit für einen späteren geschickteren Bearbeiter. Am Schluss fügte er eine *Diatribe de Callimachi locis controversis* hinzu, in welcher er sich freier bewegte und auch naheliegenden, weiteren Stoff herbeizog, über den er seine Ansichten vorlegen wollte.

In demselben Jahre 1861 kam Sophokles an die Reihe, dessen tiefe und innige Verehrung ihn durch's Leben begleitet hatte, dessen Verständniss und Bewunderung seinen Schülern einzuflössen einen Theil seiner wirksamsten, schulmännischen Thätigkeit ausmachte, dessen schöne Statuette bis an das Lebensende den Hauptschmuck seines Arbeitstisches ausmachte.

Es war ein guter Gedanke, gerade die Antigone in einer Ausgabe von besonderer typographischer Schönheit erscheinen zu lassen, womit er zugleich dieses Werk für seine Lieblingstragödie erklärte und als ein Hauptstück für die Lectüre in Schule und Haus bezeichnete. Er bestimmte seine Arbeit ausdrücklich für Männer, welche jetzt als Geschäftsmänner thätig, die früher in den Gymnasien gewonnene Vorliebe neu anregen und sich eine Erquickung höherer Art bereiten wollten. Ein besonderes Bündchen „Beiträge zur philologischen Kritik der Antigone" sollte über seine Textgestaltung, über die von ihm aufgenommenen Lesarten, über das Verständniss einzelner Stellen Rechenschaft geben. Alles, was er in diesen Anmerkungen drucken liess, ist interessant und bedeutend. Die beiden kleinen Schriften haben ihm aber auch einen seltenen Lohn eingetragen; Meineke und seine Freunde erwarteten Grosses von einander, fanden in dem

συμφιλολογεῖν einen Theil ihrer Lebensfreude, strebten in
edlem Wetteifer mit einander, — wie einst die grossen tragi-
schen und komischen Dichter der Athener selbst, — diese jetzt
von Fehlern zu reinigen, in ihrer Integrität darzustellen, und
so noch einmal für die Kunst wirken zu lassen, und blickten
nicht blos neidlos, sondern mit wirklicher Freude Einer auf
des Andern Verdienste hin. Schon am 30. August 1861
schrieb Lehrs an Meineke und veröffentlichte seinen Brief in
den Jahrbüchern für classische Philologie, 1862, Heft 5,
S. 297 ff., der ganz sicher auch heute noch in seiner reizenden Gemüthlichkeit auf keinen Leser seine Wirkung verfeh-
len wird. Lehrs empfing diese Büchlein gerade im Anfang
der Universitätsferien und nahm sie als die schönste Gabe
zur Erholung von der Arbeit auf und als eine Ermuthigung,
von dem Vielen, was er über die Antigone gedacht, Einiges
dem Freunde gegenüber auszusprechen. Er blickt gleich nach
den Hauptstellen, über welche er eine wohlbegründete Ueberzeugung gewonnen hat, betrübt sich, wenn er seine Ansicht
nicht ausgesprochen findet, erfreut sich jeder Uebereinstimmung. So ein Brief ist ein schöner Ersatz für ein Gespräch
zwischen zwei ebenbürtigen Kennern und Forschern, dem wir
zuweilen zuhören dürfen. Man erkennt, wie auseinander-
gehende Ansichten möglich und denkbar sind, wie nicht sofort „was geschrieben steht" weggeworfen werden darf, welch
kühne Arbeit es ist, die nicht Jeder sich zutrauen sollte,
ächte Kritik zu üben, wie zuweilen bei besonders schwieri-
gen Stellen, die oft „unglaublich" verderbt sind, der Einzelne
darauf hingewiesen ist, „sich selbst damit abzufinden," endlich wie friedlich, freundschaftlich und mit gegenseitiger Anerkennung die gelehrten Streiter mit einander umgehen können. Meineke antwortete am 31. Juli 1863 von Dresden
aus: „Für Ihre nach allen Seiten hin liebenswürdige *Epistola
Antigonea* danke ich Ihnen nochmals bestens. Ihre Ansicht
über die nachgestellte Präposition konnte ich anfänglich nicht
zu der meinigen machen, jetzt nach wiederholter Lesung habe
ich keinen Zweifel mehr". Zu V. 1035.

Im Jahre 1863 erschien der Abschluss seiner Sophokleischen Studien in der Ausgabe des *Oedipus Coloneus*, die er „*Joanni Schulzio amicitiae ergo ultra quinquaginta annos continuatae*" weihte. Am Schluss des Buches fasste er Alles zusammen, was er zuletzt über Sophokles mitzutheilen hatte; im Juni sendete er es Lehrs und empfahl es seiner Nachsicht. Er hatte sich bestimmt den Zweck gesetzt, den zu weit gehenden kritischen Versuchen der jüngeren Philologen einen Damm entgegenzusetzen, nicht ohne diese zuweilen auch selbst zu überschreiten.

In demselben Jahre brachte er seine Arbeiten über *Stobaeus* zum Abschluss. Schon 1860 hatte er den ersten Band der *Eclogae physicae et ethicae* veröffentlicht: den zweiten Band fügte er jetzt hinzu: er ist mit der Jahrzahl 1864 bezeichnet.

Ausser dem, was wir aus den letzten Jahren des Lebens bereits angeführt haben, ist seiner fortwährenden Theilnahme an verschiedenen Zeitschriften zu gedenken, zu welchen zuletzt die von Dr. Hübner herausgegebene, neue philologische Zeitschrift „*Hermes*" kam, in die einzelne seiner trefflichen Bemerkungen und Verbesserungen aufgenommen sind.

Nur zwei Arbeiten sind unvollendet geblieben: mit Teubner war bereits ein Vertrag über eine vollständige Ausgabe der griechischen Anthologie geschlossen, welche gewiss ein ausgezeichnetes Werk geworden wäre, wenn er sie hätte ausführen können. Des zweiten Bandes von Stephanus von Byzanz haben wir bereits gedacht; er hoffte ihn, da Alles vorbereitet war, schon 1850 zu beendigen. Gewiss würde seine ungemeine Kenntniss der geographischen Verhältnisse und seine Sprachkunde in diesem Buche sehr bedeutend erschienen sein.

Bei allen diesen Arbeiten stand ihm eine Bibliothek zur Seite, welche auch von seinem Wesen und Charakter Zeugniss ablegt. Man erkennt beim ersten Anblick, dass sie von einem Philologen gesammelt ist, dem es darauf ankam, Alles, was für griechische und lateinische Literatur gegenwärtig von Werth ist, beisammen zu haben, um sofortigen Gebrauch bei den eigenen Arbeiten davon machen zu kön-

nen. Schlechtes ist ausgeschlossen: Meinecke hat von Zeit zu
Zeit Unbrauchbares, Unwichtiges, Fernliegendes ausgesondert,
um dem Guten und Bedeutenden Platz zu machen und dies
in einer Fülle zu besitzen, wie es für seine Studien erforder-
lich war. Seltener als andere Gelehrte Berlins bedurfte er
daher der Schätze der Königlichen Bibliothek. Manches treffliche Werk der neuesten Zeiten besass er als Geschenk des
Verfassers und als Gabe der Verehrer an seinen Festtagen.

Die eigenen Werke fanden sich in Ordnung neben einander, die ältesten wie die jüngsten, fast ohne Ausnahme mit
Zeichen seines fortdauernden Fleisses, mit Randanmerkungen
und Aufzeichnungen auf den vordersten und hintersten Blät-
tern versehen, von Recensionen begleitet, welche über die
einzelnen Werke in verschiedenen Zeitschriften erschienen
sind. Die Handschrift des Verfassers und belehrende Notizen
aller Art bieten sich uns darin dar.

Für die griechische Literatur ist die Sammlung am voll-
ständigsten, vor allem für Tragiker und Komiker, dann für
die Schriftsteller der ersten und letzten Perioden griechischer
Bildung, für Grammatiker und Lexicographen, alle in den
besten Ausgaben, gut gebunden und gehalten. Auch für die
lateinische Literatur, für Horatius und die Dichter überhaupt
fehlen die besten Ausgaben nicht, die den kritischen Apparat
ziemlich vollständig enthalten. Auch eine reiche Programmen-
sammlung ist vorhanden, fast nur philologischen Inhalts, und
so geordnet, dass sie dem Gebrauch keine Hindernisse bereitet.

Ueberall sieht man den Bücherfreund hervortreten, der
nicht ohne sein Handwerkszeug leben kann. Was der Vater
in Schulpforte angebahnt hatte, hat der Sohn im ganzen Leben
festgehalten. Der regierende Graf Stolberg-Wernigerode hat
die Bibliothek in ihrem ganzen Umfang angekauft und der
dortigen Büchersammlung einverleibt. Ganz in Meineke's
Sinne ist es, dass in Wernigerode im Harz, wo seine Familie
und er selbst gern weilte, sein Andenken erhalten ist.

So gehörte ein Haupttheil der letzten Lebensjahre Meineke's den altgewohnten, geliebten Studien. Bis zum Tode

blieb es das deutlichste Zeichen wiederkehrender Gesundheit
und Erstarkung, wenn Arbeitslust und Arbeitskraft sich zeigten und ihn seinen Büchern zuführten, in deren ungestörtem
Gebrauche er den schönsten Lebensgenuss fand. In steter,
ununterbrochener Beschäftigung mit der classischen Literatur
kehrten ihm Heiterkeit und Gefühl des Wohlseins zurück.

Daneben blieb ihm Zeit genug übrig, Alles woran sonst
seine Seele hing, in's Auge zu fassen: einen Theil seiner
Muse wendete er dem Joachimsthal, einen andern den Freunden und der Familie, der Kunst und Natur, einen andern
dem Vaterlande und den öffentlichen Verhältnissen in politi-
scher und religiöser Beziehung zu; endlich fehlte es ihm
niemals an „Püffen und Stössen des Geschickes," und an
„Zwickungen und Zwackungen," die das Leben beunruhigten,
bis er aus demselben abgerufen wurde.

Dass im Joachimsthal Kiessling sein Nachfolger geworden war, der überall in seine Fusstapfen zu treten sich be-
mühte, und der Wahl tüchtiger Lehrer die hingebendste
Fürsorge widmete, gereichte ihm bis an seinen Tod zu herzlicher Freude; oft äusserte Meineke mündlich und schriftlich,
dass er Niemand wisse, der ihm lieber hätte sein können, als
jener. Mit den alten Collegen ging er sehr gern um, empfing
ihre Besuche noch lieber, als damals, wo er im Dienste seines Amtes alle Gespräche der Zeitersparniss wegen abkürzen
musste, und nahm an ihrem Ergehen mit sich gleichbleiben-
dem Interesse den innigsten persönlichen Antheil. Er war
betrübt, wenn ihre gerechten Wünsche unerfüllt blieben und
freute sich jeder Förderung, die ihnen zu Theil wurde. Dass
Kiessling die ganze Verwaltung des Gymnasiums und Alumnats in seine Hand nahm und Prof. Jacobs sich wieder mit
der alten Sorgfalt mit der Bibliothek beschäftigen konnte,
deren stete Vermehrung und geordnete Leitung die volle
Thätigkeit eines Mannes erfordert, war ihm ungemein lieb.
Sehr gern liess er sich auch das Einzelnste, was in dem lieben

Kreise seiner frühern Wirksamkeit vorging, mittheilen und nahm von dem Fortgange der Studien und dem ganzen sittlichen und wissenschaftlichen Zustande der Zöglinge genaue Kenntniss. Im Anfange kam er auch persönlich zuweilen in die Anstalt, wohnte Abendunterhaltungen und öffentlichen Prüfungen bei, wurde von Lehrern und Schülern immer freudig begrüsst, und hatte um so mehr seine Lust daran, als er jetzt Alles, wie er wohl sagte, „mit objectiverem Auge" ansah und aufnahm.

Auch an Sorgen für das ganze Bestehen der Anstalt fehlte es nicht. Chorin war zwar ganz aufgegeben, die Zerlegung in zwei Anstalten, in eine abgesonderte Erziehungsanstalt, wie Schulpforte, und ein Gymnasium in Berlin, nicht mehr beabsichtigt; man wollte die weitere Entwickelung der gesammten Organisation nicht unterbrechen oder stören. Aber man benutzte die reichen Mittel des Joachimsthals, um ein neues Berliner Gymnasium in das Leben zu rufen. Vor dem Potsdamer Thore erschien für Berlin ein neues Gymnasium als eine Nothwendigkeit, der man sich nicht entziehen könne; diese Ueberzeugung hatte sich während jener Unterhandlungen immer mehr Bahn gebrochen, und schon Ostern 1858 begann der Bau des neuen Schulhauses in der Bellevuestrasse, zunächst auf Kosten des Joachimsthals. Meineke fing an eine gefährliche Schwächung der finanziellen Verhältnisse für das ihm so theure Alumnat zu fürchten, und erblickte darin „eine Verletzung aller menschlichen und göttlichen Rechte". So weit aber liessen es die vorgesetzten Behörden nicht kommen, dass wirklich der älteren Anstalt ein Nachtheil bedeutender Art zugefügt worden wäre. Meineke freute sich selbst allmählich des raschen Aufblühens des neuen, durchaus und unumgänglich nothwendigen Gymnasiums, trat mit den Leitern desselben in freundliche persönliche Verbindung und sah einen Grund der Besorgniss nach dem andern schwinden. Die Gefahr ging vorüber: wie einst das Joachimsthal von Joachim Friedrich, so wurde das neue Gymnasium von König Wilhelm begründet und nach ihm „König Wilhelms-

Gymnasium" benannt. Meineke hat noch die Vollendung der Anstalt, ihren Ausbau, ihre Blüthe erlebt, und gleichzeitig ungeminderte Freude an dem gesammten finanziellen, sittlichen und wissenschaftlichen Zustande des Joachimsthals gehabt.

Ein Leben ohne Freundschaft hat Meineke nicht kennen gelernt; steter Umgang mit edlen Menschen war von Jugend auf das wichtigste Bedürfniss seines Herzens und ist ihm im reichsten Masse zu Theil geworden; bis zum höchsten Alter verdankte er solchen Verhältnissen die heitersten und beglückendsten Stunden. Auch als er durch seine Kränklichkeit sich gezwungen sah, den Kreis seiner Genossen zu beschränken, und sich immer mehr in die Stille zurückzuziehen, blieb er so warm für jedes freundliche Entgegenkommen, dass auch rasch vorübergehende Berührungen den ihm natürlichen Charakter freundschaftlicher Beziehungen erhielten. Nie ist er für Knüpfung neuer Verbindungen zu alt geworden; nicht Jedem aber, der sich ihm näherte oder ihm durch besondere Umstände zugeführt wurde, war er zugänglich; gleiche Gesinnung, ein Zug zum Guten, Edlen und Schönen, ähnliche Begabung und Neigung für Gelehrsamkeit, Wahrhaftigkeit und Festigkeit des innern Wesens, gaben Anspruch an seine Freundschaft. Mangel an Offenheit und Geradheit, sowie Selbstgefälligkeit und Eitelkeit, Roheit und unzarte, hässliche Rede und Sitte schlossen unbedingt vom Bunde mit ihm aus; er hasste das Gemeine, grobe Undankbarkeit, rohen Eigennutz. Die verschiedensten Menschen finden wir unter seinen Freunden, aber gewisse Züge des Characters von Meineke selbst tragen Alle an sich: am schnellsten gewannen und am längsten fesselten ihn ausgezeichnete Leistungen auf dem Gebiete der Kunst und Wissenschaft, namentlich in der Philologie, welche Richtung sie auch verfolgte, vorzüglich wo sich diese mit reiner Gesinnung verbunden zeigte. Wo er Adel der Seele, ungeheuchelte Freundlichkeit und Liebens-

würdigkeit, hingebende, aufopfernde Thatkraft beobachtete,
unter solchen Menschen weilte er am liebsten, und öffnete
ihnen bereitwillig den Zugang zu seinem Herzen und Hause.

Die Jugendfreunde von Schulpforte sind mit ihm durch
das Leben gegangen; die Correspondenz mit ihnen ist zuweilen auf lange unterbrochen gewesen, weil amtliche und
gelehrte Arbeiten alle Zeit in Anspruch nahmen, trat aber
mit grosser Wärme wieder auf, sobald eine günstige Gelegenheit, etwa ein unvermuthetes Zusammentreffen oder irgend
eine specielle Veranlassung den schlummernden Funken wieder weckte. Die noch lebenden Freunde, Hinck, Köster,
Ehrenberg, freuen sich noch heute über die bedeutende Einwirkung, welche sie von ihm erfahren haben: er blieb ihnen
um ihrer treuen, durch die Zeit bewährten Anhänglichkeit
willen mit ganzer Seele zugethan. Wahre Freude hatte
er noch an seinem letzten Geburtstage im Jahre 1870 an
den liebevollen Briefen und Begrüssungen Hinck's und Ehrenberg's. Mit ihren Namen verknüpft sich das Andenken an
seine verehrten Jugendlehrer, namentlich Ilgen und Lange,
von deren persönlichen Verdiensten um ihn er bis zuletzt
gern und oft, nie aber ohne Begeisterung und herzliche
Dankbarkeit zu reden liebte.

Der Leipziger Freundeskreis hatte einen zu gewaltigen
Einfluss auf seine ganze Lebensstellung ausgeübt, als dass er
mit ihm nicht hätte den liebsten und vertrautesten Umgang
in der Tiefe seines Geistes bewahren und festhalten sollen.
Vor Allen war es Gottfried Hermann, den er liebte und verehrte. Wie oft hatte er, da er noch im Schulleben thätig
war, im engeren Kreise der Schüler, von seinem ersten Besuch bei Hermann erzählt, als er von Schulpforte zu ihm
eilte, dann dessen Eigenthümlichkeit auf dem Katheder, Einwirkung auf die Mitglieder seiner Gesellschaft, fortreissende
Beredsamkeit und umfassende Gelehrsamkeit mit den lebendigsten Farben geschildert, die Briefe, die er von ihm empfangen hatte, ihnen gezeigt und zum Theil vorgelesen! Es
gehörte zu seinen Lebensfreuden bis in das höchste Alter,

dass er durch seine philologischen Arbeiten Hermann's Anerkennung errungen hatte und dieser auch öffentlich und wiederholt mit Hochachtung und Liebe sich über dieselben äusserte und urtheilte. Es war ihm nie zweifelhaft, dass er für seinen ganzen Beruf G. Hermann am meisten verdanke. Er wurde heiter erregt, sobald er von ihm zu reden Gelegenheit hatte, und dadurch zugleich zu seinen Studiengenossen, die er dort gefunden hatte, hingezogen. Zum Theil waren sie mit ihm von Pforte gekommen, wie Döderlein, Schilling, Nüke, zum Theil ihm dort zuerst bekannt geworden, wie Seidler, Spohn, Reisig, Schäfer und Andere. Allen hat er ein dankbares Andenken bewahrt, am meisten und innigsten Seidler, dessen Freundschaft zu einem lebendigen Briefwechsel geführt hatte, und dessen ganze Natur viel Verwandtes mit Meineke zeigt. Dessen Tüchtigkeit als Lehrer, Besonnenheit und höchst erfolgreiche Uebung ächter philologischer Kritik erkannte er stets in vollstem Masse an.

Jenkau und Danzig, die Stätten seiner ersten Lehrerwirksamkeit und seines Eintritts in das Leben, umgaben ihn noch in weiterem Kreise mit vielen ausgezeichneten Männern, weil er mit den verschiedensten Ständen in Berührung trat, nicht nur mit seinen Amtsgenossen, sondern auch mit den Eltern, die ihre Kinder den Anstalten zuführten, und mit den Männern des Staates und der Kirche, mit Officieren und Beamten, welche jene ferne Gegend bewohnten und berühmt machten. Meineke hatte jetzt die tiefempfundene Freude, mit den Söhnen Jachmann's, Franz Passow's und des Präsidenten Schön in nahe Berührung zu kommen, sie im eigenen Hause zu sehen und für sie wirken, auf ihren Lebensgang Einfluss gewinnen zu können. Mit dem Staatsminister Flottwell war er in amtliche Verbindung gekommen, und blieb ihm bis an's Lebensende treu und dankbar, voll Hochachtung vor seinem Character als Mensch und Staatsmann.

Die 44 Jahre, welche er in Berlin verlebte, haben dann seinen Freundeskreis so ausserordentlich vermehrt, dass wir nur eines geringen Bruchtheils derer an dieser Stelle

zu gedenken im Stande sind, welche die letzten Lebensjahre
Meineke's um ihn vereinigten. Er hat in dieser Zeit gar
Viele von ihnen vor sich in das Grab sinken sehen und
seine Gesinnung gegen sie durch grossen Schmerz über ihren
Verlust bekundet. Der Geheime Rath, Kortüm gehört zu
ihnen und muss hier an die Spitze gestellt werden, weil er
nicht nur vom Anfang an in Berlin mit ihm verbunden war,
sondern auch in den letzten Jahren als einer der allernäch-
sten und am innigsten verbundenen Freunde zu nennen ist.
Kortüm's Natur war Meineke's Wesen innig verwandt; der
Adel seiner Seele, die massvolle, würdige Führung seines
Amtes, die Ruhe und Besonnenheit seines Auftretens, und
die offenkundige Liebenswürdigkeit, traten Jedem beim ersten
Anblick entgegen. Kortüm theilte alle Sorgen für Meineke's
Familie und benutzte jede sich ihm darbietende Gelegenheit,
seine hingebende Freundschaft durch die That zu beweisen.
„Er ist einer der treuesten und liebevollsten Menschen, die
ich kenne", sagt Meineke in einem Briefe von ihm, und in
einem andern: „er bleibt sich immer gleich, dieser feinfühlende
und lautere Mensch". Mit ihm verbindet sich von selbst
die Erinnerung an die Geheimen Räthe Brüggemann und
Joh. Schulze, mit denen Meineke stets eng verbunden blieb.
Der Letztere namentlich, schon in früher Jugend durch Franz
Passow mit Meineke in Gemeinschaft, ist durch das Band
gemeinsamer Hochachtung in das schönste Verhältniss zu
ihm getreten. Sie besuchten einander im engsten Vertrauen
und sprachen sich über alle persönliche und amtliche Gegenstände, ihre gemeinsamen Interessen in der offensten Weise
und meist mit vollster Uebereinstimmung der Gesinnung und
des Urtheils gegeneinander aus.

Mit dem edlen Brüderpaare, Jacob und Wilhelm Grimm,
trat Meineke erst in Berlin in nähere und höchst innige und
erfreuliche Verbindung. Die Nachbarschaft dieses reichen
Familienkreises war von unendlichem Werth für ihn. Nahm
er auch an den Studien, die dort mit so wunderbarem Erfolge getrieben wurden, nur sehr indirecten Antheil, so hatte

er doch die ganze wissenschaftliche Bedeutung beider vorzüglichen Männer vollkommen erkannt, und ehrte ihre bewährte, durch brüderliche Einigung und reinen, ächt deutschen Sinn ausgezeichnete Haltung: er war ihnen mit einer Hingebung, wie wenig anderen Menschen zugethan, und ward erst über Wilhelm's, dann über Jacob's Hinscheiden in die tiefste Betrübniss versetzt. Da empfand er mit wahrem Schmerz, wie es um den alternden Menschen her immer leerer an geliebten Persönlichkeiten, immer ärmer und einsamer wird. So, wie über diese Brüder, hatte er früher über Lachmann's Tod getrauert.

Auch Carl Ritter's Tod, im Septbr. 1859, beklagte er für Leben und Wissenschaft. Sehr tief ergriff ihn 1861 der Tod des Directors Horkel, seines Schwiegersohns, in Magdeburg, der ihm als Mensch, als Schulmann wie als Gelehrter so nahe stand, und durch das verwandtschaftliche Band in das schönste Verhältniss zu ihm getreten war. Lange hat er sich von dem harten Schlage, den dieser unerwartet frühe Todesfall ihm brachte, nicht wieder erholen können.

Auch mit Boeckh verknüpfte ihn ein inniges Band der Freundschaft: und sein Tod betrübte ihn in hohem Grade. Boeckhs grossartiges Auftreten auf dem Gebiete der Alterthumsstudien hatte er vor Jahren anerkannt, und war von dem Streite zwischen ihm und G. Hermann schmerzlich berührt worden. Ihm leuchtete ein, dass beide Männer ungeachtet ihrer verschiedenen Art und Methode zusammengehörten und sich gegenseitig fördern müssten.

Ein noch innigeres Band verknüpfte ihn mit Immanuel Bekker, der zuletzt sein Hausgenosse, und wenn auch Beider hohes Alter sie oft zusammenzukommen verhinderte, doch sein inniger Freund blieb. Beide haben an allen Lebensereignissen den treuesten Antheil genommen, und sich stets als Forscher und Kritiker anerkannt. Auch Bekker's letzte, homerische Arbeiten haben bei Meineke die Bewunderung erhalten, die er stets seiner ganz einzig dastehenden Kenntniss des Griechischen wegen ihm zollte. Bekker hat ihn überlebt

und auch seinerseits bis an sein Ende an seiner Liebe und
Freundschaft gegen ihn festgehalten.

Lobeck's Tod und letzte Lebenserfahrungen bereiteten
auch Meineke grossen Schmerz; er hatte in früher Jugend
den Königsberger Gelehrten achten gelernt und vielfach früher mit ihm correspondirt, während jetzt Lehrs die gegenseitigen Mittheilungen vermittelte, der seit dem Zusammentreffen in Danzig mit Meineke in der engsten Verbindung
stand und seine Liebe und Verehrung in vielen erwünschten
Briefen kund gethan hat.

Viele seiner Freunde sind noch am Leben und haben
ihm die letzte Zeit erheitert und versüsst. Sehr gern liess
er sich von mir von Friedr. von Raumer erzählen: ihm und
seinem Bruder Carl widmete er die volle Verehrung seines Herzens, betrübte sich über Carl's Tod, und zeigte freudige Bewegung, wenn er Gutes vom Wohlbefinden Friedrichs
vernahm.

Niemand aber stand ihm näher als Dr. Moritz Haupt,
mit dem er persönlich alle seine letzten Arbeiten besprochen
hat. In Haupt erneuerte sich gleichsam das Freundschaftsver-
hältniss, welches mit Lachmann bestanden hatte. Immer zuerst theilte Meineke dem Freunde seine neuen Werke mit,
freute sich, wenn sie dessen Beifall errangen, der ihm mehr
werth war, als vieler Anderen günstiges oder ungünstiges
Urtheil, und besprach mit ihm das Einzelnste, that ihm auch
seine Absichten für die Zukunft immer zuerst kund. Oft hat
ein frisches, schlagendes Wort aus Haupt's Munde Meineke
aus seinen trüben Stimmungen plötzlich zur Heiterkeit zurückgeführt.

Auch den jüngeren Männern, welche an Schule und Universität wirkten, hat er seine Freundschaft zugewendet. Als
er im Jahr 1863 (14. Juni) an Lehrs schrieb, theilte er ihm
mit: „ich bin aus der Griechheit ausgetreten, deren Sitzungen beizuwohnen mein sehr wankender Gesundheitszustand
mich absolut verhindert. An meine und Bekker's Stelle sind
Kirchhoff und Hercher getreten, jugendlich frische Kräfte“.

Später hat er auch noch Benitz' Eintritt erlebt und mit allen
drei Gelehrten im schönsten Verhältniss gestanden. Kirchhoff war ihm schon am Joachimsthal durch seine umfangreiche, tief eingreifende Thätigkeit ausserordentlich lieb und
theuer geworden.

In beständiger Verbindung blieb er mit seinem Schwiegersohn Bergk, dessen philologischen Arbeiten er die vollste
Aufmerksamkeit widmete. Bergk's Gattin, Ida, vermittelte sie,
da beide Männer, ihres Unwohlseins wegen, zu einer lebendig geführten Correspondenz in dieser späten Lebenszeit
Meineke's nicht gelangen konnten.

Die Zahl derer, welche sich ihm in Liebe und Verehrung verbunden fühlten, war stets im Wachsen begriffen.
Im Kreise seiner Collegen an der Academie, dem Joachims-
thalschen Gymnasium, unter den Gymnasialdirectoren und
Gymnasiallehrern mehrten sich seine Bekanntschaften. An
der Gymnasialgesellschaft nahm er gar nicht mehr Antheil:
in der Conferenz der Directoren war er noch öfter und blieb
um seiner Liebenswürdigkeit willen die erfreulichste und
willkommenste Erscheinung. Das Ausscheiden Lhardy's und
Bellermann's, den Tod August's hat er noch erlebt, und allen
diesen war er mit ganzem Herzen ergeben.

So hat auch diese Lebensepoche ihre mannichfache
Freude und Erquickung durch die Freundschaft gehabt, und
Meineke beglückt. Sein innerstes Wesen hat ihm diesen
Segen vermittelt. Mit Treue hielt er Alle fest, denen er
sein volles Vertrauen geschenkt hatte, und war in der einmal
entstandenen gegenseitigen Anhänglichkeit fest und consequent. Auch wurde das Band nicht gelockert, wenn neue
Freunde sich fanden. Da er leicht interessante Gespräche
anzuknüpfen verstand und für Geselligkeit grosses Talent besass, so sind zuweilen auf Reisen oder in den Bädern Bekanntschaften entstanden, welche zu lebendigem Umgang und
Verkehr führten. Gegen Alle war Meineke zart, rücksichts-
voll und doch zugleich offen und vertraulich. Auch Witz
und Humor standen ihm stets zu Gebote: er liebte Erheite-

`rung bis zur Lustigkeit, scherzte gern und fühlte sich da wohl, wo man seinen Scherz zu erwiedern und mit Grazie aufzunehmen wusste. Auch für kleine Dienste und Gefälligkeiten, auf welche er, wenn sie von ihm ausgingen, keinen Werth legte, hatte er ein ausserordentliches Gedächtniss und vergass sie nie. Rührende Beweise seiner Dankbarkeit sind Vielen bei solchen Gelegenheiten zu Theil geworden. Die Widmungen seiner Werke an Gelehrte sind Beweise seines Charakters: fast alle seine ältern Freunde, G. Hermann, Lobeck und Lehrs, Jacobs in Gotha und Joh. Schulze, Nauck und Kramer, Schulpforte und Danzig haben sie empfangen; in einem kurzen, bezeichnenden Worte hat er die Verdienste jener Männer und Anstalten charakterisirt. Viele hat er mit Rath und That unterstützt; Keinem Schaden zugefügt, nie seine Autorität gegen Jemand gemissbraucht, nie seine Freundschaft an Unwürdige verschwendet. Für Schmeicheleien und eigennützige Lobhudeleien, für Huldigungen gegen hohe Beamte, um für sich oder die Seinen Gewinn zu ziehen, für alle die falschen Wege, welche oft eingeschlagen werden, um sich hochgestellter Männer Gunst zu erwerben, war er durchaus verdorben. Von seinem Verdienste um Andere hat er nie geredet, Wohlthaten Niemandem vorgerückt. Auch in seinem Hause hatte Niemand eine Ahnung davon, dass er durch ein Gespräch mit dem von ihm hochverehrten Kohlrusch, mit dem er zufällig im Harz zusammentraf, mir den Weg von Quedlinburg nach Göttingen gebahnt hat, und auch der erste gewesen ist, der mich auf meine jetzige Stellung in Berlin hingewiesen hat. Solche Dinge that er, ohne daraus irgend einen Vortheil für sich gewinnen zu wollen, indem er nur vielleicht zuweilen allzugünstig von Einzelnen urtheilte.

Alle persönliche Freundschaft Meineke's bezieht sich zugleich auf seine Familie.

Familienverhältnisse waren ihm vom Anfang seines Lebens an heilig und unverletzlich. Die Stellung seinem Vater

und seiner Mutter gegenüber, war, so lange jene lebten, völlig
ungetrübt geblieben: er war ein ebenso geliebter als gehor-
samer Sohn gewesen. Auch nach dem Tode der Eltern war
er ihnen stets innig dankbar, und der alten Erinnerungen, die
er in die höheren Jahre gerettet hatte, eingedenk. Seinen
Besitz aus jener Zeit, sämmtliche Briefe seines Vaters, Alles
was er von ihm an Büchern und Sachen empfangen hatte,
hatte er gern um sich. Nach Osterode und Eisenach, wo
sein Vater zuletzt gelebt hatte, kehrte er gern zurück: die
Familien liebte er, die er dort achten gelernt hatte. Auch
die fernen Verwandten, welche zur Familie gehörten, hielt
er in Ehren. Seine einzige Schwester Caroline liebte er zärt-
lich und ist ihr bis zum Tode ein treuer Bruder gewesen;
obgleich auch sie, wie er, an manchen Uebeln zu leiden hatte,
hatte er doch das Glück, ihr bis zum höchsten Alter seine
Liebe beweisen zu können. Nie vergass er ihr die grossen Dienste, welche sie ihm nach des Vaters Tode aufopfernd geleistet
hatte, nur ihre und seine äussere Lage konnten sie hindern,
zusammenzuleben. Seine Briefe an die Schwester, in welchen er in der vollsten Vertraulichkeit die genauesten Mittheilungen über alle seine Lebensverhältnisse machte, geben
ein lebendiges Zeugniss von der gegenseitigen Treue und
Hingebung. Auch in den spätesten Jahren liebte er es, sie
in Wolfenbüttel zu besuchen, und sich auf jede Weise, wenn
er dies nicht konnte, in genauer Kenntniss über ihren Gesundheitszustand zu erhalten. Sein Zusammentreffen mit der
Schwester in Teplitz, wobei er mehrere Wochen mit ihr in
aller Stille und Innigkeit verkehrte, war ihm eine der grössten Freuden, die ihm begegnen konnten und wurde für die
Wiederherstellung seiner Gesundheit segensreich. Als sie
selbst immer mehr zu leiden hatte, auch häuslicher Schwierigkeiten wegen in einige Missstände gerieth, ward er sehr
betrübt und versuchte auf alle Weise durch guten Rath ihr
den rechten Weg zur Ueberwindung aller Schwierigkeiten zu
zeigen und ihre letzten Lebenstage gegen Unfrieden und Un-
annehmlichkeiten zu sichern. Ihr Tod bereitete ihm vielen

Schmerz. Auch den Seinen hatte er die Anhänglichkeit an Tante Caroline tief in die Seele geprägt.

In und mit der Familie mehr leben zu können, war bei seiner Pensionirung, seinem Herzen die schönste, erquickendste Hoffnung. Immer hatte er auch zuvor ihr angehört und die Freuden stillen häuslichen Glückes seit seiner Verheirathung genossen. Es kann als ein schönes Erbtheil seines Vaters angesehen werden, dass ihn das Band innigster Liebe, wie mit seiner Schwester Caroline, so mit seiner Gattin, seinen Kindern und allen seinen Angehörigen verknüpfte, und im Glück und Unglück, welche beide ihm im reichsten Maasse beschieden waren, seinen Charakter zugleich bewährte und stählte. Bisher aber hatte er der Familie nur einen geringen Theil seiner Zeit zu widmen vermocht; jetzt durfte er darauf denken, viele Stunden des Tages bei den Seinen zu weilen und mit ihnen ein genussreiches Leben zu führen.

Freilich war die Familie jetzt zum Theil von ihm getrennt, da die zwei verheiratheten Töchter, Ida und Johanna, meist in weiter Ferne weilten, und einige Söhne um der Studien und ihrer Wirksamkeit willen Berlin verlassen mussten. Da trat zugleich eine Correspondenz ein, welche den Zusammenhang bewahrte und noch jetzt von der Hingebung an die Seinen die leuchtendsten Beweise zu geben vermag. Draussen also und inmitten dieses Familienkreises herrschte unbedingte Liebe. Immer war Meineke der zärtlichste Gatte und Vater gewesen. Da er die Erziehung nicht allein zu leiten vermochte, weil Leben und Studien seine ganze Manneskraft in Anspruch genommen hatten, so nahm er Gehülfen zu sich in's Haus, von denen wir schon den Schulrath Herm. Schrader und den Prof. Foss genannt haben. Daher besitzen wir mehrfache Zeugnisse über Alles was im Hause vorging. Seiner Gattin gegenüber blieb Meineke stets zart und aufmerksam, ehrte ihren Willen und ihre Neigungen, und umfasste sie mit sich gleichbleibender, aufrichtiger Liebe. Auch seinen Söhnen, wiewohl er entschiedene Forderungen an ihren Fleiss und ihre Thätigkeit stellte und ihnen das schönste

Vorbild der fruchtbarsten und erfreulichsten, täglichen und stündlichen, Arbeitsamkeit gab, liess er ihre Freiheit nach ihren verschiedenen Gaben und Eigenthümlichkeiten und wendete als Hauptmittel die Zucht der Liebe an. Auch liessen sie Alle es nicht an ernsten Studien fehlen, erreichten aber nach ihren Talenten und Neigungen ganz verschiedene Resultate, und entwickelten sich so selbständig, dass jedes Kind seine ausgeprägte Besonderheit und Eigenthümlichkeit bewahrte. Dadurch waren alle Glieder des Hauses in Liebe zusammengehalten und Meineke selbst mit seiner Gattin der verehrte Mittelpunct desselben, in welchen alle Füden zusammenliefen, auf dessen Herz und Geist sich alle vertrauensvoll und zuversichtlich verliessen.

Einen grossen Genuss bereiteten die Abende der Familie, wo Meineke sich von seinem Sohne August oder einem andern Gliede der Familie vorlesen liess. Hier nahm man gemeinsam an der Entwickelung der deutschen Literatur Theil und las Bücher, wie Ranke's Französische Geschichte und andere werthvolle Erscheinungen der Epoche. Diese Abendstunden gehörten zu seinen liebsten Erholungen.

Andere gemeinsame Genüsse gewährten die Feier des Geburtstags Meineke's am 8. December, und am schönsten die Weihnachtsabende, an denen auch vertraute Freunde, wie Lachmann in früheren Zeiten, gern Theil zu nehmen pflegten. Diese Abende waren reich an Genuss durch die Liebe der Geschwister und der Eltern zu einander. Auch alle sonstigen Geburtstage sämmtlicher Glieder des Hauses, die in und ausser Berlin wohnten, wurden festlich und regelmässig begangen.

In Meineke's Briefen an seine Kinder spricht sich überall grosse Treue und Innigkeit der väterlichen Zuneigung aus, und führt uns in erfreulichster Weise wieder das Bild vor die Seele, welches uns die Jugendgeschichte unseres Freundes sehr lieb und werth gemacht hat, das Bild seines eigenen Vaters. Bald in den frühen Morgenstunden, bald in tiefster Nacht, bald im frischen Tone der Freude, bald im

Schmerz körperlicher Leiden schreibt Meineke; aber immer mit derselben Gesinnung der Dankbarkeit gegen Gott für das unschätzbare Geschenk so vieler geliebter Kinder, und einer so treu ihm zur Seite stehenden Gattin. Auch Sorge und Kümmerniss im Kreise der eignen Familie ist gnädige Fügung, die guten Eigenschaften des edlen Mannes an's Licht zu bringen. „So eben komme ich", schreibt er am 14. September 1858 an seinen Schwiegersohn Horkel, „von dem Dir wohlbekannten Balcon, wo ich von meinen Söhnen umgeben, mit aller *grandezza* eines pensionirten Schuldirectors im blausammtnen Schlafrocke und den Hermespetasos auf dem Kopfe, eine Sechspfennigcigarre in die Luft gedampft und eine Tasse Familiencaffee *in bona pace* geschlürft habe. Die Sonne lacht mit wunderbarer Klarheit über der ganzen Gegend und die Luft ist von einer Durchsichtigkeit, dass man die fernsten Gegenstände mit Leichtigkeit und als wären sie näher gerückt, erkennt". Diesem reizenden Familienbilde will ich nur einige Aeusserungen über bereits verstorbene Kinder folgen lassen, um mich nach keiner Seite hin eines Missbrauchs des mir zu Theil gewordenen Vertrauens schuldig zu machen. Seiner Tochter Julie gedenkt er in einem Briefe an Frau Professor Horkel am 8. Juni 1855. „Es sind dies die ersten Zeilen, die ich seit dem Beginne meiner Genesung niederschreibe. Aber es geht nun auch mit raschen Schritten vorwärts. Seit vorigem Montag fahre ich bei dem einzig schönen Frühlingswetter täglich einige Stunden spazieren, nicht allein, sondern in Begleitung meiner einzig treuen, unablässig mit grösster Freude sich meiner Pflege widmenden und alles auf das verständigste und ruhigste anordnende Julie. Ich werde es dem Kinde nie vergessen, was sie an mir gethan hat. Aber auch meiner alten, treuen Kiess bin ich zu grossem Dank verpflichtet. Ich muss immer lachen wenn sie alle Morgen mit Pflastern, wie ein Chirurg, angezogen kommt und meine Wunde mit geschickter Hand verbindet".

Leider aber im Jahr 1861 vernehmen wir ganz andere Töne der Angst und Besorgniss in einem unter dem 19. August

 — 161 —

an Johanna Horkel gerichteten Briefe: „Julchen, die sich in Teplitz äusserst wohl befand, hat seit unserer Rückkehr keinen gesunden Augenblick gehabt". Fortwährender Husten, blutiger Auswurf, beständiger Kopfschmerz über den Augen erregten grosse Bedenken, und waren Vorboten baldigen Todes. Schon im October schreibt er derselben Tochter: „Lina Pockels hat unsers lieben Julchens Bild sehr schön copirt, ein ganz klein wenig idealisirt, aber sie sah so aus, wenn sie in erhöhter Stimmung war, unter anderm wenn ich sie an mich zog und ihr nach einem kleinen Scharmützel über Katholicismus sagte: „Du bist doch mein geliebtes Kind!" Da sah sie dann wie verklärt aus. Ach, sie war ein liebes herziges Kind".

Der jüngste Sohn, Ernst, hat nicht minder Liebe und Fürsorge des Vaters im höchsten Grade erfahren. Er erregte von Jugend auf durch sein ganzes Wesen die grösste Aufmerksamkeit Aller, die ihn sahen. Von ihm lesen wir in dem oben berührten Briefe an Frau Professor Horkel: „Ernst beruhigte mich einmal in meinen Leiden mit den Worten: „Du bist ein vielgeprüfter Mann, Papa, aber tröste Dich mit Hiob, Papa". Meineke gab ihn dem Horkel'schen Ehepaar zur Pflege, welches den zarten und reizbaren Sinn des Knaben mit der grössten Behutsamkeit und Besonnenheit beobachtete und behandelte. Von der gleichmässigen und lange fortgesetzten Zucht dieser Beiden erwartete Meineke das Beste. „Wegen Ernst stimme ich Dir ganz bei", schreibt er im October 1861 an Johanna. „Es ist gut, dass der liebe Junge den Ernst des Lebens früh kennen lernt. Du wirst ihn gewiss oft darauf hinführen, dass die grösste Zier eines Jünglings (denn das wird er ja nun nachgerade) die ist, dass er sich nach innen und aussen stählt und eine männliche Gesinnung in sich anbahnt. Ich hoffe, dass er unter Eurer Leitung dahin kommen wird, künftig, wenn er selbständig in das Leben tritt, mit sicherer Kraft sich selbst zu überwachen und jeder Versuchung zu widerstehen". Als er später dem Friedrich-Wilhelms-Gymnasium und mir übergeben

wurde, habe ich persönlich die Innigkeit der hingebenden
Liebe des Vaters und der Mutter in rührender und ergrei-
fender Weise kennen gelernt. Was Meineke's Vater ihm geworden war, wurde er seinem Ernst und allen seinen Kindern.

Allmählich wurde es im Hause stiller und stiller. Einer
ersten Berührung vom Schlag im Herbst 1857 folgte im Jahr
1861 eine zweite, die einen tieferen Eindruck als die erste
machte und in ihren Folgen länger bemerkbar blieb. Im
Jahr 1869 wurde Meineke ausserdem von einem Blasenleiden
ergriffen, welches seinen Gesundheitszustand sehr herunter-
brachte und bis in die letzten Lebenstage fortdauerte. In
diesem Kampfe mit körperlichen Leiden wurde Meineke
schweigsamer als zuvor, ohne in seiner Liebe und Treue gegen die Glieder seiner Familie nachzulassen. Seine Geduld
und Sanftmuth nahmen zu: er trug sein Leid mit männlicher
Kraft und Ausdauer und überliess sich ohne Unmuth und
Zögern der ärztlichen Behandlung des Professor Dr. Mitscherlich, der in den letzten Jahren stets um ihn war; auch der
Geheime Rath Dr. Böhm, der Stiefsohn seines Freundes Joh.
Schultze, wurde einmal zugezogen.

Kunst und Natur blieben auch in dieser Zeit, so lange
es möglich war, Meineke's liebste Erquickung, an welcher
auch seine Familie Antheil nahm. Auch darin zeigt sein ge-
sammtes Leben merkwürdige Einheit und Uebereinstimmung.

In der ersten Jugend hatte er selbst gezeichnet, Clavier
gespielt, Münzen und Mineralien gesammelt, auf Antrieb des
Vaters und zur eignen Befriedigung. Gern erzählte er im
Greisenalter, wie er schon in Osterode eine Fülle von Steinen
eifrig zusammengebracht und zuweilen sich mit seinem Er-
werb nach Göttingen zu Blumenbach aufgemacht habe, um
Alles richtig zu bestimmen. In Schulpforte wurde er ein
fleissiger Zeichner und war glücklich, als sein Vater ihm für
seine Uebungen von Gotha her ein Clavier besorgte und
Noten verschaffte. Im Harz aufgewachsen und durch Wan-

derungen zu Fuss mit einem Theile seiner Schönheiten vertraut, befand er sich in Schulpforte's reizender Umgebung wohl, und huldigte der schönen Gegend den dort bestehenden Gesetzen gegenüber vielleicht ein wenig zu viel. Später nach Leipzig versetzt, pflegte er sich am liebsten nach den Stellen zu begeben, die am meisten den Charakter einer schönen Natur an sich trugen und gab sich musikalischen Kunstgenüssen, auch dem Theater, gern und mit Lust hin. Von dort reiste er Ostern 1811 nach Berlin und Potsdam, wo er von dem, was er sah, ganz überrascht, zum ersten Male den Eindruck einer künstlerisch geschmückten Stadt auf sich wirken liess, und Sinn und Verständniss für Werke der Malerei, Sculptur und Baukunst gewann. Der Aufenthalt in Jenkau und Danzig verschaffte ihm zuerst grossartigen Naturgenuss, den Anblick des Meeres, die Reize einer prachtvollen Küste, einer ausgedehnten, fruchtbaren Landschaft an einem mächtigen Flussbett. Berlin konnte ihm nichts Aehnliches gewähren, aber er hatte sehen gelernt, und wusste auch in der an Naturschönheiten so viel ärmeren Umgebung dieser Stadt an den herrlichen Baumgruppen im Thiergarten, dem Fluss mit seinen Canälen, den umgebenden grösseren und kleineren Waldungen sich zu ergötzen. Durch weite, immer wiederholte Spaziergänge lebte er sich in diese märkische Natur immer mehr ein, und suchte in Schöneberg, Charlottenburg, Potsdam Erquickung für Leib und Seele. Im Jahre 1846 war er noch einen Schritt weitergegangen. Am 18. Juni schrieb er an Lehrs: „Da habe ich mir in der Nähe Berlins auf dem sogenannten Gesundbrunnen ein Häuschen erbaut und einen Garten angelegt: es ist ganz amön daselbst. Abends gehe ich grösstentheils hinaus, ein Theil meiner Familie wohnt schon da; die Ferien, die heissersehnten Ferien, eine volle herrliche Woche werde ich ganz da zubringen. Horkel und einige andere junge Philologen kommen auch häufig hinaus und freuen sich mit uns der kleinen neuen Schöpfung. Auch eine kleine Landwirthschaft wird eingerichtet; Kuh, Schwein, Enten, Hühner u. s. w. treiben da schon ihr Wesen.

Meine Frau findet in dem allen ihre liebste Beschäftigung, und unsere physische Existenz gewinnt dabei nicht wenig". Später erzählt er demselben Freunde, dass er auch ein kleines Winterhaus für einige im Sommer gezogene Gewächse hinzugefügt habe, um auch im Winter seine Spaziergänge dorthin fortsetzen zu können. „Seit einiger Zeit", fügt er hinzu, „wird eifrig Botanik studirt". Als der zoologische Garten angelegt wurde, betheiligte sich auch Meineke's Familie an den Actien, und gern wanderte Meineke dahin. Gleichzeitig benutzte er die Kunstgenüsse, welche die Stadt darbot, so weit es seine beschränkte Zeit verstattete. Die Museen, das Theater, die Singacademie und andere Institute erregten sein Interesse. Aber auch die einfachsten Leistungen der eignen Schüler im Gesange bei Festlichkeiten waren ihm erfreulich.

Reisen erweiterten diese Genüsse der Natur und Kunst. Fusswanderungen unternahm Meineke mit Klenze, Schleiermacher, Lachmann, Rudorff schon in den ersten Jahren seines Berliner Lebens. Im Juli 1839 machte er eine Reise nach München, Wien und Prag; 1840 in die Schweiz, wo er bei Freiburg mit der Familie Gerhard's zusammentraf und die paradiesische Gegend umher mit ihr durchwanderte, 1845 nach Dänemark und Schweden; 1854 zum ersten Male nach Teplitz.

Nach Niederlegung seines Amtes setzte er bald gezwungen, bald freiwillig sein Sommerreiseleben fort. Hauptort für ihn wurde Teplitz, wo er 1857, 58, 59, 60, 61 die Wiederherstellung seiner Gesundheit zu suchen genöthigt war. Das Bad leistete ihm die wichtigen Dienste, ohne ihn doch von seiner Krankheit ganz zu befreien. Der erste Besuch im Jahr 1851, wo er dort mit seiner Schwester Caroline zusammentraf und die schönsten Stunden mit ihr feierte, war ihm wahrhaft beglückend. Als er zuerst wieder spazieren gehen und zu Wagen die schönsten Puncte der Gegend aufsuchen durfte, schrieb er an die Seinen: „Was kann einem Menschen meiner Art Schöneres, Erquicklicheres geboten werden, als

das mit jedem Tage entschiedener hervortretende Gefühl er-
starkender Gesundheit? ich kann mein Loos nicht genug
preisen und danke Gott täglich mit gerührtem Herzen für die
Güte, die er mir in reichem Masse bescheert hat. Freilich
bildete von alle dem den schönsten Hintergrund, dass ich von
allen meinen Lieben wusste, wie es auch ihnen ohne Ausnahme gut geht. Hätte mir das gefehlt, so wären alle meine
Annehmlichkeiten des Teplitzer Aufenthalts nichtig gewesen".
Jeder spätere Besuch erhöhte seine Bewunderung der herrlichen Umgegend; gern weilte er auf der Königshöhe, wo
das Denkmal Friedrich Wilhelm des Dritten ist und ein
wundervoller Blick in die Reize von Teplitz gewonnen wird.
Ein Brief an Frau Professor Horkel am 30. Juni 1855 beginnt mit den begeisterten Worten: „Es ist eben fünf Uhr
Morgens; der Himmel glänzt in unvergleichlicher Schönheit
die Vögel singen ihr munteres Morgenlied; ein durchsichti-
ger Nebel umschleiert noch die waldbekränzten Höhen, alles
verheisst einen herrlichen Tag".

Auch an der Gesellschaft nimmt er dort gern Theil und
erlebt allerlei lustige Geschichten. „Lächerlich war es, als
auf meiner Rükreise von Teplitz ein Mann mit mächtigem
Barte und noch mächtigerer Stimme an mich herantrat und
mich mit den Worten anredete: „„Herr, Sie haben eine merkwürdige Aehnlichkeit mit dem Director Marheineke"". „„Meineke, wollen Sie sagen"", entgegnete ich, „„und das bin ich,
mit Ihrer Erlaubniss, selbst"". „„Das ist nicht möglich"",
sagte er weiter; „„denn den habe ich vor 12 Jahren in Berlin
besucht; da lag er elendiglich am Podagra krank auf seinem
Sopha. Wenn Sie der sind, Herr, so verstehen Sie die Kunst,
20 Jahre jünger zu werden"". „„Die Kunst besitze ich nicht,
aber ich bin denn doch nun einmal kein Anderer, als der ich
bin. Sie aber sind der Gerichtsrath K., mit dem ich einst
in Hannover zu Mittag gegessen habe"". Unser Mann hat viel
Mark in den Beinen und im Kopfe. Wir machten den übrigen Theil der Reise bis Leipzig zusammen und zu gegen-
seitigem Amusement".

Der Weg von und nach Teplitz führte oft nach Dresden, wo Meineke sehr gern und oft weilte, und dem Naturgenuss den herrlichsten Kunstgenuss hinzufügte, oder wie er sagt, „um sich an dem unerschöpflichen Reichthum von Kunst und Natur zu erquicken".

Als Prof. Bergk eine Anstellung in Freiburg in der Schweiz angenommen hatte, besuchte er ihn dort mit seiner Tochter Ida, und erneuerte gern die Freuden seines früheren Aufenthaltes. Im Jahre 1861 unternahm er eine Reise in die Pfalz und die umliegende Gegend, und begab sich auch nach Bonn, wo sein Sohn August bei dem Stadtgericht arbeitete, um das Römische Recht kennen zu lernen. Bei der Rückreise von Bonn nach Cöln traf es sich, dass Dr. Volkmann, jetzt in Schulpforte, mit einer Anzahl von Freunden, Studirenden der Philologie, an einem Sonntagsnachmittage desselben Weges fuhr. Bei dieser Gelegenheit trafen sie mit einem würdigen, alten Herrn zusammen, in dem sie sofort Meineke erkannten. Ihn ohne Weiteres anzureden, erschien ihnen unbescheiden; sie versuchten deshalb durch allerhand philologische Gespräche sein Interesse zu wecken. Eine Weile hörte er aufmerksam zu; als sie aber auf ἄτης ἄτερ zu reden kamen — seine Antigone war eben erst erschienen — brach er sein Stillschweigen. „Die Herren sind Philologen, wie ich sehe, hier sitzt auch noch so'n Alter". Da antwortete Zippmann — später in Berlin und Schneidemühl, jetzt bei Belfort auf dem Felde der Ehre geblieben: „ja, Geheimer Rath Meineke, wir haben Sie nach dem Bilde erkannt". Ein Anderer fügte hinzu: „οὐκ ἔστι κάλλος, οἷον ἀλάθει' ἔχει". Und nun verflog die eine Stunde in lebhaftem Wechselgespräch schneller als Alle gewünscht hätten. Beim Aussteigen wurde ihm ein lautes Hoch ausgebracht, in welches zu nicht geringer Freude der Anwesenden anfangs mehrere Umstehende, dann fast das ganze Publicum, das sich in den weiten Räumen des Cölner Centralbahnhofs drängte, natürlich ohne den Grund zu wissen, einstimmte. Meineke zog den Hut und schied mit den Worten: „meine Herren, ich danke Ihnen, und

Ἑρμῆς λόγιος begleite alle Ihre Schritte". Schon im Jahr 1862 kehrte er nach Bonn zurück, um der Hochzeit seines Sohnes August beizuwohnen. Seine letzte Reise unternahm er im Jahre 1865 nach Wernigerode, wo er sich durch Natur und Familienleben sehr erheiterte. Seitdem hat Meineke sein Haus nicht mehr anders verlassen, als um kleine Spaziergänge, theils allein, theils unter Leitung seiner Tochter Charlotte auszuführen und, soweit es in unserer Gegend möglich, sich im Freien zu erquicken, oder im Carlsbad einige Freunde aufzusuchen, mit denen er dann plauderte, bis der hereinbrechende Abend ihn wieder nach Hause einlud.

Meineke war, wie es sich von einem Manne, dessen geistiges Leben im Alterthum seine Wurzeln hat, nicht anders erwarten lässt, von lebendiger Vaterlandsliebe durchdrungen.

Als er in Pforte war, vollzog sich Preussens Fall; die eigenthümliche Stellung Sachsens dabei liess in dem Knaben wohl das Unglück des deutschen Vaterlandes nicht recht zur Empfindung kommen, noch das Bewusstsein der damit verbundenen Schmach entstehen. Auch in Leipzig scheint Meineke nicht weiter davon berührt worden zu sein. Seine Versetzung nach Jenkau aber, mitten in die geknechtete Provinz, erfüllte und durchdrang ihn sofort mit dem vollen vaterländischen Bewusstsein und dem edelsten Patriotismus. Nur seine körperliche Schwäche konnte ihn abhalten selbstthätig mit einzugreifen. Passow's Freiheitsliebe und Abgang nach Berlin, um in die Armee einzutreten, im Jahre 1814, der Untergang der Anstalt in Jenkau, der Uebermuth der Franzosen in Danzig und Umgegend, der Geist der Anstalt, der er angehörte, riefen in seiner Seele den unbedingtesten Franzosenhass hervor; im ersten Eifer wollte er das Französische ganz aus den Schulen Deutschlands verdrängt wissen; fast um Gottes Willen bat er seine Schwester, sich des Studiums dieser Sprache ganz zu entschlagen und ihren Blick von dem verderbten und hassenswürdigen Volke für immer

abzuwenden. Dagegen ergab er sich seitdem der Ueberzeugung, dass die Schule keine heiligere Pflicht habe, als
den nationalen Sinn in der Jugend zu erzeugen und zu
einer unwiderstehlichen Macht gegen den Erbfeind zu machen.

Alles was er seitdem unternommen hat, hat er in diesem Geiste getrieben. Das Studium des Alterthums sollte
den Sinn für Freiheit des Volkes immer von neuem wecken
und stählen. In diesem Sinne begleitete er die späteren politischen Ereignisse, sah mit tiefem Schmerz die Früchte des
Sieges wieder verloren gehen, und verurtheilte das Verfahren
der Regierungen als ein Zeichen der Schwäche und einen
Verderb der Nation. Ein häufig wiederholtes Wort war:
„difficile est, satiram non scribere".

Das Jahr 1848 erschien als Folge davon: er wurde mit
Bangigkeit erfüllt, und schrieb im Jahr 1849: „das ganze
Gebäude der menschlichen Gesellschaft ist unterminirt, und
über kurz oder lang werden neue Explosionen alles Beste-
hende und mühsam wieder Gegründete in die Luft sprengen".

Es gehört zu seinem Glücke, und wurde von ihm als
die grösste göttliche Gnade empfunden, war ein Trost in
seiner Krankheit, ein erhebendes Gefühl in der Stille seines
Lebens, dass zuletzt seine alten Wünsche und Hoffnungen sich
so grossartig erfüllten. Schon die Siege gegen Dänemark begeisterten ihn; die Ueberwindung Oesterreichs regte seinen
Patriotismus von neuem auf das kräftigste an: seine Empfindungen bei dem glücklichen Beginne des Krieges von 1870,
von Anfang an hoffnungsvoll, steigerten sich bei jeder neuen
Siegeskunde bis zum Enthusiasmus. Das Aufgehen der Sonne
Deutschlands und die grossen Ahnungen von unserer Zukunft
halfen ihm über alle Schmerzen hinweg. Der König in seiner einfachen Grösse ward sein Stolz; das Ende des glücklichen Friedensabschlusses hat er nicht erlebt, er starb aber im
völligen Bewusstsein der Unüberwindlichkeit unserer Armee
und der Gründung einer neuen Epoche für Europa und die
Welt.

Die christlich religiöse Seite in Meineke's Wesen ist im Bisherigen mehrfach hervorgetreten, in seiner Leitung des Religionsunterrichts, in seiner Theilnahme an der Feier des heiligen Abendmahles, in der Gründung eines Hausgottesdienstes im Joachimsthal, in seiner Abschiedsrede an die Schüler, endlich in mannichfachen Aeusserungen in seinen vertrauten Briefen. Ueberall ist uns Frömmigkeit und Religiosität in der ungesuchtesten, ungeschmücktesten, unzweideutigsten Gestalt entgegengetreten. Alles athmet Wahrheit und schlichteste Einfachheit. Persönliches und Amtliches ist ungetrennt: Meineke strebt überall nach einem reinen, sittlichen Handeln, nach ächter Liebe und Treue, nach edelster Sinnesweise und weiss doch zugleich, dass er oft irrt, fehl geht, dem eignen Streben nicht entspricht, und der göttlichen Gnade bedarf.

Charakteristisch ist für das Joachimsthalsche Gymnasium die evangelische Richtung. Die Anstalt sollte ein Hort der evangelischen Kirche sein und durch Erziehung und Ausbildung tüchtiger Lehrer ihr dienen. Von 1613—1817 war sie reformirt und hatte nur Lehrer dieser Confession. Mit Meineke trat der erste Director ursprünglich lutherischer Confession ein; das Joachimsthal gehörte seit 1817 der Union an. An Luther's Geburtstage hatte er sein Danziger Amt feierlich angetreten und im Sinne Melanchthon's und Luther's es stets führen zu wollen verheissen: im Jahre 1830 hat er in Berlin eine öffentliche Rede in demselben Sinne gehalten. Diesem Grundsatz ist er bis zum Ausgang seines Lebens gewissenhaft treu geblieben.

So ist sein Verhältniss zu Religion und Christenthum nicht minder klar, als seine politische Stellung. „Obgleich nicht Theolog *ex professo*", schrieb er einst an Köster, „verfolge ich doch die wunderbar divergirenden Richtungen dieser Wissenschaft mit der lebendigsten Theilnahme"; und setzt am 25. December 1854 hinzu: „das Schmerzlichste ist, dass die Extreme, in denen man sich jetzt gefällt, der heiligen Sache nur zum Nachtheil gereichen, und der Glaube mehr

untergraben, als gefördert und befestigt wird". In diesem
Sinne hatte er sich an die Erklärung vom 15. August 1846
mit Lachmann angeschlossen, s. Hertz S. 248. Am höchsten
achtete er als Lehrer der Theologie Schleiermacher, dem er
persönlich innig verbunden war und in allen Grundanschau-
ungen folgte. Practisch charakterisirt er sein Christenthum
am einfachsten durch die Aeusserung in einem seiner Briefe:
„Das Befinden des Leibes und der Seele ist nicht in unserer
Gewalt, aber ein Blick nach oben stärkt oft wunderbar".

So unterschreiben wir mit innigster Ueberzeugung ein
Wort über ihn, welches aus ·vertrautester Kenntniss hervor-
geht. „Er war von Gott erfüllt, beugte sich in frommer
Demuth unter Gottes Hand und suchte und fand in diesem
Aufblick Frieden. Christus war sein höchstes Vorbild.

An seinem Sterbelager, wenn er die Hände faltete und
gewiss innerlich betete, fühlte man die Nähe Gottes, und
geheiligt waren die Stunden seines Abschiedes".

An Trauertagen fehlte es in Meineke's Familie auch
nicht. Todesfälle und mannichfache, sehr schwere Ereignisse
trübten das häusliche Glück. Wo Meineke nicht helfen
konnte, zog er sich in sich selbst zurück, und suchte durch
Beugung unter das Unabänderliche und durch Fügung in
den göttlichen Willen allmählich die tief empfundenen Leiden
zu beschwichtigen.

Auch seine körperlichen Leiden nahmen zu: er war immer entschiedener an das Sopha gefesselt, konnte zu seinen
geliebten Büchern nur selten zurückkehren, und begnügte
sich, von einigen Erscheinungen der Philologie in den ihn
besonders interessirenden Fächern Kenntniss zu nehmen.
Täglich bedurfte er des Chirurgen, des Arztes, und unterwarf
sich geduldig allen ihren Anordnungen.

Aber auch Freuden wurden ihm zu Theil, die ihm den
Schmerz überwinden halfen. War auch die Mehrzahl der
alten, liebsten, im Leben bewährtesten Altersgenossen längst

geschieden, — die jüngere Generation trat an Jener Stelle und gab dem hochgehaltenen Manne ununterbrochen die sichtbarsten Beweise wohlverdienter Liebe und Verehrung. Alle theilten seinen Schmerz und thaten, was sie vermochten, seine Wunden zu heilen, so weit es nur irgend seine vorwaltende Neigung gestattete, Keinem eine Last aufzulegen und durch seine Person beschwerlich zu werden.

Zu grosser Freude ward ihm auch in dieser Zeit, dass nachdem ihm früher der rothe Adlerorden dritter Classe mit der Schleife zu Theil geworden, jetzt Se. Majestät der König ihm den Orden *pour le mérite* zu ertheilen die Gnade hatte, den er als Anerkennung seiner wissenschaftlichen Arbeit gern empfing. Schon früher hatte ihn die Petersburger Akademie unter ihre Mitglieder aufgenommen, darauf die Göttinger und Münchener Akademie; diese letzte Ordensverleihung aber aus den Händen des innig verehrten Königs überwog dies Alles. Aeussere Ehre war ihm sonst gleichgültig: das Alter hatte noch mehr den Wunsch der Anerkennung geschwächt: er wollte nicht gern aus seiner Stille gerissen sein. Diese Auszeichnung aber nahm er gern an.

Endlich neigte sich Meineke's Leben zum Abend, zur Nacht. Die alten Leiden wichen nur selten und nur auf kurze Zeit: ihre Wiederkehr liess ihn sein hohes Alter immer mehr empfinden und zehrte allmählich seine letzten Kräfte auf; im Bewusstsein seiner zunehmenden Schwäche sehnte er sich nach Erlösung und wünschte sein Ende herbei, setzte aber den schweren Uebeln, an denen er litt, männlichen und christlichen Muth entgegen, opferte sehr wenig von seinen Lebensgewohnheiten, und liess nicht ab, sich mit seinen Büchern, so oft es die Krankheiten irgend möglich erscheinen liessen, zu beschäftigen und an neuen Erscheinungen auf dem Gebiete der alten Literatur, die er beherrschte, still Theil zu nehmen. Die Liebe, die ihm im Hause entgegentrat und die von aussen ihm gespendet wurde, erfreute und

erquickte ihn: er war sie gewohnt: da er sich begleiten, sich
führen lassen musste, so oft er sich zu einem Spaziergange
entschloss, bedurfte er ihrer mehr als sonst.

Auf ein Leben blickte er zurück, welches arbeitsvoll und
überreich an Schmerzen und Beschwerden war, aber auch von
grossem Segen aus Gottes Händen Zeugniss gab; die deutlichen Spuren göttlicher Leitung erfüllten sein gottesfürchti-
ges Gemüth mit immer neuer Dankbarkeit gegen den himm-
lischen Vater, welche weniger seine Worte, an denen er
immer karger wurde, als sein ganzes Wesen erkennen liess.
Laut wurde seine innige Freude über die Ausdehnung seiner
Jahre am meisten, wenn sein Patriotismus durch die grossen
Thaten Gottes in unserem Kriege gegen Frankreich mächtig
angeregt aufflammte und ihn begeisterte. Wenn er die Zustände des Vaterlandes im Geburtsjahr 1790 und im Jahr
1870 mit einander verglich, kam ihm zum Bewusstsein, dass
sein Leben im Sinne des Alterthums und aller Zeiten ein
entschieden glückliches genannt werden müsse. Mitten in
seinem körperlichen Leiden traf ihn die Kunde von den grossartigen, unvergleichlichen, glorreichen Ereignissen, welche
die endliche Erfüllung der Hoffnungen von Jenkau versicher-
ten, und die Zukunft des geliebten Vaterlandes im Lichte
einer glänzenden, verheissungsvollen Morgenröthe zeigten: da
vergass er sich und sein Unwohlsein und freute sich mit
den fröhlichen Freunden Deutschlands und Preussens. Und
dazu mitzuwirken als Lehrer der Jugend hatte auch er seine
besten Lebenskräfte eingesetzt: so oft er einen seiner Schüler, weil er durch seine Kriegsthaten sich ausgezeichnet habe,
nennen hörte, verdoppelte sich seine Lust, sein Interesse,
seine Theilnahme, die ihn über viele Schmerzen hinweg-
führte.

Eben in der Zeit der fortschreitenden Siege über die
feindliche Armee ward die Ausstellung der Werke der bil-
denden Künste in Berlin eröffnet. Da er hörte, dass sie an
künstlerischer Production der Gegenwart von Werth vieles
Treffliche besitze, und sich gerade einigermassen wohl fühlte,

entschloss er sich, diesen Genuss sich nicht ganz entgehen
zu lassen. Nicht ohne von Gliedern seiner Familie begleitet
zu sein, und durch sie, wie er hoffte, gegen plötzliche Gefahren geschützt, weilte er in den verschiedenen Sälen, be-
trachtete die besten Bilder mit eingehender Aufmerksamkeit,
und scheute sich nicht, durch Gehen und Stehenbleiben seine
Kräfte anzustrengen. Erfreut, aber auch sehr ermüdet kehrte
er in das Haus zurück: er hatte sich zu viel gethan und ward
von einem neuen, letzten Schlaganfall heimgesucht, von dem
er sich nicht wieder erholen sollte. Seitdem lag er meist
auf dem Sopha, ass so gut wie nichts, redete wenig, und
ging sichtbar seiner Auflösung entgegen. Die Harnverhal-
tung, an welcher er zugleich zu leiden hatte, erschwerte seinen leidenden Zustand ausserordentlich.

Sein Geburtstag, — der achte December — schien sein
Todestag sein zu müssen, die Familie war grösstentheils vereinigt und vorbereitet: er überlebte ihn nicht nur, sondern
zeigte noch einige Theilnahme an den eingehenden Briefen
aus der Nähe und Ferne, z. B. an denen seiner alten Freunde
Hinck in Heilsberg und Ehrenberg in Berlin, die er sich vorlesen liess. Mir war vergönnt, noch einmal an seinem Sopha
vorüberzugehen, einen sehr freundlichen, liebevollen Blick
seines Auges und einen Druck seiner welkenden Hand zu
empfangen.

Wenige Tage darauf kam die Kunde von seinem Hinscheiden: am 12. December war er sanft und schmerzlos in
das Jenseits hinübergeschlummert. Die Trauer war allgemein. Auch der Königin Augusta Majestät schrieb unter
dem 16. December an den Stadtgerichtsrath August Meineke
hier: „Ich habe mit der aufrichtigsten Theilnahme das Hinscheiden Ihres Vaters gehört und möchte Ihnen und den
übrigen Hinterbliebenen des vortrefflichen Mannes gern Mein
Beileid bezeugen. Der Verstorbene hat sich durch seine
Werke und durch sein Wirken einen Namen gemacht, der
nicht untergehen wird, und alle diejenigen, die durch beides
gefördert worden sind, werden ihm stets ein dankbares An-

denken bewahren", und erquickte dadurch das Herz der trau-
ernden Witwe und ihrer Kinder. Die allgemeine Stimmung
war keine andere.

An seinem Sarge versammelten sich am 15. December
viele seiner Freunde, jetzige und ehemalige Collegen und
Schüler. Die Leichenrede hielt Superintendent Strauss, ein
ehemaliger, lieber Schüler Meineke's und des Joachims-
thalschen Gymnasiums, der, selbst tief ergriffen, rührende
Worte des Nachrufs vernehmen liess, und die Gefühle der
Versammlung aussprach. Auf dem Gottesacker der Domge-
meinde wurde seine Hülle in die Erde eingesenkt.

Bald nachher traten seine hiesigen Schüler und Freunde
zusammen, um zu berathen, wie sie seinem Namen ein ehrendes Andenken erhalten könnten, und vereinigten sich dahin,
ihm zu Ehren ein Meineke-Stipendium zu stiften. Sein Nachfolger in der Direction, Provinzialschulrath Dr. Kiessling hielt
im Januar in einer Schülerversammlung eine Rede, in welcher er die Verdienste des Hingeschiedenen um die von ihm
geleitete Anstalt darstellte und sein Wesen charakterisirte.
Diese Rede ist in der Zeitschrift für das Gymnasialwesen,
XXIV. S. 933 ff. herausgegeben von Bonitz, abgedruckt. In
der Akademie hat am 6. Juli der Sekretär derselben, Moritz
Haupt, das Andenken Meineke's und Imm. Bekker's gefeiert.

Die Statuen der Musen, welche Meineke von seinen Schülern im Jahre 1857 geschenkt erhalten hatte, hat die Witwe
der Anstalt übergeben, sie werden in der Bibliothek aufgestellt werden.

So lange noch in Deutschland die philologischen Studien
blühen, und lebendiges Interesse an dem Alterthum, seinen
Sprachen und seiner Literatur bestehen wird, ist auch Meineke's
Andenken und Fortleben unter uns gesichert. Sein höchster
und innigster Wunsch ist eben darauf gerichtet gewesen:
er war dann sicher, dass auch im Gymnasium, der Schule
der Vergangenheit und der Zukunft, der Unterricht in den
classischen Sprachen im Sinne Luther's und Melanchthon's
werde erhalten bleiben, der deutschen Jugend zum Frommen

und Gedeihen, dem gesammten Vaterlande, nicht zu müssiger Zierde, sondern zur Blüthe von Kunst und Wissenschaft, und zur Erhaltung eines edeln Sinnes und Geistes für alle Zeiten. Aechtes evangelisches Christenthum und Alterthum, Religion und Gelehrsamkeit, in engster Verknüpfung, als die Säulen der deutschen Bildung zu bewahren, ist die Aufgabe der deutschen Lehrerwelt.